원효대사

# 원효대사 2

1판 1쇄 발행 | 2017년 4월 1일

지은이 | 이광수
엮은이 | 방남수
펴낸이 | 김경배
펴낸곳 | 시간여행
편  집 | 이진의
마케팅 | 강민정
본문 디자인 | 디자인 [연:우]

등  록 | 제313-210-125호 (2010년 4월 28일)
주  소 | 서울시 마포구 토정로 222 한국출판콘텐츠센터 419호
전  화 | 070-4032-3664
이메일 | sigan_pub@naver.com

종  이 | 엔페이퍼
인  쇄 | 한영문화사


ISBN 979-11-85346-46-5　(04810)
ISBN 979-11-85346-44-1　(세트)

이 도서의 국립중앙도서관 출판예정 도서목록(CIP)은 서지정보유통지원시스템 홈페이지
(http://seoji.nl.go.kr)와 국가자료 공동목록시스템(http://www.nl.go.kr/kolisnet)에서
이용하실 수 있습니다. (CIP제어번호 : CIP2017005854)

* 이 도서는 국제친환경 인증을 받은 천연펄프지(Norbrite 95#)로 제작되었습니다.

이광수 장편소설

# 원효대사 2

시간여행

원효대사

# 차례

# 방랑

가상아를 떠난 원효는 정처 없이 걸었다. 이른바 거렁뱅이 생활이다. 거렁뱅이란 '가사'라고도 하여 바람이란 말에서 온 것이요, 방이란 곧 방아 또는 바가로 방아신을 섬기는 사람이란 뜻이다. 방이 또는 바가라면 대접하라는 말이다.

화랑들이 공부를 마치면 거렁뱅이가 되어서 명산대천으로 돌아다닌다. 이것은 좋은 스승과 벗을 찾는 뜻도 있고 인정 풍속을 살피는 뜻도 있다. 또 흉악한 사람이나 짐승을 만나서 담력과 무예를 닦는 뜻도 있고, 웅대하거나 아름다운 자연 풍경을 보아서 느낌을 기르는 뜻도 있고, 또 이름 있는 당에 가서 기도를 하는 뜻도 있다. 이것저것

합해서 도량을 키우고 또 두려움이나 부끄러움을 없애자는 것이 목적이다. 하지만 그 밖에도 청년에게 정처 없이 유랑하는 것은 모험욕과 호기심을 만족시키는 유쾌한 일이었다. 신라에 이름 있는 사람들은 대개 젊어서 거렁뱅이 생활을 한다.

그러나 거렁뱅이 중에는 이러한 목적 이외의 목적을 가진 자도 있었다. 먹을 것이 없어서 얻어먹으러 다니는 자도 있고, 고향에서 무슨 죄를 저지르고 피신해 다니는 자도 있고, 부모의 원수를 갚으려고 원수의 종적을 찾아다니는 자도 있고, 도적들이 거렁뱅이 행색을 하고 다니는 자도 있었다. 좀 더 놀라운 거렁뱅이는 고구려와 백제의 염탐꾼들이었다. 그들은 거렁뱅이 모양을 하고 신라 각지로 돌아다니면서 신라의 지리와 방비와 민정을 염탐했다. 이와 반대로 신라의 염탐꾼이 고구려와 백제로 가는 것도 물론이다. 춘추도 젊어서 고구려로 숨어 들어가다가 사투리로 신라 사람인 것이 발각된 일이 있었다.

그러나 거렁뱅이라면 본래 수도하는 선비나 장수이기 때문에 신라 사람들은 거렁뱅이를 우대했다. 동네마다 넉넉한 집에서는 사랑문을 열어놓고 누가 오든지 한번 수작을 붙여 보아서 공부가 있는 사람이면 손님으로 대우하여 먹이고 재우고 또 노자까지도 주어 보냈다. 이렇게 사랑문을 열어놓은 것을 집의 자랑으로 여겼다.

사랑이란 이렇게 손님을 위해 있는 것이었다. 손님이란 결코 제 친척이라든지 본래부터 아는 사람을 가리키는 것이 아니었다. 친척이나 아는 사람밖에 대접할 줄 모르는 것은 상놈으로, 수치로 여겼다. 누구나 내 문전에 오는 이는 다 손님이었다.

이 모양으로 주인이 손님을 대접하는 것은 인생의 낙인 동시에 큰 공부였다. 아무리 못난 나그네라도 한두 가지 배울 것과 들은 말은 가지고 왔다.

만일 몇십 명에 하나나 몇백 명에 하나라도 큰 인물을 만나면 이것은 일생에 큰 복이다. 그러한 사람 가운데는 도학이 높은 이도 있고 학식이 많은 이도 있고, 또 장차 대신, 대장이 될 사람도 있다. 사랑에서 하룻밤을 잘 대접한 인연으로 장래에 무슨 큰 복이 돌아올지 모르는 것이다.

주인은 사랑에 앉아서 앞길을 바라본다. 앞길과 사랑 사이에는 대개 수양버들이나 돌배나무가 가림막 모양으로 늘어서 있다. 그 그늘로 종일 사람이 지나다닌다. 말이나 가마를 탄 귀인도 지날 것이요, 소에게 짐을 지워 끌고 가는 가난한 사람도 지날 것이다. 그러나 어떤 때는 큰 방갓을 쓰고 소매 넓은 방아라를 입고 봇짐을 넌지시 지고 지팡이를 끄는 거렁뱅이도 지나간다. 그러한 사람이 지나가면 사랑에 앉은 주인의 눈이 번쩍 뜨인다.

'필시 범상치 않은 사람이다.'

주인은 고개를 늘여서 그 사람의 행동을 살핀다.

그 나그네는 필시 나무 그늘에 서서 부채를 부치면서 동네를 들여다볼 것이다. 그가 정말 학식이 있는 방아라면 이 동네의 위치와 생김새를 먼저 살필 것이다. 주룡(主龍)이 어떻고 청룡, 백호가 어떻고 물 나가는 길이 어떻고, 맞은편 산이 어떻고 집터 방향이 어떻고, 이 모양으로 그 동네의 판국을 살펴서 이 동네에 인물이 날까 말까를 점친다. 산을 사랑하는 이 땅의 백성은 아득한 옛날로부터 산과 물의 생김생김으로 땅의 운수를 보았다.

길게 뻗친 산맥이 우뚝 솟고 뚝 끊치며 앞으로 큰 강이 휘임하게 돌고 큰 들이 열리면 이것은 이른바 하늘이 준 좋은 땅으로 수백만 인이 수천 년 번창할 만한 큰 터다. 만일 바다가 가까우면 더욱 좋고 흙빛이 검지 않으면 더욱 좋다.

이러한 터로 말하면 한 나라에도 하나나 둘밖에 없지만 한 동네가 될 만한 터도 규모는 작을지언정 배포는 마찬가지다. 좌향은 남향이 좋고, 서북이 막히고 동남이 터진 것이 좋고, 화강석 있는 데가 물이 좋고 곡식과 과일이 맛있다. 산이 험하면 못쓰고, 터전은 평탄해야 좋다. 흙은 물기가 없어 보송보송하면서도 물은 있어야 쓰고, 물 나가는 데가 환히 보이면 못쓴다. 골짜기가 통일이 못 되고 어지러우면 인심이 침착하지 못하고, 판국 밖의 산이 넘보면 사람들의 마음이 들뜬다. 동북방, 북방, 서북방은 신을 모시는 데요, 서남방을 더럽게 하면 못쓴다. 이런 것이 다 조상 적부터 내려오는 동네 터, 집터를 보는 법이다.

나무 그늘에 선 나그네가 동네의 산세와 수세를 살핀 뒤에는 주변에 있는 사람들의 타고난 마음씨와 그것이 겉으로 드러난 모양을 살핀다. 길이 널찍하고 집들의 터전이 넓고 굵직굵직하면 이곳에 사는 사람이 기운이 있는 것이요, 비록 초가집일지라도 게딱지 같으면 그 속에 사는 사람도 보잘것없다.

다음에는 개와 닭과 소와 말을 본다. 개, 돼지, 닭, 소, 말, 고양이, 이것은 이 땅 백성이 알지 못하는 옛날부터 같이 살아온 동무다. 아마 아시아 대륙의 훨씬 북쪽으로부터 남으로 남으로 옮아오는 동안 언제나 데리고 왔을 것이다. 개는 강아지, 즉 햇님의 것이라 하여, 돼지와 닭은 달님의 것이라 하여, 소는 물님의 것이라 하여, 말은 또다시 햇님의 것이라 하여 서로 정들게 서로 도우며 살아온 것이다.

도, 개, 걸, 윷, 모는 돼지, 개, 가라사 즉 날짐승과 소와 말이다. 그러므로 이러한 짐승들이 번성하는 동네면 사람의 기운도 왕성한 동네다. 이밖에 동네에 같이 사는 동무로는 까마귀, 까치, 참새, 구렁이, 족제비, 고양이, 쥐가 있다. 아마 파리와 모기도 예부터 미움받이 동무일 것이다.

나그네가 드샐 곳을 찾을 때면 닭이 홰를 치며 저녁을 알릴 것이오, 까막까치도 닭의 소리에 그렇다고 고개를 끄덕일 것이다.

이때 바가지를 동이에 넣어 옆에 끼고 우물로 물 길러 나오는 처녀나 아낙네가 인물이 단정하고 몸통이 굵직하고, 그 뒤를 따르는 벌거숭이 아기들의 눈이 어글어글하고 콧마루가 우묵하고 울음소리가 우렁차면 이 동네는 필시 번성하는 동네다. 만일 살찐 송아지와 망아지가 소리를 지르고 날뛰면 더할 수 없이 나그네의 발길을 멈추는 동네일 것이다.

이런 동네면 물도 맛있고 밥도 맛있고 장도 달다. 필시 된장에는 구더기가 없고 아궁이에는 불이 잘 들어 개묵이 타는 냄새도 나지 않을 것이다. 술도 시지 않고 빛이 매 눈깔 같을 것이요, 누룩에는 황금빛 옷이 입혀질 것이다.

나그네는 어슬렁어슬렁 동네로 들어와 사랑문 열어놓은 집을 찾을 것이다. 그는 대문을 쑥 들어서며 호기 있게 부를 것이다.

"여보아라."

이때 방아머리한 사내아이가 내달아 손님 앞에 무릎을 꿇고 두 손을 땅바닥에 짚고 물을 것이다.

"어디서 오신 뉘시온지."

"지나가던 나그넬러니 하룻밤 드새고나 가자고 댁 문전에 섰습니다고 사뢰어라."

"방이 누추하나 상관 않으시거든 듭시사고 여쭈어라."

이리해서 나그네는 사랑에 오른다.

세숫물과 발 씻을 물이 나오고, 나그네가 보에 쌌던 새 옷을 내어 입을 만한 때에 주인이 나와서 수인사를 하고 혹은 차가 나오고 혹은 술상이 나오고 이러는 동안에 주인장과 나그네는 서로 저편의 인물을 살핀다. 밤이 되면 이야기판이 벌어지고, 혹은 음악과 소리가 나오고, 만일 주인장과 나그네가 뜻이 맞으면 첫닭이 울 때까지 이야기가 끊어지지 않는다. 거렁뱅이는 세상 소식을 많이 알고 재미있는 이야기를 많이 아는 까닭이었다.

사랑문을 열어놓고 손님을 대접하는 것은 이 백성이 가장 낙으로 아는 일이었다. 잘 산다는 것은 신을 잘 위하고 손님을 잘 대접하는 일이었다. 양식이고 과일이고 무엇이든지 반드시 세 가지 그릇에 갈라 담았다. 하나는 신께, 하나는 손님을 위하여, 그리고 하나는 식구들이 먹는 것이다. 손님을 신 다음으로 존중했다.

내 집을 찾아오는 나그네는 다 신이거나 그렇지 않으면 신이 보낸 사자라고 그들은 생각했다. 그러므로 그 나그네가 드는 때로부터 떠나는 때까지 이 집에서는 제삿날이었다. 집 안에서는 새옷을 갈아입고 모든 부정을 꺼렸다. 그리고 집에 있는 모든 맛난 것을 대접하고 집안사람들끼리 말도 조심했다.

만일 손님에 대해 흉을 보거나 험담을 하면 큰 벼락이 내릴 것으로 알았다.

아이들은 울다가도 "손님 오셨다."하면 울음을 그쳤다.

홍역을 작은 손님이라고 하고 마마를 큰 손님이라고 하고 별성마마라고 한다. 이것도 눈에 보이지 않는 신이 찾아와서 머무는 것이라고 생각한다.

"고이 계시다가 고이 떠나소서."

이것이 식구들의 소원이었다. 식구는 몸과 마음을 깨끗이 해서 티끌만한 부정도 없으려고 애를 썼다. 부부는 동침하지 않을 뿐더러 그러한 생각만 먹어도 손님을 노엽게 하는 것이라고 믿었다. 마치

찰찰 넘는 물그릇을 들고 걸음을 걷는 사람 모양으로 조심조심했다.
금줄을 늘이고 대문을 지치는 것과 마찬가지로 마음에다가도 금줄
을 늘이고 대문을 지치는 것이었다. 솥에서 밥이 잦는 소리나 아궁
이에서 불이 타는 모양도 무심히 지나칠 수가 없었다. 소중한 아들
이나 딸에게 크나큰 손님이 찾아와서 머무시는 것이다. 마마뿐 아니
라 무슨 병이나 그렇게 생각했다.

까치 소리, 까마귀 소리는 더욱 유심히 들어서 그 속에서 손님의
뜻을 찾아보려 했다.

"닭이 서서 졸았다."

"개가 대문 지방에 턱을 걸고 짖었다."

"족제비가 아슬랑아슬랑 마당으로 지나갔다."

이런 것은 다 꿈자리와 아울러서 손님의 뜻을 알아보려는 재료가
되었다. 늙은 할머니는 많은 자식과 오랜 경험으로 그 속에서 길흉
을 판단해서 여러 가지 신사(神事)를 행하는 것이다.

산 사람인 손님에 대한 것도 그와 마찬가지였다. 손님 하나를 잘못
대접해 보내면 언제 무슨 동티가 날지도 모른다.

그러나 손님을 환영하는 것은 다만 이러한 두려움에서만은 아니
다. 그것은 그들의 천성이었다. 손님과 나그네는 사람들에게 심히 아
름답고 반갑고 무한한 흥취를 주는 말이었다.

원효는 이러한 속에 거렁뱅이로 나선 것이다. 그의 허리에는 여전
히 호로병박 여덟 개를 차고 바가지 넷을 달고 뒤웅박 하나는 손에

들었다. 호로병박 여덟은 가나다라마바사아다. 이것은 여덟 신장의 이름인 동시에 이 땅의 백성이 살아온 역사다. 그리고 모든 음악의 기초다. 옥타브다. 악기를 건드린다는 것은 가나다라한다는 말이다. 건들거린다, 건들먹거린다는 것은 가나다라, 가나다라마 가락에 맞춘다는 것이다. 바가지 넷은 밥그릇, 물그릇, 반찬 그릇, 국그릇이다. 큰 것, 작은 것, 더 작은 것, 제일 작은 것을 포개면 하나와 같이 된다. 손에 든 뒤웅박은 목탁 대신이다.

길을 가다가 끼니때가 되면 원효는 세존께서 탁발하시던 법을 본받아서 어느 동네에 들어가 큰 집이라고 고르지 않고, 작은 집이라고 빼놓지 않고 골고루 찾는다. 딱, 딱, 딱, 뒤웅박을 두드리며 "나무아미타불." 하고 염불한다. 열 마디를 불러도 주인이 나오지 않으면 다음 집으로 가서 또 그와 같이 한다. 이 모양으로 원효는 여섯 집을 찾는다. 보살이 실천해야 할 여섯가지 덕목, 육바라밀을 생각하는 것이다. 여섯 집을 돌아서 얻어지는 것을 먹고 더 돌지는 않는다. 만일 여섯 집을 돌아도 밥이 얻어지지 않으면 그 끼는 굶고 지나간다.

원효는 애초에 목적한 대로 고향에 돌아가 예전에 살던 터(지금은 절)와 분묘를 돌아보았다. 십여 년 전에 떠난 뒤로는 처음 고향에 온 것이다. 원효는 아는 사람을 더러 만났으나 그들은 원효를 알아보지 못했다. 원효가 천하에 소문이 나고 나랏님의 스승이 되었다고 들은 그들은 이 거렁뱅이가 원효라고 생각할 리가 없었다. 더구나 수염이 자라는 대로 내버려 두어서 일 년 전에 보던 사람도 알아볼 수가 없을 지경이었다. 또 원효도 아는 사람들에게 자기의 행색을 드러내고 싶지 않아서 방갓을 깊이 쓰고 얼굴을 남에게 보이지 않았다.

그러나 아무리 모든 것을 파탈한 몸이라 해도 고향은 정겨웠다. 자기가 자라난 집과 동네는 반가웠다. 자기를 낳고 곧 돌아가셨다는 어머니의 산소 앞에서는 원효도 눈물을 흘리지 않을 수 없었다.

새벽에 상아당에 다녀오던 길에 밤나무 밑에서 아버지의 옷으로 장막을 치고 자기를 낳았다는 어머니. 원효는 그 어머니가 견딜 수 없이 그리웠다. 그 한 가지 사실에서 원효는 그 어머니의 아내로서의 마음, 어머니로서의 마음을 살필 수가 있었다.

그것은 퍽도 깊은 인연이면서도 퍽도 짧은 인연이었다. 원효는 첫아들인 동시에 외아들이었다. 어머니는 그렇게도 기다리던 아들 원효를 낳아 놓고는 곧 세상을 떠났다. 아들의 이름이 무엇인지도 모르고 아들에게 젖꼭지 한 번 물려 보지 못하고 세상을 떠난 것이다.

원효는 사람의 이목에 뜨일 것을 꺼려 날이 다 저문 뒤에 어머니의 산소를 찾았다.

"바바!"

원효는 소리 내어 불렀다. 어머니라는 신라 말이다. 아들로부터 어머니라고 부르는 소리를 듣지 못한 것이 어머니에게 남은 한일 것이라고 생각한 것이다.

"바바, 바바!"

원효는 수없이 불렀다. 실컷 어머니가 원하던 소리를 들려주는 것이다. 그러나 무덤에서는 아무 소식이 없었다. 벌써 34년이다. 사람이 죽어서 34년이면 해골도 남았을 둥 말 둥하다. 어머니에게는 벌써 아들 원효가 부르는 소리를 들을 귀가 없다.

"어머니는 지금 어디 계신가."

원효는 어머니가 지금 있는 곳을 찾아보려는 듯 눈을 들어서 하늘을 보았다. 하늘에는 첫가을 별이 반짝거리고 있었다.

"바바, 지금 어디 계시오."

원효는 애가 탔다. 어머니가 계신 곳을 알기라도 하면 그곳이 하늘 꼭대기나 땅 밑이라도 따라가고야 말 것 같았다.

원효의 나던 날이 어머니가 돌아가신 날이다. 그것은 무척 슬픈 이별이다. 모자간에 서로 얼굴 모습도 모른다. 음성도 모른다. 그러나 영원한 시간 중에 어디서 만나더라도 반드시 서로 알아볼 것 같았다. 알아보고 말고. 그렇게 깊은 인연이요, 그렇게도 깊은 정이거든. 만나자 떠났기 때문에 그 은정이 더욱 깊은 것 같았다.

'어머니는 나를 낳으시러 세상에 오셨다. 나를 낳으시자 곧 세상을 떠나셨다. 어머니는 당신의 목숨을 나를 낳으시기에 희생하셨다.'

이렇게 생각하면 더욱 어머니가 그리웠고 가엾기도 했다.

"바바, 바바."

원효는 또 몇 번 소리를 높여서 불렀다.

원효는 한 번도 보지 못한 어머니의 모습을 상상할 길이 없었다. 아버지와 할아버지의 모습은 비슷하게 생각이 나지만 어머니는 생각할 길이 없었다.

원효는 돌아가신 승만왕을 뵈올 때 어머니의 모습이 그와 같으리라고 생각하는 버릇이 있었다. 이제 그 어머니의 산소 앞에서도 승만왕을 생각했다. 승만왕과 어머니를 하나로 보고 원효는 한숨을 지었다.

세존께서도 나시는 날 그 어머니를 여의셨다.

'나도 성불하는 최후생에 이 어머니의 아들로 나리라.'

원효는 이렇게 생각했다. 이 밖에 어머니의 은혜를 갚을 길이 없는 것 같았다.

어머니의 무덤 앞에 선 원효는 문득 요석공주를 생각했다. 요석공주가 만일 아기를 배었으면 그의 운명이 또 원효의 어머니와 같지 않을까.

원효는 중이 되면서부터 스스로 인생의 모든 인연을 끊은 것으로 생각했다. 아득히 먼 옛날로부터 내려오는 윤회의 사슬을 완전히 끊어 버리고, 다시는 아무런 인연도 짓지 않을 것으로 생각했다. 스스로 아무것에도 물들지도 않고 걸리지도 않는 보살로 생각했다. 좋은 인연이나 나쁜 인연이나 다시는 맺지 않을 것으로 믿었다.

그러나 이제 생각하면 원효는 벌써 여러 생의 업보에 졌다. 요석공주와는 끊을 수 없는 인연을 맺었고 만일 그가 아이를 낳는다면 그것 또한 끊을 수 없는 인연이 된다. 원효는 얽히고설킨 인연의 동아줄이 자기를 끌어당김을 느꼈다.

"무애(無碍)!"

원효는 스스로 코웃음을 했다. 승만왕이나, 지금은 어디 가 있는지 모르는 심상이나 또 아사가나 다 지나가 버린 바람결은 아니었다. 요석공주는 더구나 말할 것도 없다. 그들은 깊고 얕은 정도의 차이는 있을지언정 원효의 마음에 뿌리를 박고 떨어지지 않았다. 다만 잊히지 않는다는 것만이 아니다. 원효의 피와 골수에 그 뿌리가 닿아 있었다. 더구나 살을 마주 댄 요석공주는 원효가 어디를 가거나 원효를 따랐다. 마치 그림자와 같아서 떼려도 뗄 수가 없었다. 원효는 남녀의 연이란 것이 어떻게나 무서운 것임을 요석공주 일에서 비로소 알았다.

"물에 있을 때는 젖어도 나오면 그만이다." 하는 연꽃의 비유는 많이 듣고 많이 말한 것이지만 원효는 제 마음이 결코 연꽃이 아님을 깨달았다. 한번 물이 묻으면 좀처럼 마르지 않은 솜과 같은 마음임을 알았다.

요석궁 대문을 나설 때 원효는 바람 지나간 자리라고 스스로 믿었으나 웬걸, 그렇지 않았다.

'아아, 무서운 것은 인연의 힘이다. 그중에도 남녀의 인연이다.'

원효는 앙아당 위에서 이렇게 자탄했다. 며칠 절식을 해서 모든 욕망과 모든 기억이 다 사라지는 자리에서도 요석공주와의 일은 도리어 더 뚜렷하게 기억이 살아났다. 원효는 이것이 자기를 아비지옥까지라도 끌고 가고야 말 끊을 수 없는 쇠사슬이라고 한탄했다.

만일 요석공주의 일에 데인 무서운 교훈이 없었던들 원효는 아사가의 사랑을 받아들였을지도 모른다. 아사가는 신선하고 순진하고 열정적이다. 그 열정의 불길은 원효의 뼛속까지 파고들었다. 어떤 때는 원효의 팔이 저절로 아사가를 향해서 벌어지려고도 했다.

원효는 저를 원망하고 제 마음이 단련되지 못했음을 번민했다. 원효는 스스로 번뇌의 때를 벗기 위해 수도하는 행자라고 생각했다. 아직 나는 자유자재한 자는 아니다. 억지로 억지로 저를 이겨 나가며 조금씩 조금씩 때를 벗으려는 행자에 불과하다.

'이치로는 깨달은 듯하건만 마음이 말을 아니 듣는다.'

원효는 이렇게 자탄했다.

'젖지 않고 물들지 않은 원효.'

이것이 되려면 많은 수련이 필요한 것을 느낀 것이다. 엄청난 자존심이 푹 줄어들고 자기가 몇 푼어치가 못 됨을 느꼈다.

원효는 어머니의 산소를 어둠 속에 다시 바라보았다.

"어머니, 이 자식은 아직 어머니를 제도해 드릴 힘이 없습니다. 저를 제도하지 못했으니 어떻게 남을 제도합니까. 어머니, 이 자식의 나이가 벌써 사십을 바라봅니다. 그러하건만 아직도 저는 자신을 건지지 못했습니다."

원효는 턱에 자란 수염을 쓸어 보았다.

"어머니, 세상이 이 자식을 원효대사라고 부릅니다. 그러나 이 자식은 남의 스승이 될 사람이 아직 못 되었습니다. 다시 어머니 산소를 찾을 때는 반드시 정말 원효대사가 되겠습니다.”

원효는 어머니 앞에 선 어린 아들의 마음이 되었다. 어머니를 위하여 염불을 천 번 하고 산소에서 물러났다.

원효는 자기가 이렇게 풀이 죽은 것은 파계 때문인 것을 알았다. 왕자와 같이 패기가 만만하던 자기가 한번 요석궁 일이 있음으로부터 몸을 감출 곳이 없는 것 같았다.

‘계를 깨뜨리는 것은 새가 날개를 잘리는 것과 같다.’

원효는 스스로 이렇게 한탄했다.

계를 깨뜨리기 전에는 어디를 향하나 누구를 대하나 부끄러운 적이 없었다. 하늘을 향해서도 고개를 높이 들 수가 있었고 별들을 향해서도 그 속에 사는 무변 중생이 다 자기를 우러러보고 자기에게서 구원의 가르침을 기다리는 것 같았다. 그때의 자기는 가슴을 떡 벌리고, “오냐.” 할 수가 있었다. 그러나 이제는 별을 바라보기가 부끄러웠다. 별들은 이제 모두 자기에게서 고개를 돌려 버렸다.

‘이제 네게서는 바랄 것이 없어.’

별들은 실망했다.

모든 중생이 다 그러하다. 계행이 온전했을 때 원효의 몸에서는 빛을 발해서 중생이 모두 그 빛 속에서 편안함을 얻었으나 계를 깨뜨린 원효는 벌써 빛이 아니요, 꺼먼 기왓장이다, 아무도 그것을 돌보는 이가 없었다.

원효는 어머니 산소 앞에 섰을 때에 그 산속에 있는 모든 귀신들이 자기에게 손가락질하고 비웃는 것을 느꼈다.

'파계승, 파계. 히히.'

'우리와 무엇이 달라. 우리나 마찬가지다.'

귀신이나 개나 뱀이나 버러지나 모두 원효를 저의 동류로 보았다.

'옳은 말이오. 당신네와 다를 것이 없어, 욕심으로 움직이는 다 같은 중생.'

원효도 이렇게 자백하고 면목이 없어서 고개를 숙였다.

'지금까지 우리가 네게 바친 공양을 도로 내어놓아라.'

한 중생은 원효에게 이렇게 요구했다.

원효는 '대사'라 하여 승만왕, 심상, 요석공주, 아사가 같은 이들로부터 융숭한 대접을 많이 받았다. 그 밖에도 원효가 모르는 동안에 여러 중생에게서 많은 대접을 받았다. 원효는 이 모든 공양을 헛받았다. 받지 않아야 할 공양을 받은 것이다. 보살인 줄 알고 그들은 원효를 공양한 것이었으나 파계승일 뿐이다.

'아아, 나는 못 받을 대접을 받았다. 내가 중생의 복을 도적질한 것이다.'

가슴이 아팠다. 원효는 걸음을 멈추고 길바닥에 꿇어 엎드렸다.

"세존이시여, 세존이시여."

원효는 세존을 수없이 부르며 울었다. 얼굴을 땅바닥에 비비며 울었다. 성미가 억척스럽고 굳센 원효는 철난 이후로는 울어 본 일이 없었다. 그는 소리를 내어 걸걸하게 웃기를 잘했으나 운 일은 없었다. 원효는 걷잡을 수 없이 눈물을 쏟았다.

원효가 고개를 들었을 때는 새벽달이 올라오고 부엉이와 소쩍새가 울고 있었다. 가을 밤바람이 산들산들했다. 산 그림자가 칠같이 검고 풀잎에는 이슬이 달빛에 반짝거렸다. 원효는 고향 사람을 만날 것이 두려워서 일어나 빨리빨리 걸었다. 가을 벌레 소리가 어디까지든지 원효를 따랐다.

달빛을 따라서 밤길을 떠난 기러기 소리가 들렸다.

기러기는 가랑아다. 바람의 아들이다. 남북 몇만 리 떼를 지어 여름을 찾아다니며 제 날개로 날고 제 입으로 주워먹는다. 남에게 의지하지 않는다. 웅대한 그 행로, 걸걸한 그 기상, 원효는 기러기가 부러웠다.

기러기는 한 스승의 지도에 복종한다. 그 스승이 이끄는 대로 어디나 간다. 그 스승은 상하 사방을 살펴서 바른길을 찾고, 쉴 자리를 찾고, 떠날 시각을 정한다. 그의 끼룩하는 한 소리에 그의 제자요, 부하들은 먹던 것을 버리고 자던 잠을 깨어서 행렬을 지어서 나선다. 그들의 행색은 보살의 행색이었다.

원효는 제가 남을 거느리는 자도 못 되고 따르는 자도 못 된 것을 한탄했다.

"세존이시여, 세존이시여."

원효는 다시금 세존을 불렀다.

원효는 일찍 탁발 수행이란 것을 자기가 실행하리라고 생각한 일

은 없었다. 그런 것은 대승보살행이 아니라 생각하고 있었다. 무애행
이야말로 자기에게 합당한 것이라고 생각했다. 천지간에 어디를 가
든지 무엇을 하든지 거칠 것이 없었다.

'내 평생에 어느 중생을 속인 일이 없고 해친 일이 없으니 아귀들
속에 가든지 범이나 뱀 속에 가더라도 두려울 것이 없었다. 자신을
위하여 아무 욕심이 없으니 아무도 나를 시기하고 미워할 이가 없을
것이요, 내 모든 중생을 자비심으로 건지려 하니 아무나 나를 반가
워하고 의지할 것이다.'

원효는 이렇게 생각하고 있었다. 그러므로 중생의 절과 공양을 받
는 것은 중생의 복이 되기 위한 것이라고 생각했다.

그러나 지금의 원효는 그러한 원효가 아니었다. 아무쪼록 중생의
공양을 받아서는 안 된다. 중생이 버리는 헝겊으로 몸을 가리고 중
생이 아까워하지 않는 것으로 배를 채워야 한다. 그리고 보시할 재
산도, 법(法)도 가진 것이 없는 원효는 몸으로 힘으로 중생을 도울 길
밖에 없는 것이다.

원효는 탁발의 고마움을 절실히 느꼈다.

원효는 어느 동네에나 들어가는 대로 도와드릴 것이 없느냐고 물
었다. 사람들은 원효를 수상한 거렁뱅이로 알아서 잘 믿지 않는 이
가 많았으나 그중에는 곡식을 져 들여 달라는 사람도 있고, 가랫줄
을 당겨 달라는 사람도 있었다. 그리고는 밥을 얻어먹었다. 그 밥은
대단히 맛이 있었다.

원효가 단샘이 고개를 넘은 것은 구월도 거의 다 지내서였다. 살랑살랑하던 날이 다시 더워져서 석양볕이 따가웠다.

원효는 고개를 넘어서 동네로 들어갔다. 그 동네는 외양으로 보기에도 무척 가난한 동네였다. 산골짜구니에 매어달리듯 열댓 집이 드문드문 붙어 있었고, 이엉은 썩어서 지붕에 여기저기 흠이 생기고 박덩굴, 호박덩굴이 오른 집도 몇이 되지 않았다. 길에는 풀이 나고 가을에 길닦이도 하지 않은 모양이어서 장마에 무너진 곳이 그대로 있었다. 그렇게 음침한 동네였다.

원효가 어슬렁어슬렁 동네로 들어가자 닭, 개소리도 없었다.

"동네가 다 비었나?"

걸음을 멈추고 살펴보니 그래도 몇 집에서는 연기가 올랐다. 그리고 어디서 왔는지 배가 홀쭉하고 비루먹어 털이 다 빠진 개 한 마리가 꼬리를 늘이고 원효를 향해 왔다. 그는 의외에 사람을 만난 듯이 우뚝 걸음을 멈추었으나 짖으려고도 하지 않았다. 그 비루먹은 개가 이 동네 정령인 것 같았다.

'어느 집이나 하나 찾아보아야.'

원효는 첫집 문전에 섰다.

원효는 뒤웅박 목탁을 딱딱딱딱 두들기며 염불했다.

"듣그럽다."

집안에서 늙은이가 소리쳤다. 분명히 앓는 사람의 소리였으나 모서리칠 만한 독기가 있었다. 그래도 원효는 여전히 염불했다.

"누구, 저 중놈을 때려 쫓지 않느냐!"

늙은이의 소리가 떨었다. 곧 웬 부인 하나가 달려나왔다.

"웬 거렁뱅이가 남 앓는 집에 와서 까마귀 소리를 하고 있어."

부인은 바가지에 들고 나온 쉬지근한 뜨물을 원효의 얼굴을 향해 끼얹었다. 원효는 피하려고도 하지 않고 그 물을 맞았다.

"그래도 안 가? 아, 그래도 안 가네. 그래도 안 가면 똥바가지를 씌울걸."

그 여편네가 서둘렀다.

원효는 다음 집 문전에 서서 또 목탁을 두드리고 염불했다. 이번에는 어떤 늙은이가 지팡이를 짚고 체머리를 흔들면서 나왔다.

"당신이 잘못 들어왔소. 동네에 염병이 돌아 집집이 송장이 썩어 가는데 동냥을 줄 집이 어디 있겠소. 저기 저 고개를 넘어가면 큰 동네가 있으니 거기나 가 보오. 아이고 방아라, 방아라."

노인은 이렇게 말하고는 들어가 버린다. 그래도 그 노인의 말은 부드러웠다. 원효는 여러 동네에서 푸대접도 많이 받았지만 이런 동네는 처음이었다.

원효는 셋째 집에서도 젊은 여인의 악담을 들었다.

"듣그럽다! 사람이 지금 목숨을 모으고 있는 판에 동냥이 무슨 동냥이냐? 염병이나 묻혀 가거라!"

넷째 집 문전에서는 아무리 목탁을 두드리고 염불해도 도무지 인기척이 없었다. 굶은 개 한 마리가 마당에 누워서 짖을 기운도 없는 듯이 눈을 번히 떴다가는 도로 감을 뿐이었다.

원효는 이 집에서도 모두 앓아 누웠거나 그렇지 않으면 다 죽었는가 하고 마당으로 들어서서 크게 불렀다.

"이보아라."

"그 누구요?"

목소리가 모깃소리만큼 들렸다. 남자의 소리인지 여자의 소리인지도 구별할 수가 없었다.

원효는 기침을 하고 방문을 열고 고개를 디밀었다. 컴컴한 방에 아무것도 보이지는 않고 무슨 냄새만이 코에 받쳤다. 눈을 크게 뜨고 한참이나 들여다보고서야 비로소 그 방에 사람이 셋 드러누워 있는 것을 알았다.

원효는 방안으로 들어섰다.

"여보시오."

어느 사람이 대답할 사람인지를 몰라 일단 불러 보았다.

"거 누구요?"

대답한 것은 맨 아랫목에 누운 사람이었다. 그는 분명히 남자였다.

"지나가던 사람이오마는 대관절 어찌 된 일이오?"

원효는 이렇게 물었다.

"나도 모르겠소. 처음에는 내가 앓았는데 나는 아직도 이렇게 목숨이 붙어 있고, 그다음에는 아들이 앓았는데 죽었는지 살았는지 알 수 없소. 저 건넌방 문을 좀 열어보아 주오. 며느리도 어제 저녁에 미음을 한 술 끓여다 주고는 소식이 없으니 죽었나 살았나 좀 보아 주오. 이게 마누란데 아까까지 헛소리를 하더니 잠이 들었나 원. 그 다음에 누운 게 딸이오. 죽었나 살았나 좀 보아주오."

그는 들릴락 말락 한 소리로 이렇게 원효를 보고 설명했다.

원효는 마누라라는 사람의 머리를 만져 보았다. 싸늘하다. 팔목을 만져 보았다. 맥이 없다. 원효는 아무 말도 하지 않고 그 다음에 누운 딸이란 사람을 만져 보았다. 머리가 불 같이 뜨거웠다. 분명히 살아 있는 것이었다.

원효는 주인이 말한 대로 건넌방에 들어가 보았다. 젊은 사나이는 금방 숨이 넘어갈 듯이 씩씩거리고 있었고 만져 보아도 알아보는 것 같지 않았다. 배설물을 치우지 않아서 악취가 코에 받쳤다. 그런데 기막힌 것은 그 곁에 젖먹이가 누워 있었다. 그는 살아 있으나 기진한 모양이어서 죽은 듯 가만히 있었다.

'그러기로 며느리는 어디 갔을까.'

원효는 방에서 나와서 휘둘러보았다. 달리 방이 없었다.

원효는 부엌문을 열어 보았다. 부엌 바닥에 허연 것이 있었다. 원효는 부엌으로 들어가 그 허연 것을 만져 보았다. 분명히 사람이었다. 몸이 더우니 죽지는 않은 것이다. 필경 먹을 것을 끓이려고 부엌에 내려왔다가 쓰러져서 인사불성이 된 모양이었다.

원효는 며느리를 안아다가 남편 옆에 누이고 곧 솥에 물을 끓였다. 그래서 우선 살아 있는 사람들에게 먹였다. 숟가락으로 물을 떠 넣으면 입을 벌려서 받아먹었다. 젖먹이도 넓죽넓죽 받아먹었다. 그런데 금방 원효에게 설명을 하던 노인이 그동안 정신을 잃어버려서 물을 입에 넣어도 주르르 흘릴 뿐이었다. 그는 다른 식구들 걱정으로 해서 정신을 잃지 않고 있다가 어떤 사람이 와서 돌보는 것을 보고는 맥이 풀려 버린 것이다.

원효는 그 주인 노인이 마지막 숨을 쉬고 있는 것을 알았다. 전신에서는 구슬땀이 흘렀다.

윗목에 누운 딸이 헛소리를 하고 건넌방에서는 젊은 사람이 부인을 애타게 찾고 있었다. 원효는 죽는 사람을 지키고 있을 수가 없어서 산 사람을 위해 미음을 끓였다.

그래도 쥐는 있었다. 어두운 부엌 구석에서 소리를 하고 돌아다니고 아궁이에서 불빛이 오르면 두 눈이 반짝였다. 개는 부엌문에 턱을 걸고 있었다. 퍽이나 시장한 모양이었다. 원효도 배가 고팠으나 무엇을 먹을 생각은 없었다.

건넌방 젊은 사람은 지금 고비를 넘기는 모양이어서 연방 소리를 질렀다.

미음 솥에서는 김이 오르고 끓는 소리가 났다. 딸과 며느리는 미음을 좀 먹었으나 젊은 사람은 아무것도 먹으려 들지 않았다.

"발치에 있는 화로를 치워라!"

"저기 선 저 도적놈을 쫓아내어라!"

이렇게 호령만 할 뿐이었다.

그 밤에 영감이 운명했다. 원효는 뒤꼍에 구덩이 둘을 파고 영감, 마누라를 내다 묻었다.

그러나 젊은 사람 셋은 살아났다. 꼭 죽을 줄 알았던 젊은 사내는 차차 정신을 차렸고 며느리도 조금 앓다가 살아났다. 그러나 아직도 먹을 것을 끓이고 오줌똥을 받아내는 것은 원효였다.

맨 먼저 일어난 것은 딸이었다. 그는 열여섯 살 된 처녀였다. 아버지와 어머니가 자리에 없는 것을 보고 딸은 놀라는 모양이었으나 묻지 않았다. 며느리도 일어났다. 미음을 먹고 목숨을 부지한 젖먹이는 마르기는 했으나 그래도 죽지는 않았다.

딸과 며느리가 마당에 내려서는 것을 보고 원효는 슬며시 그 집을 떠났다. 열이틀 만이었다.

날씨가 살랑살랑 추워졌다. 원효의 옷은 더러워지고 또 추웠다. 여러 날 잘 먹지도 못하고 자지도 못한 원효는 몸이 제 몸 같지 않았다. 그러나 원효는 평생 처음으로 중생을 도와준 것이 기뻤다. 설사 그 무서운 병이 제게 옮아서 길가에 쓰러져 죽더라도 세상에 왔던 보람을 비로소 한 것 같았다.

생각하면 자신의 지난 삶은 참으로 공허한 것이었다.

그 집 식구들은 병으로 정신 못 차리고 있을 때 들어온 원효가 무엇인지 몰랐다. 그는 말없이 물과 미음을 끓여 주고 먹여 주고 더러운 것을 치워 주고 늘 자기네가 누운 자리가 깨끗하고 마르게 해 주었다.

그들이 차차 정신이 나게 되어서도 원효더러, "당신이 누구시오?" 이렇게 묻는 일이 없었다. 그것은 그렇게 묻기가 어마어마하기 때문이었다. 언제 눈을 떠보아도 그는 옆에 있었고 목이 마르다고 생각만 해도 숟가락으로 물을 떠 넣어주었다. 젖먹이를 안아 재우고 그를 먹여 주었다.

　　그들은 이것이 사람일 수는 없다고 생각했다. 필시 무슨 신장님이라고 생각했다. 그러하기 때문에 감히 묻지 못했다. 또 그러하기 때문에 마음 놓고 그의 구원을 받았다. 더구나 그가 온다간다 말도 없이 사라진 것을 볼 때 더욱 그렇게 생각했다. 그러나 원효는 이날 이동네를 떠난 것은 아니었다. 그는 다른 집에 가서 시체를 묻어 주고 병구완을 하여 주고 이 동네에 앓는 사람이 끊어지기를 기다려서 이동네를 떠났다. 그가 마지막으로 도와준 집은 뜨물 벼락을 맞은 집이었다. 원효에게 뜨물을 뒤집어씌운 그 아낙네의 식구들이 온통 병들어 누워서 원효의 구원을 받은 것이다. 그가 이 동네를 떠나던 날은 첫눈이 내리던 날이었다. 건강을 회복한 사람들은 동구 밖까지 전송을 나왔다.

　　"이 다음에는 동네 사람들끼리 서로 도와주라."

　　원효는 이 말을 남기고 휠휠 걸었다.

　　원효는 피골이 상접하도록 바짝 말랐지만 그의 얼굴과 눈에는 청수한 기운이 있었다. 그것은 모든 욕심을 떠난 보살의 빛이었다. 그러나 원효는 몸이 피곤함을 느꼈다. 어디서 잠시 쉬고 싶었다.

원효는 감천사라는 절을 찾아갔다. 감천사는 선덕여왕 적에 지은 절로 유명한 원광법사도 일시 지냈던 일이 있는 절이다.

원효는 감천사에서 불목하니의 직분을 얻었다. 원효가 단샘이 동네에서 병구완하는 두 달에 밥 짓기, 죽 쑤기를 배운 것이 도움이 되었다. 원효는 말없이 밥을 짓고 마당을 쓸었다. 중이 20여 명 있었으나 아무도 그가 원효인 것을 아는 사람은 없었다. 쇠똥아, 쇠똥아 하고 불렀다. 원효는 밥을 잘 짓는다고 칭찬을 받았다.

원래 절 생활에는 직분에 높고 낮은 것이 없다. 주지 스님, 노스님과 제자의 계급은 있지만 밥을 짓는 것이나 살림을 하는 것이나 다 평등한 직분이어서 서로 번갈아 가면서 하는 것이다. 그러나 나라에서 중을 대접하게 되자 어느덧 절에도 계급이 생겨서 중의 지위가 정해지게 되었다. 밥 짓는 중은 언제나 밥 짓는 중이요, 심부름하는 중은 언제나 심부름하는 중이었다. 약간 공부가 있거나 절에 소임이나 지낸 중은 밥 짓기, 빨래하기, 청소하기, 짐 지기 같은 일은 하지 않고 남을 시켰다.

그러므로 불목을 지키는 원효는 가장 천한 일을 해야 했다. 아무도 원효의 얼굴을 바로 바라보는 이도 없었다. 원효를 옆에 두고도 중들은 체면 없는, 실없는 소리들을 했다. 마치 원효 같은 것은 사람 값에 치지 않는 것 같았다.

그럼에도 원효는 잘 쉴 수가 있었다. 밥도 잘 먹고 마음도 편안했다. 설거지를 다 해치우고 판도방에 들어가 목침을 베고 누우면 잠이 달았다.

판도방에는 지나가는 동냥중이나 거렁뱅이나 짐꾼들이 들어갔다. 그들에게는 끊임없는 이야기가 있고 웃음이 있었다. 잡소리도 했다. 그들은 이생의 최하층에 있는 사람이기 때문에 잃어버릴 체면이 없었다. 아무런 소리를 해도 망신 될 것이 없었다. 그들은 자다가 고린내 나는 발가락을 남의 입에 넣기도 하고 어떤 때는 누더기를 훔쳐 가지고 밤중에 달아나는 자도 있었다. 하지만 한바탕 욕지거리를 하고 나면 또 쿨쿨 잠이 들었다. 발가락을 입에 넣거나 코에 대고 방귀를 뀌거나 심하면 손가락으로 똥구녕을 후벼서 입에 스쳐 주더라도 그것이 그렇게 놀라운 일은 아니었다. 한 대 쥐어박고 왁자지껄 한바탕 떠들고 나면 바람 지나간 자국과 같았다.

원효더러 무슨 재주를 하라고 조를 때가 있었다. 그러면 원효는 뒤웅박을 놀렸다. 다들 잘한다고 웃고 떠들었다.

"안 그렇게 보이는데 어떡허다가 불목하니가 되었소?"

원효에게 묻는 사람도 있었다.

"어찌어찌하다가 그렇게 되었소."

원효는 이렇게 대답했다.

원효는 감천사 부엌에서 편안히 한겨울을 날 수 있었다. 부엌은 좀 우중충했으나 넓었고 커다란 아궁이 불이 활활 타는 것을 들여다보고 앉았으면 정신이 황홀할 만큼 깨끗하고 편안했다. 큰 가마솥에 밥이 잦을 때쯤이면 고소한 향기가 부엌에 찼다. 두 팔을 부르걷고 큰 동이에 밥을 푸노라면 지팡이를 끌고 부엌으로 오는 노장이 있었다. 그는 누룽지를 좋아해서 원효에게서 누룽지를 얻으러 오는 것이었다.

이 노장은 원광법사가 이 절에 있을 적부터 있었노라고 했다. 다른 중들은 이 노장이 누구인지 알려고도 하지 않았다. 그렇게 이 노장은 있으나 없으나 한 노장이었다.

그는 부엌에 오면 밥을 푸는 동안에 여러 가지 이야기를 했다. 그 이야기에 나오는 것을 주워 모아서 생각하면 이 노장은 젊어서 전쟁에도 나가 보고, 또 이 절에 와서는 지금 원효가 하는 모양으로 밥도 짓고 허드렛일도 한 모양이다. 그렇게 이 절에 오래 있으면서도 무슨 소임 하나도 지낸 일이 없었다. 누룽지에 맛을 붙인 것도 그가 불목하니를 할 때 얻은 버릇인 듯했다.

그래도 원효더러 스님이라고 하고 만나면 합장하고 허리를 굽히는 중이라고는 이 노장밖에 없었다. 이 노장을 방울스님이라고 어린 중들이 불렀다. 키가 작고 다니는 모양이 동글동글 굴러다니는 것 같다고 해서 별명이 된 모양이다. 목소리도 무척 야무져서 그가 염불하면 쇳소리 같았다. 그래서 방울 스님인지도 모른다고 원효는 생각했다. 아니면 방글방글 늘 웃는다고 해서 방울스님인지도 모른다.

"스님 내 방에 와 계시오."

방울스님은 가끔 원효에게 이렇게 말했다. 비록 성명 없는 중이나 이 절에 오래 있는 늙은이라고 해서 독성각° 지키는 방 하나를 이 늙은이에게 준 것이다.

"소승이야 젊은 놈이 어디서 자면 어떻습니까."

원효는 이렇게 번번이 사양했다.

원효가 큼직한 누룽지를 한 장 떠 주면 방울스님은 그것을 감추듯이 품에 넣고 수없이 원효를 향해서 절했다.

"관세음보살 관세음보살."

그리고는 지척지척 제 처소로 갔다.

원효는 방울스님과 대안대사를 비교해 보았다. 방울스님이 대안대사보다 한 반절 더 벗은 것 같이 생각되었다. 대안대사에게는 아직도 짓는 것이 좀 남은 것 같은데 방울스님은 아무것도 짓는 것이 없는 것 같았다. 방울스님의 경계가 더 높고 깊은 것 같았다.

한번 원효는 저녁을 다 해치우고 나서 독성각에 올라갔다. 이날은 방울스님이 누룽지를 얻으러 내려오지 않는 것이 궁금하기도 했다. 독성각에 불이 빤하게 켜 있고 그 속에서 방울스님이 염불하는 소리가 들렸다. 독성각은 큰 절에서도 비탈 하나를 올라서 동떨어져 있기 때문에 독성 불공이나 하러 오는 사람이 아니고는 하루에 한 사람도 오는 사람이 없었다. 독성각, 칠성각, 산신당이 제일 외딴 곳이었다.

독성각에는 조그마한 상이 있었다. 어깨가 꼬부라지고 한 무릎은

---

• 獨聖閣. 스승 없이 홀로 깨친 성자를 모신 전각.

누이고 한 무릎은 세우고 한 손은 세워 무릎 위에 얹고 한 손으로는 땅을 짚고 빙그레 웃는 노승의 모양이다. 원효는 독성존자의 상이 방울스님 같다고 생각했다. 그런데 방울스님은 그 앞에서 관세음보살을 부르고 있었다.

"스님 오셨소?"

저녁 불사를 마친 방울스님은 독성각에서 나오면서 원효를 보고 반가워했다. 그리고는 원효를 자기 방으로 인도했다. 방은 단칸방이었으나 관음상을 모신 불탑 앞 천정에 달린 옥 등잔에 쌍심지 불이 구슬 같이 빛나고 향내가 났다. 방 한편에 징과 북이 있고 다른 한편 벽에는 붙박이 화로가 있어 새옹이 걸리고, 경상에는 금강경과 금강삼매경이 놓여 있었다. 방울스님은 가사 장삼을 입은 채로 경상을 앞에 놓고 앉았다. 부엌에 누룽지를 얻으러 왔을 때와는 다른 위엄이 있었다.

원효는 종이에 싸 가지고 온 누룽지를 내어 방울스님 앞에 놓았다.

"오늘 저녁밥이 잘 눌었길래 긁어놓고 기다렸는데, 왜 오지 않으셨어요?"

"이런 고마울 데가 있습니까."

방울스님은 종이로 싼 것을 열어서 노르스름하게 눌은 밥을 보고 눈과 얼굴이 온통 웃음이 된다.

"이거면 또 내일 온종일 먹겠소. 이걸 마른입으로 먹어야 맛이 있을 텐데, 원 이가 있어야지. 이가 이렇게 한 개도 안 남았구려. 그러니 이렇게 끓여서 먹지요."

방울스님은 화로에 놓인 새옹 뚜껑을 열어 보인다. 그 속에는 노르스름한 것이 죽 모양으로 보글보글 끓고 있었다.

"이렇게 끓여도 고소해. 이만한 공양이 없어. 이따금 마른 입으로도 조금씩 입에 떼어넣고 우물우물해 보지요. 그렇지만 이가 없으니까 고 노긋노긋한 진미야 모르지. 허허."

방울스님은 뚜껑을 다시 덮어 놓으며 한바탕 웃었다.

"젊어서는 오후엔 먹지 않았지만 늙으니까 자다가도 헛헛증이 나요. 그래서 이렇게 새옹에 끓여놓고는 시장하면 한 숟갈씩 떠먹지요. 그래도 맛이 좋아. 고마운 일이지요."

방울스님은 이렇게 말하면서 원효가 가지고 온 누룽지를 한 조각 떼어서 입에 넣고 우물우물하며 맛있게 침을 꺌떡꺌떡 삼킨다. 그것이 마치 어린아이가 맛있는 것을 만난 것과 같았다.

"스님 약주도 잡수셔요?"

원효는 물었다.

"술?"

방울스님은 씹던 입을 쉬고 고개를 가로로 흔든다.

"술은 대안이 좋아하지."

원효는 이이가 대안을 아는가 하고 놀랐다.

"스님. 대안대사를 아십니까."

"알구 말구. 젊어서 같이 댕겼지요. 당나라에도 같이 댕겨오고."

원효는 자기의 안목이 부끄러웠다. 방울스님이 범상한 늙은이가 아니라고는 생각했지만 그가 금강경을 읽고 당나라엘 다녀오고 대안대사와 친구이리라고는 생각지 못했던 것이다. 그저 천진난만 무식한 늙은이라고 알았다. 그러면 방울스님의 이 천진난만은 공부가 많이 든 천진난만이었던가.

"네, 그러셔요."

원효는 자기가 신분을 숨기고 있는 것도 잊고 호기심이 그득한 눈으로 방울스님을 바라보았다.

"소승도 대안대사를 뵌 적이 있습니다만 대안대사가 본래 어떠한 사람인지 이름이 무엇인지 들은 적이 없습니다."

"다 서로 아는 일을 말할 필요는 있나?"

방울스님은 말하며 웃었다.

"다 서로 알다니요. 무엇을 안단 말씀입니까?"

원효는 겸허한 마음으로 물었다.

"피차에 다 같은 행색 아니오? 어머니 배에서 나오고, 오줌똥 싸 뭉개고, 밥 먹으면 배 부르고, 술 먹으면 취하고, 남녀 서로 보면 마음 동하고, 이러기를 몇천만 겁 해 내려온 중생들이니 서로 말 않기로 누가 누구인지 모를 것은 있나, 서로 다 아는 일이지. 하하하, 안 그렇소? 삼계 중생의 먹은 마음을 다 아시노라고 세존께서 말씀하지 않으셨소? 세존께서도 모든 중생의 마음 경계를 전생다생에 다 지내보셨거든. 다람쥐가 좋아하는 잣은 나도 좋아하고, 내가 좋아하는 누룽지는 또 다람쥐도 좋아하고……. 스님이야 화엄경 설법도 하시던 분이니 나보다 잘 아시겠지요. 모든 것이 다 마음에 달렸으니."

"소승이 화엄경 설법을 했다구요?"

원효는 놀라는 빛을 보였다.

"응, 아마 원효대사일걸."

"맞습니다. 소승이 원효입니다. 그런데 스님께서는 어떻게 소승이 원효인 줄을 아십니까."

"원효스님이 아직은 도력이 부족해서 내 눈을 가릴 힘이 없는 게지. 그렇지만 수십 명의 감천사 중의 눈을 가린 것만 해도 도력이 어지간한 거 아닌가. 그렇지만 아직 신장(神將)의 눈은 가리지 못한 게야. 어, 내가 또 부질없는 말을 했군."

"귀신의 눈에 띄지 않는 법이 어떠합니까?"

원효가 물었다.

"내 마음이 비면 아무의 눈에도 띄지 않지."

방울스님은 이렇게 대답했다.

"내 마음이 비자면?"

"나를 없이 해야지. 스님께 오욕이야 남았겠소마는 아직도 스스로를 높게 여기는 아만(我慢)이 남았는가 보아. 오욕을 떼셨으니 잡귀야 범접을 못하지만 아만이 남았으니 신장의 눈에 띄어. 스님이 아주 아만까지 버리시면 화엄신장도 스님의 종적을 못 찾소이다.

아만—내가 이만한데. 내가 중생을 건질 터인데, 하는 마음이 아만

이야. 이것을 깨뜨리자고 세존께서 수보리에게 금강경을 설하신 것이오. 금강경에서는 보시란 형태에 머물지 않는 것이라 하셨소. 또 응당 마음이 머무는 곳이 없게 하면서 마음을 일으키라 하셨소."

원효는 일어나서 방울스님께 절했다. 방울스님은 앉은 채로 원효의 절을 받았다. 원효는 이로부터 밤마다 방울스님에게 금강경과 금강삼매경을 듣고 또 선(禪)을 배웠다.

원효는 자기가 언제 귀신의 눈에 띄었는지 역력히 알 수가 있었다. 그전은 말할 것도 없고 단샘이를 떠날 때, '내가 좋은 일을 했다.' 한 때에 분명히 귀신들은 자기를 보았을 것이다.

그 다음에는 감천사에 들어온 뒤에 지위 높은 중들을 밥 주머니, 욕심꾸러기라고 보고 자기를 장하게 생각할 때에 감천사에 있는 귀신들이 분명히 자기를 보고 웃었을 것이다. 그밖에도 반성하면 반성할수록 귀신의 눈에 띈 기회가 많이 있었다.

'법도 오히려 버려야 하거늘 법이 아닌 것은 오죽하랴.'

"모든 것을 버리되 나까지 버려야 한다. 나의 뿌리를 남겨 두면 비만 맞으면 다시 오욕의 뿌리에서 싹이 돋아날 것이다."

원효는 방울스님의 몸뚱이 밑에서 나의 뿌리를 파내고 나의 씨를 불사르기를 힘썼다.

"스님, 어렵습니다."

하루는 원효가 방울스님 앞에 이렇게 한탄했다.

"어렵소?"

방울스님은 빙그레 웃었다.

"소승은 평생에 어렵다는 말을 한 일이 없습니다만 이것만은 참으로 어렵습니다. 죽기보다 어렵습니다."

원효는 이렇게 고백했다.

"그야 죽기보다 어렵지. 이 몸뚱이 하나 죽이기야 쉽지마는 영겁의 윤회를 끊는 것은 불보살의 보살핌 없이는 어려운 일이지요."

사실 나의 뿌리를 뽑는 행은 앙아라당이의 절식 고행에도 비길 바가 아니었다. 나의 뿌리를 찾아 들어가면 진실로 끝 간 데를 몰랐다. 원효는 어려서 놀 때 모래판에서 진솔이라는 풀뿌리를 찾던 것을 생각했다. 모래를 파고 들어가면 들어갈수록 그 머리카락 같은 뿌리가 점점 더 많이 가지를 채워서 열 가닥이 되고 백 가닥이 되어서 한량이 없었다.

그때 어떤 아이가 이런 말을 했다.,

"진솔 뿌리는 염라대왕 머리에 박힌 것이라더라."

원효는 자신의 뿌리가 깊고 넌출진 것이 이러하다고 생각했다. 그런데 그중에서 실뿌리 하나만 남겨 놓아도 또 새로운 연이 생겨서 끝없는 윤회를 거듭하는 것이었다.

원효는 방울스님에게 그 이야기를 했다.

"나의 뿌리가 빼기 어려운 것이 마치 그와 같습니다."

"나의 뿌리가 그렇게 깊다고 보는 그 마음을 떼어 버리지. 그것이 허망의 근본이 아닐까."

원효는 방울스님의 이 말에 눈이 열림을 깨달았다. 원효는 마치 잊어버렸던 것을 생각해 낸 모양으로 무릎을 치고 화엄경 〈노사나불품〉의 보현보살의 게를 외웠다.

저 부처 나라 꼭대기의 헤아릴 수 없는 세계는
지워지기도 하고 무너지기도 하지만
생하는 것도 아니요, 멸하는 것도 아니라.
비하건대 모든 나무에 꽃과 잎이 피고 지듯이
이같이 모든 부처 나라를 짓고 헐음도 그러하니라.

가지가지 나무에 가지가지 열매 열듯이
가지가지 나라에 가지가지 중생이 있어라.
씨가 다른지라 열매도 같지 않도다.
행업(行業)이 가지가지니 나라도 가지가질러라.
마치 여의보주가 마음대로 무슨 빛이나 냄과도 같아라.

모든 망상을 버리면 청정한 나라만을 보리라.
마치 공중에 구름이 용왕의 힘으로 나타나듯이
부처님 원력으로 모든 불찰(佛刹)이 일도다.
마치 재주 있는 요술쟁이가 여러 가지 재주를 부리듯이
이같이 중생의 업으로 불찰이 헤아릴 수 없도다.

그림의 상을 보고 화공의 조작인 줄 알 듯이

부처 나라를 보면 마음이란 화공의 그림인 줄 알라.

중생의 마음이 같지 않아 가지가지 망상을 일으키나니

이같이 모든 불찰도 모두 다 허깨비 같으니라.


원효는 자기가 보는 세계가 자기의 행업으로 나타남을 새삼스럽게 깨달았다. 나의 뿌리가 깊고 깊어 끊기 어렵다는 것도 결국은 내 마음의 움직임에서 오는 망상이다.

모든 망상을 끊은 원효의 앞에 나타난 세계는 정히 불국토라 이를 만큼 아름다웠다. "어떤 칠보로 된 국토 있어 평정하고 장엄한데 깨끗한 업으로 생겨 미묘하고 매우 편안하네. 저 부처님 국토에는 사람과 하늘의 세계만 있으니 공덕의 과보로 이루어져 항상 온갖 즐거움 누리"는 나라였다.

원효는 기쁨에 넘쳐서 옆에 있는 북채로 둥둥 북을 두드리고 또 일어나서 춤을 추었다.

원효가 춤을 추는 동안 방울스님은 징과 북을 울렸다. 그러다가 방울스님도 일어나서 춤을 추었다.

한바탕 두 사람이 어우러져 춤을 춘 뒤, 방울스님이 게를 읊었다.

"천 개의 해가 떠올라 온 허공을 두루 비춤과 같아 티끌을 여의고 도량에 앉으니 부처님의 광명도 이와 같으리."

원효가 일체공덕승 수미산운불(一功德勝 須爾山雲佛)의 게로 화답했다.

"낱낱의 중생을 위해 고행은 무량겁에 이르겠으나 생사의 고통이 끝이 없으니 마땅히 세상의 도사가 되리라."

"좋다. 좋다."

방울 스님은 원효의 뜻을 칭찬하고 이렇게 격려했다.

"노사나불의 본원을 밑까지 다 알고 행했으니 보현보살의 몸 허공과 같아서 여여(如如)에 의지할지언정 불국에 의지하지 않고 무량한 몸을 나타내어 널리 중생의 부름에 응한다."

무량겁 해에 보살이 쉼 없이 도를 닦는 것은 저를 위함이 아니라 중생을 고통에서 건지기 위함이다. 그러면서 '나는 중생을 건진다.' 하는 생각을 가져서는 아니 된다.

그것은 나라는 생각에 매이는 것이요, 내가 사람이라는 생각에 매이는 것이요, 내 몸이 실체라는 생각에 매이는 것이요, 이생의 수명에 매이는 것이다. 이 아상(我相), 인상(人相), 중생상(衆生相), 수자상(壽者相)의 사상(四相)을 떠나는 것이 부처라는 것이다.

원효는 전과 같이 아침저녁으로 밥을 짓고 물을 길었다. 그리고 방울 스님은 지척지척 누룽지를 얻으러 지팡이를 끌고 내려왔다.

감천사에는 봄이 와서 진달래와 복숭아 꽃이 피었다. 하루는 저녁때 방울스님이 누룽지를 얻으러 내려왔다.

"스님, 우스운 일이 있소."

방울스님은 벙글벙글 웃었다. 넓은 부엌에는 다른 사람은 오지 않았다.

"무슨 일이오?"

원효는 주걱으로 솥에서 밥을 푸면서 물었다. 고소한 밥 향기가 주방에 진동했다.

"지금 오다가 들으니, 여기 학인들이 스님의 대승기신론소를 배웁디다. 되긴 되었소. 원효스님이 지어 주신 밥을 먹고 원효스님이 지으신 대승기신론소를 배우니 되기는 되지 않소?"

방울스님은 유쾌하게 웃었다. 원효도 빙그레 웃었다. 그런데 이런 때 또 귀신의 눈에 띄지 않을까 하고 조심했다.

원효는 한가한 틈을 타 강당 앞에 가서 엿들었다.

기신론 작가인 마명보살 이야기 끝에 원효대사 평이 났다.

"보살 화생이야."

"태어나면서부터 세상 이치를 알고 스승도 없이 스스로 알아내는 이래."

이런 말을 하는 이가 있는가 하면 어떤 이는 원효를 공격하기도 했다.

"원효대사가 보살 화신이면 요석공주 때문에 파계는 왜 해."

"미인과 같이 자는 방편이면 해롭지 않은 방편인데."

모두들 웃었다. 아마 학인들끼리만 모여 앉은 모양이었다. 원효는 쓴웃음을 지었다. 그리고 엿듣던 자리에서 물러나려고 할 즈음, 한 학인이 문을 열고 나오다가 원효와 마주쳤다.

"왜, 여기 섰어?"

불목하니가 학당을 기웃거리는 것이 이상하다는 듯 물었다.

"스님네 토론하시는 것을 좀 엿들었습니다."

원효는 공손히 말하며 뜰에 내려섰다.

"그래 무슨 말을 엿들었나?"

그 학인은 원효를 놀리려 들었다.

"원효 험구하시는 것을 엿들었습니다."

"하하, 그래 공양주가 원효대사를 아는가?"

학인은 흥미가 동하는 모양이었다. 다른 학인들도 두 사람의 대화에 재미를 붙여서 툇마루에 우르르 나왔다.

"원효란 중이 요석공주하고 자서 아이를 낳았다는 소문은 들었지요."

원효가 대답했다.

"그래, 원효대사가 요석공주하고 잔 것이 잘한 일인가 잘못한 일인가?"

다른 학인이 이렇게 원효에게 물었다.

"글세요. 잘못했다고 생각해서 원효대사도 중질 그만두고 거렁뱅이질 다니는 거 아닌가요. 그렇지만 스님네 같으면 어찌하시겠소?"

원효는 이렇게 말하고 웃었다. 학인들은 서로 돌아보았다.

"어, 그 맹랑한 손이로군."

한 학인이 원효에게 핀잔을 하고 방으로 들어갔다. 원효의 말이 이상한 무게로 학인들의 정수리를 때린 것이다. 학인들은 봉변을 당한 기분이었다. 도인의 말은 무심코 하는 한마디에도 사람을 누르는 힘이 있다. 사람뿐 아니라 귀신도 도인의 하나하나의 말과 동작에 눌린다. 그것은 제 욕심에서 나온 것이 아니요, 자비심에서 나오는 것이기 때문이다.

2월 8일은 세존께서 두 그루 사라나무 밑에서 열반하신 날이다. 깨달음을 얻으신 날인 12월 8일과 같이 이날 감천사에서는 열반재를 올리고 열반경의 법문이 있었다. 학인들은 오늘로 동안거°가 해제된다고 기뻐했으나 원효는 떡을 하느라고 무척 바빴다.

인근 마을에서 많은 선남선녀가 찾아왔다. 청명이 다가와 날씨는 무척 온화했고 하루건너 실비가 왔다. 열반재를 마치고 원효는 감천사를 떠나기로 했다.

"덕분에 소승이 한겨울을 편안히 났습니다."

원효는 절 안을 골고루 다니면서 하직인사를 했다.

"어디로 가나?"

물어 주는 이도 있었다.

"어디 정처 있습니까."

"갈 데 없으면 여기 더 있지."

이렇게 떠남을 만류해 주는 이도 있었다.

평상시에는 본체만체하던 사람들도 떠난다는 말을 듣고는 섭섭한 뜻을 표해 주었다. 원효도 그것이 기뻤다.

"참 일을 잘했는데……."

---

° 冬安居. 승려들이 음력 10월 보름부터 정월 보름까지 바깥 출입을 삼가고 수행에 힘쓰는 일.

원효의 공로를 칭찬해주는 이도 있었다.

원효는 누룽지를 많이 싸 가지고 독성각으로 올라갔다. 방울스님은 북을 울리며 염불하고 있었다. 원효는 염불이 끝나기를 기다렸다. 가사 장삼을 입고 징, 북을 울리고 앉아 있는 방울스님은 완전히 허공인 것 같았다. 그의 몸에서는 아무 냄새도 안 날 것 같았다. 더구나 그 염불 소리는 맑았다. 모든 욕심을 떠난 소리였다. 그 소리가 온 법계에 가득 찰 것 같았다. 오직 중생을 위하여 부르는 염불이었다. 괴로움이 끝이 없는 이 세상에서 오욕 번뇌의 불에 타며 허덕이는 중생이 이 소리를 들으면 당장 맑음과 깨끗함을 얻을 것 같았다.

아무 거드름도 변화도 없는, 잔잔하고 담박한 소리건만 하늘 꼭대기까지, 아비지옥 밑바닥까지 울려 가서 그곳에 있는 중생의 괴로움을 덜어 줄 소리였다.

원효 자신도 몸이 극락세계에 있는 것 같았다. 형용할 수 없는 안온함을 느꼈다. 둥, 괭 하는 북과 징소리도 예사로운 소리가 아니었다. 원효 자신이 두들기면 그러한 소리가 날 것 같지 않았다. 북채로 북을 치는 것이 아니라, 방울스님의 법신(法身)으로 북을 치는 것이다. 염불 소리와 징, 북소리가 한데 어우러져서 하나가 되었다. 그 소리와 방울스님의 몸도 한데 어우러졌다. 원효는 자기가 이 동네 저 동네로 돌아다니며 부르던 염불 소리를 생각해 보았다. 그것은 원효가 목구멍으로 부른 소리요, 법신으로 부른 것은 아니었다. 심지어 원효의 염불에는 거들먹거리는 장난기조차 있지 않았던가.

원효도 물론 장난으로 염불을 한 것은 아니다, 지성으로 하느라고 는 한 것이다. 그렇지만 방울스님의 염불과 비길 때 자기의 소리는 희롱이요, 취담이요, 아무런 힘도 없었다. 그 소리가 중생의 귀에 들 어가서 듣는 이의 혼을 움직여 보리심을 발하게 할 힘이 있을 리가 없었다.

원효는 한숨을 쉬었다.

'금과 흙이다!'

원효는 속으로 이렇게 한탄했다. 자기는 흙으로 만든 그릇인 것 같 았다. 대안대사의 염불에도 이러한 힘은 없는 것 같았다. 마음에 모 든 때를 벗은 사람은 아름다운 것 중에 가장 아름다운 것이요, 높은 것 중에 가장 높은 것이다.

"천 개의 해가 떠올라 온 허공을 두루 비춤과 같아 티끌을 여의고 도량에 앉으니 부처님 광명이 또한 이와 같구나."

원효는 비로소 부처를 보는 것 같았다. 그동안 무궁한 세월이 흘러 간 것 같았다.

염불 소리와 북소리가 끊어졌다.

"세존이시여. 내가 일심으로 모든 곳을 비추는 무애광여래께 귀명 하여 안락국에 나기를 원하나이다."

방울스님은 일어나서 용수보살의 게를 읊으면서 절했다. 두 팔을 높이 들어 공중에 원을 그렸다가 합장하고는 절하고, 이렇게 하기를 열 번이나 한 뒤에 고개를 돌려서 문밖에서 있는 원효를 보고 빙그레 웃었다.

"소승 지금 떠납니다."

원효는 다른 말은 없이 누룽지 봉지를 방에 들여놓았다.

"스님께 누룽지를 공양하기도 이것이 마지막입니다. 이번에는 잘 눌어서 많이 가져왔습니다."

방울스님은 합장을 해서 고맙다는 뜻을 표했다. 원효는 발감개를 한 몸이라 문밖에 선 채로 깊이 허리를 굽혔다.

방울스님은 뜰까지 나와서 원효와 작별했으나 피차에 말은 없었다. 할 말이 없는 것이다. 말이 없어도 서로 마음이 통하는 것이다.

아마 이것이 이생에서는 마지막 작별이리라. 원효가 다시 감천사에 올 일도 없고 방울스님이 감천사 밖으로 나올 일도 있을 것 같지 않았다. 그러나 이러한 작별을 이 두 사람 사이에도 몇억만 번 했는지 모른다. 인연이 남으면 또 만나는 것이다. 수없는 반복이다. 요 다음에는 아미타불의 안락국에서 만날지도 모른다. 끝없는 보살행 중에는 안락국에도 한번은 갈 것이다. 그러나 '중생 하나하나로 고행은 끝이 없으나 생사의 어려움을 싫어하지 않'는 행자로는 이 신라 나라에도 금후 몇 번을 더 올는지 모르고, 또 지옥과 아귀, 축생도에도 몇 번 갈는지 모른다. 그러한 길에 서로 만나고 또 만날 것이다.

이 세상에 바늘 하나 세울 만한 곳에도 중생을 위해서 목숨을 아니 버린 데가 없는 것이 보살의 행색이다. 보살의 눈에는 모든 중생은 다 평등이다. 어느 중생에 대해서도 사랑하는 외아들을 대하는 심경을 가진다. 어느 중생 하나를 건지기 위해서도 목숨을 아끼지 않는다. 천 번이고 만 번이고 그 중생을 건질 때까지 죽고 또 죽는다. 이것이 보살의 대자비심이다. 이 모양으로 끝닿는 데가 없는 중생을 다 건지는 날이 보살의 행이 완성되는 날이다. 범부는 이런 말을 들을 때 입을 딱 벌린다. 그러나 보살은 이런 일에도 진력이 아니 나는 것이다.

원효는 터불터불 절 동구를 향해 걸었다. 이때, "원효대사, 원효대사." 하고 뒤에서 부르는 소리가 났다. 원효는 고개를 돌렸다. 방울스님이 큰방 앞 죽대 위에서 손짓하고 있었다. 원효는 빠른 걸음으로 방울스님 곁으로 돌아갔다.

방울스님이 퍼런 보에 싼 책을 원효에게 내밀었다.

"금강삼매경이오. 스님께 이 책을 전하는 것이 옳을 것 같아."

방울스님이 말했다.

"받자옵니다."

원효는 그 책을 두 손으로 받들어 수그린 머리 위에 높이 들었다.

원효대사라고 방울스님이 부르는 소리에 학인들이 몰려나와서 얼빠진 사람들처럼 방울스님과 원효를 보고 있었다.

원효는 방울스님께 또 한 번 절하고, 곁에 둘러선 학인들과 다른 중들께도 또 한 번 하직인사를 하고 동구를 향해 나갔다.

"노장님, 지금 원효대사라고 부르신 이가 누구오니까."

한 학인이 방울스님께 물었다.

"지금 저기 가는 저 스님이 원효대사요. 스님네들이 겨우내 원효 대사가 지어 주시는 공양을 잡수셨으니 다들 성불하시겠소."

방울스님이 웃었다.

겨우내 부엌에서 밥 짓던 중이 원효대사란 말을 들은 중들은 놀랐다. 그중에도 강당문 밖에서 원효를 희롱한 두 중은 더했다. 놀랍기도 하고 무안하기도 했으나 그보다도 천하에 이름이 높은 선지식을 옆에 두고 몰라본 것이 분했다.

"노장님 정말이오?"

원효더러 "어, 그 맹랑한 손이로군." 했던 학인이 방울스님께 물었다. 그의 이름은 의명이었다.

"무엇이 정말이냔 말이오?"

"지금 그 스님이 분명 원효대사요?"

"그렇다니까. 스님네가 공부하시는 대승기신론소를 지으신 원효 대사요."

방울스님이 웃었다.

"노장님은 그이가 원효대산 줄 어떻게 아셨소?"

"내게 누룽지를 잘 주길래 원효대산 줄 알았소."

방울스님이 또 웃었다.

의명은 곧 짐을 꾸려 가지고 원효의 뒤를 따라서 떠났다. 어디를 가느냐는 동무의 말에 의명은 뒤도 돌아보지 않고 대답했다.

"원효대사 따라가오."

52

의명은 거기서 2십 리나 걸어서 강가에서 나룻배를 기다리고 있는 원효를 만났다.

의명은 축축한 강변 흙에 엎드려서 원효에게 절했다. 그리고는 고개를 숙인 채로 애원했다.

"스님, 몰라뵌 죄를 용서하옵시고 소승이 스님을 시봉하도록 허하십시오."

원효는 의명을 붙들어 일으켰다.

"허, 방울스님이 실없는 말씀을 하신 게로군."

"오늘부터 소승은 스님을 시봉하겠습니다."

의명의 눈에 눈물이 고여 있었다.

"나를 시봉하다니. 밥 짓고 빨래하고 바느질할 줄 아오?"

원효는 농담 삼아 물었다.

"그런 일을 해 본 일은 없습니다."

의명은 정직하게 대답했다.

"그러면 내가 스님을 시봉하게?"

원효는 웃었다.

강가에는 풀이 파릇파릇하고 흐린 물이 소리 없이 흐르고 있었다. 나룻배는 저편 언덕에 매인 채 사공은 어디 가고 배만 물결을 따라 오르락내리락하고 있었다. 여기저기 봄보리 가는 농부가 있고 노고지리는 아직 소리를 하지 않았다.

의명은 원효의 허락이 내리기를 기다리며 합장하고 서 있었다.

"정처 없이 또 구름 같이 다니는 나를 따라오면 어찌하오. 그나 그 뿐인가, 감천사 독성각에 계신 방울스님이야말로 지금 동방에 으뜸 되시는 대덕이시오. 나를 따라오느니보다 방울스님께 배우시오. 아마 그 스님께서 돌아가실 때까지 배우더라도 그 스님의 높은 도력을 다 배우지 못하리라."

원효는 이렇게 점잖게 의명을 알아듣도록 타일렀다.

"소승이 감천사에 있기를 3년이나 하면서도 방울스님이 뉘신 줄을 몰라뵈었습니다. 그저 무식한 노장님이거니 하고 업수이 여겼습니다. 스님께서 한겨울을 소승네 밥을 지으셔도 절 안에 아무도 스님이 원효대사신 줄 알아본 이가 없습니다. 그리고 버릇없는 소리를 함부로 했습니다.

아까 독성각 노장님께 스님이 원효대사란 말씀을 듣고 처음에는 믿어지지 않았습니다. 임금의 스승이 되시고 천하에 이름을 떨치신 원효대사가 소승네 밥을 지으시리라고는 꿈에도 생각하지 못했습니다. 원효대사시면 귀인의 모양을 차리고 걸어 다니지도 않으리라고 생각했습니다. 그러다가 스님께서 정말 원효대사신 줄을 안 때에 소승은 전신에 피땀이 흐른 것 같았습니다. 그래서 이렇게 스님의 뒤를 따라왔습니다. 어디를 가시든지 죽기까지 스님 뒤를 따르리라 했습니다."

의명은 이렇게 말하여 원효를 따를 뜻이 굳은 것을 힘 있게 보였다.

의명은 자장율사의 배다른 아우였고, 이후 신라 32대왕 효소왕의 정승을 지낼 승려 의안과는 어머니가 같은 형제였다.

"형님이 자장율사면 왜 형님께 배우지 않고 시골로 돌아다니오?"

원효가 묻자 의명은 대답했다.

"소승은 자장율사가 마음에 싫습니다."

원효는 의명을 데리고 물을 따라서 내려갔다. 태백산에서 근원을 발한 물줄기를 따라서 내려가면 점점 낙동강 본류로 합하는 데로 가게 된다. 봄날은 길 걷기에 가장 좋은 때였다. 아직 물것도 생기지 않아서 잠자리도 편했다. 산골에서 벌판으로 내려갈수록 봄은 더욱 깊었다.

원효는 풀뿌리와 풀잎도 먹고 한데에서도 자고 했으나 의명은 싫어하지 않고 원효가 하는 대로 했다. 원효는 의명의 뜻이 어지간히 굳은 것을 보았다.

마침내 두 사람은 일선주* 지경으로 접어들어 냉산 도리사에 다다랐다.

도리사는 신라 사람 중 첫 번째 불교 신자 모례의 집터다. 눌지왕 때에 묵호자(墨胡子)라는 중이 처음으로 신라에 들어와서 모례의 집에 머물렀다고 한다.

묵호자란 '검은 오랑캐'라는 뜻으로, 이것은 중의 이름이 아니라 신라 사람이 부른 별명이다. 검은 피부라면 서역 사람일 것이다. 이

---

* 지금의 경상북도 구미.

때는 중국에 벌써 불교가 들어온 지 200여 년이 지난지라 아마 중국에 왔던 서역 중이 신라로 왔을 것이다. 옛날 기록을 보면 묵호자는 고구려로부터 왔다고 한다. 아무려나 그는 도를 펴기 위해 만리타국에 홀로 왔다.

기록을 보면 묵호자가 고구려로부터 신라 일선군에 이르니 그 고을 사람 모례가 땅을 파고 방을 만들어서 숨겨 주었다고 한다. 그때 마침 양나라에서 신라에 사신을 보냈는데 그가 가지고 온 예물 중에 향내 나는 물건이 있었다. 신라 조정에서는 그 향이 무엇인지도 모르고 무엇에 쓰는 것인지도 몰라서 내시를 보내 이것이 무엇인지를 알아 올리라고 사방에 물었다.

"이것은 향이라는 것이오. 이것을 태우면 향기가 나는 것이니 정성을 신명께 이르게 하는 것이오. 신명이라 함은 첫째 부처님이요, 둘째 달마존자요, 셋째 스님들이라. 만일 이 향을 피우고 발원하면 반드시 영험이 있을 것이오."

묵호자가 이렇게 알려주었다.

이때 마침 공주가 병이 중했다. 왕이 묵호자를 청해 분향 기도하게 했더니 공주의 병이 나았다. 왕은 크게 기뻐하여 묵호자를 칭찬하고 상으로 물품을 후하게 내려주었다.

묵호자는 모례의 집에 돌아와서 왕에게 받은 물건을 다 모례에게 주어 그동안에 진 신세를 갚고, "나는 갈 데가 있으니 그만 떠나오." 하고는 간 바를 아무도 몰랐다.

아마 얼굴이 검고 코와 눈이 다른 인도 사람으로서 혼자 타국에 숨어 들어오느라고 그 고생이 여간하지 않았을 것이다. 모례가 움을 파고 그 속에 묵호자를 숨겨준 것을 보더라도 묵호자의 신변이 대단히 위험했음을 짐작할 수 있다.

신라는(고구려와 백제도 그러하지만) 신을 숭상하는 나라다. 가장 높으신 아, 가, 나, 다, 라, 마, 바, 사, 팔신을 위시하여 이 팔신에서 나온 여러 신을 숭배했다. 임금의 일이란 신을 섬기고 백성으로 하여금 신을 잘 섬기게 하는 일이었다. 정치, 산업, 문화가 모두 이 신을 섬기는 것을 중심으로 또는 목표로 되어 있었다. 이러한 신라에 중국 사상이 들어오자 신에 대한 순수하고 한결같은 생각이 다소간 어지러워지기도 했지마는, 일면으로는 외래 사상에 대해서 유신(唯神)사상*을 지키기 위한 배타적 감정이 강하게 일어나게 했다. 신라가 불교를 여러 가지로 배척한 까닭은 이것이었다.

묵호자가 다녀간 뒤에 아도(阿道)라는 이가 또 신라에 들어왔다. 아도가 신라에 들어온 데 대해서는 이러한 기록이 남아 있다.

"비처왕(신라 21대) 때 아도화상이라는 이가 사자 세 사람과 더불어 와서 머무르며 경(經)과 율(律)을 외우니 때때로 좇아서 행하는 자가 있었다."

또 고기(古記)에는 아도화상이 신라에 온 일을 이렇게 썼다.

---

* 모든 것이 신에서 비롯했다는 사상.

양나라 대통 원년 3월 11일에 아도가 일선군에 이르니 천지가 진동했다. 아도화상은 왼손에 금고리 단 석장을 들고, 오른손에는 옥으로 만든 바리때를 들고, 몸에는 안개 장삼을 입고, 입으로는 경을 읊으며 신자 모례의 집에 왔다.

모례가 나가 보고 깜짝 놀랐다.

"접때 고구려 중 정방이 우리나라에 들어왔을 때 임금님과 신하들이 상서롭지 못한 것이 왔다 하여 죽였고, 또 멸구자라는 중이 고구려에서 왔을 때에도 전같이 죽였는데 대사는 무엇하러 오셨소? 어서 안으로 들어서시오. 이웃 사람 보리다."

모례는 아도를 맞아들여 외딴방에 두고 정성으로 공양했다.

때마침 오나라 사신이 신라에 와서 내물왕에게 다섯 가지 향을 바쳤다. 왕은 그것이 무엇에 쓰는 물건인지 모르는지라 사자를 보내어 널리 전국의 중에게 물었다. 아도는 사자에게 불에 태워 부처님께 공양하는 것이라 답했다. 아도는 사자와 함께 서울에 와 오나라 사신을 만났다. 사신이 법사에게 경의를 표하고 말했다.

"이 먼 나라에 높으신 대사께서 어떻게 오셨습니까."

불교 승려가 공경받음을 알게 된 왕은 조칙을 내려 불경을 세상에 널리 알리기를 허락했다.

이것으로 보면 아도는 수월하게 불교 포교에 성공한 듯 보이지만 고려 사람 고득상이 남긴 시사(詩史)에 따르면 아도 화상도 목 베임을 당했으나 신통력으로 모례의 집에 와서 숨었다고 한다.

또 다른 책에서는 이렇게 말한다.

아도는 본래 고구려 사람으로서 위나라에 들어가 현창화상의 문하에서 십구 년 동안 공부했다. 위나라에서 돌아온 아도는 그 어머니 고도녕의 명으로 불교를 전하고자 신라에 왔다. 그러나 신라 미추왕은 전에 없는 괴상한 일이라며 아도를 죽이려 했으므로 아도는 속촌° 모록의 집에 도망쳐 숨어 지냈다.

삼 년 동안 해를 피하여 숨어 있는 중에 왕의 딸 성국공주가 병이 낫지 않아 사방에 사람을 놓아 병 고칠 자를 구하므로 아도화상이 거기 응하여 대궐에 들어가 그 병을 고쳤다. 미추왕이 크게 기뻐하여 소원을 묻자 대사는 "천경리에 절을 지어 주시면 내 원이 족하다." 하였고 왕이 허락했다. 그러나 여론과 백성이 완고하여 말을 듣지 않으므로 집 한 채로 절을 삼았다. 그 후 7년을 지나서야 비로소 중 되려는 사람이 생겨서 법을 받았고, 모록의 누이 사시도 중이 되어 삼천기에 절을 세우니 영흥사다. 미추왕이 세상을 떠나자 다음 왕이 불교를 믿지 않아 폐하려 하므로 대사는 다시 속촌으로 돌아와 제 손으로 무덤을 만들고 그 속에 들어가 문을 닫고 죽었다. 이후 법흥왕이 불교를 일으켰다.

이 무렵 고구려는 소수림왕 때 승려 순도가 들어오고, 백제에는 침류왕 때 마라난타가 서역으로부터 들어와서 두 나라가 불교를 행하

---

° 고려 때의 선주(善州). 지금의 경북 선산읍이라 한다.

게 되었다. 아도 화상도 고구려에 있을 때는 나라에서 흥복사라는 큰 절을 지어 거처하게 했다. 그러나 아도가 원하는 것은 편안하고 대접받는 일이 아니요 세상에 빛을 전하는 일이기 때문에 편한 것을 버리고 어려운 것을 취한 것이다.

아도는 진나라 승려라고도 하고 혹은 천축 사람이라고도 한다. 혹은 고구려 사람으로 위에 들어갔다가 신라에 돌아온 사람이라고도 하고, 혹은 대사의 어머니는 고구려 사람이나 아버지는 위나라 사신으로 고구려에 왔던 굴마라고도 한다. 어느 것이 옳은지 알 수 없으나 사람의 겉모양이 특이하고 사람의 지혜로는 헤아릴 수 없는 신비로운 변화를 잘 부리고 평생을 도 펴기에 바쳤으며, 그가 설법을 할 때는 하늘에서 꽃비가 내렸다고 한다.

아도가 간 뒤에 열한 임금, 2백 년이나 지나서 법흥왕 때에 비로소 국가에서 불교를 허하게 되었다. 하지만 그때에도 이차돈이 목숨을 버리고서야 비로소 된 것이다. 그리고 보면 신라에 불도를 펴기 위하여 순교한 이는 고구려 중 정방, 멸구자, 아도 세 사람과 이차돈을 아울러 네 사람이다.

원효가 도리사로 온 것은 이러한 선인들이 도를 위하여 몸을 버린 자취를 돌아보아 첫째로는 의명과 후일에는 아사가, 사사마의 뜻을 크고 굳게 해 주려 함이었다.

도리사에서도 원효는 본명을 말하지 않았다. 의명더러도 원효가 누구인지 발설 말라고 단단히 타일러서 조심시켰다. 그것은 구태여 원효를 숨기려 함이거나 이름난 사람의 귀찮음을 피하려 함이 아니었다. 대중에게 공경과 공양을 받음으로 뜻이 교만해지고 몸의 안일을 탐하게 될 것을 경계함이었다.

원효는 도리사에서 며칠을 묵어 대중과 낯을 익힌 뒤에 절에서 허가를 얻어 가지고 냉산 한 골짜기에 조그마한 암자를 짓기로 했다.

원효는 톱과 도끼와 지게를 준비해서 의명과 단둘이서 날마다 집터를 다듬고 나무를 찍고 돌과 흙을 져 날랐다. 그러는 동안에 하루에 한 번씩 마을에 밥을 빌러 내려가고 또 큰 절에서 재를 지내면 거기서 얻은 음식으로 하루나 이틀 양식을 삼았다.

"스님, 이렇게 풀과 나무를 자르고 또 벌레를 죽이는 것은 살생이 아닙니까?"

한번은 역사를 하다가 쉬는 동안에 의명이 물었다. 집 한 채를 지으려면 나무도 많이 찍어야 하고, 풀뿌리도 많이 파야 하고, 그러노라면 나무와 풀에 의지해서 살던 새와 버러지도 많이 의지를 잃게 될뿐더러 직접 죽는 일도 많았다. 의명은 이것이 애처로웠던 것이다.

"왜 살생이 아니겠느냐."

원효가 대답했다.

"사문이 살생을 해도 괜찮습니까?"

의명은 재차 물었다.

"사바세계가 살생을 하지 않고 살아갈 수 있는 세계인가."

"그러면 사문이 속인과 다를 것이 무엇입니까?"

"범부는 저를 위해 남을 죽이고 보살은 중생을 건지기 위해서 남을 죽이느니라. 석가세존의 발에 밟혀서 죽은 중생은 얼마나 되는지 아는가. 석가세존이 열반하시기 전에 돼지고기를 잡수시지 않았느냐. 그러나 석가세존은 일찍이 한 번도 살생하신 일이 없느니라."

"어찌해서 그것이 살생이 안 됩니까?"

"세존은 당신을 위해 사신 일이 없으시다."

"알겠습니다."

원효의 말에 의명은 절을 했다.

"그러면 살생유택은 무엇입니까? 함부로 살생하지 말라는 가르침이 있지 않습니까?"

의명은 다시 물었다.

"그것은 세속 사람이 지킬 것이니라."

"보살은 살생이 없습니까?"

"그렇다. 보살은 삼계 중생을 다 죽여도 살생이 아니니라. 자비니라."

"알았습니다."

의명은 또 한 번 절을 했다.

또 어느 때에 의명은 원효에게 물었다.

"선(禪)이란 무엇입니까?"

달마존자가 중국에 온 것이 양무제 때이니 이때로부터 5~6십 년 전이라 백제와 신라에도 달마선법이 들어오기 시작한 때였다. 지금까지는 진언(眞言)과 율(律)이 가장 성했고 일부 학승 간에 화엄법화를 높여 소중히 여겼으나 달마선법은 세상 일반에서는 아직 소문뿐이었다. 그래서 의명도 이것을 원효에게 물은 것이다.

원효는 발 앞에 흐르는 냇물을 가리키며 중얼거리듯 말했다.

"선이 이런 것이니라."

산의 시내는 지형을 따라서, 혹은 빠르게, 혹은 더디게, 혹은 소리를 내며, 혹은 소리도 없이, 바위가 있으면 바위를 비추고, 구름이 오면 구름을 비추며, 아무 조작도 없이, 성급함도 없고, 쉼도 없이 흐르고 있었다. 의명은 원효의 말뜻을 알려고 언제까지나 물을 들여다보고 있었다.

역사를 시작한 지 한 달 남짓해서 원효의 암자가 낙성이 되었다. 방이 세 칸, 가운데 마루는 크고 좌우 방은 작았다. 그리고 부엌 한 간이 붙어 있었다. 마당도 반듯이 다듬고 우물도 하나 만들었다.

집 옆으로는 꽤 큰 시내가 흘러서 비가 온 후에는 방에서도 물소리가 들리고 비가 오지 않아도 가까이 가면 물소리가 들렸다. 냇가 벼랑 위에는 정자도 하나 지어 놓았다. 여기 앉으면 달 떠오르는 것이 보였다. 암자에서 서쪽으로 높은 언덕에 올라가면 먼 산과 먼 벌판이 바라보였다. 도리사 큰 절이 보이지는 않았으나 아침저녁에 종소리는 울려 왔다.

집이 다 될 때쯤에는 원효나 의명이나 목수의 솜씨가 많이 늘었다. 흙을 바르는 솜씨도 늘었다.

이 근방에 칡뿌리가 많은 것이 다행이어서 대안스님께 배운 대로 원효는 칡뿌리를 먹었다. 그냥 씹어 먹기도 하고 또 갈거나 으깨어서 먹기도 했다.

단오 전 풀은 아무거나 먹어도 독이 없다고 한다. 산에는 먹을 풀이 많았다. 그러나 원효나 의명은 먹을 풀과 먹지 못하는 풀을 구별할 줄 몰랐다.

한번은 지나가던 늙은 중 하나가 큰 절에서 소식을 들었는지 원효의 암자를 찾아왔다. 그 노승은 먹는 풀과 뿌리를 잘 알았고, 또 그것을 맛있게 조리하는 법을 가르쳐 주었다. 칡뿌리로 녹말 만드는 법도 가르쳐 주었다.

원효와 의명은 사흘 동안이나 이 노장을 따라서 산으로 다니며 봄철에 먹는 풀과 나무순과 뿌리에 대해 배우고 많이 뜯어왔다.

여름에는 여름에 먹을 것이 있고 가을에는 가을과 겨우내 먹을 것이 있다. 도라지, 삽주, 더덕, 칡뿌리를 네 가지 뿌리라 하고 도토리, 밤, 잣, 개암을 네 가지 열매라 하고 송기(소나무 껍질), 누루지(느릅나무 껍질)를 두 가지 껍질이라고 한다는 말도 가르쳐 주었다. 또 꿀을 따는 것도 가르쳐 주었다. 여름에 병이 나서 고기를 먹어야 하겠거든 뱀을 잡아서 구워 주고, 겨울이면 토끼를 먹으란 말도 했다.

"세존께서도 병난 사람은 고기를 먹여도 좋다고 하셨소."

노승은 이러한 말도 했다.

이 노승은 평상시 늘 입을 우물우물하고 있었다. 진언을 염하거나 염불을 모시는 모양이었다.

이 노승이 다녀간 뒤로 원효의 암자 살림은 풍성해졌다. 먹을 것이 많아진 것이다. 그중 물푸레나무 백랍으로 초를 잡는 법을 가르쳐 준 것은 더욱 고마운 일이었다. 물푸레나무에는 껍질에 뽀얀 가루 반죽 같은 것이 붙는다. 이것을 긁어모아서 초를 만들었다.

"낮에는 해가 있고 밤에는 달과 별이 있지만 이런 것을 쓸 데도 있습니다."

노장은 백랍을 빚으면서 웃었다.

또 밥을 빌어 온 것이 쉬었거든 물에 여러 번 씻어서 냄새가 없어진 뒤에 쑥을 넣고 끓여먹으면 좋다는 법도 가르쳐주었다. 또 나리 뿌리와 산약 뿌리는 먹어도 좋지만 천남성과 반하는 먹으면 몸이 붓는다는 말도 했다.

이름을 물으면 노승은 번히 눈만 떠 보이고, 가는 곳을 물으면 발을 한번 굴렀다. 부득이한 것 외에는 말을 하지 않았다.

"스님. 그 노장님이 고구려 사람이 아닙니까. 사투리가 고구려 사람 같습니다."

그 노승이 골짜기로 사라진 뒤에 의명은 원효에게 이렇게 물었다.

"그런지도 모르지."

원효는 이렇게 대답했다. 그러나 원효는 그 노승의 국적보다도 그의 수행한 정도와 심경을 생각하고 있었다. 원효는 대안대사에게서, 다음에는 방울스님에게서, 또 이번에는 이름 없는 노승에게서 불도의 한량없이 넓고 깊음을 느꼈다. 아울러 제 도력이 아직 유치한 것을 한탄했다.

"의명아."

원효는 문득 의명을 불렀다.

"예."

"그 노장을 어떻게 생각하는고?"

"고구려 사람이라고 생각하오."

원효는 벼락같은 소리로 일갈했다.

"가라!"

정신 차리라는 말이다. 의명은 송구했다. 원효에게서 이런 큰소리를 들은 것은 처음이었다. 평소에는 웃고 농담도 하고 친구 같았다. 그러나 이번 일갈은 무서웠다.

의명이 합장하고 고개를 숙이고 섰는 것을 보고 원효는 또 한 번 소리를 질렀다.

"알았느냐?"

"무슨 뜻이온지?"

의명은 알아듣지 못했다.

"가서 나무 한 짐 해 오너라."

의명은 지게를 지고 낫을 들고 산으로 올라갔다. 그 노장이 고구려 사람이란 것이 무엇이 잘못일까 했다.

저녁에 산에서 돌아온 의명이 원효에게 절했다.

"알았느냐."

원효의 말은 부드러웠다.

"예."

"어디 말해 보아라."

"소승이 아직 중이 못 되었습니다."

4월 8일에 원효는 이 암자에 무애암이라는 현판을 써 달았다. 그리고 제 손으로 향나무 부처 한 분을 새겨서 불탑에 모셨다.

원효는 의명을 데리고 이 암자에서 한 해를 났다. 의명은 더욱 원효를 공경했다. 얼른 보기에 허랑한 듯한 원효대사의 속에 있는 큰 빛을 본 것이다.


       ❀      ❀      ❀


먼저 원효를 냉산 무애암으로 찾아온 것은 사사마였다. 그것은 유월 어느 비 쏟아지는 날이었다. 사사마는 비를 쪼르르 맞고 무애암으로 와서 원효 앞에 절했다.

원효도 놀라면서 반가워했다.

"네 어찌 찾아왔느냐."

사사마의 말은 이러했다. 원효가 가상이를 떠난 뒤에 일 년이 지나도 소식이 없자 사사마와 아사가는 기다리다 못해서 그 조부에게 어찌할까를 물었다.

"대사가 떠나실 때에 너희더러 뭐라고 하시더냐."

손자와 손녀를 돌아보며 할아버지가 물었다.

"아직, 집에서 늙으신 조부님과 어머님을 시봉하여라. 그것이 불도니라. 이렇게 말씀하셨습니다."

사사마가 대답했다.

"언제 만난다는 기약은 말씀 않으시더냐."

"때가 오면 만나지. 이렇게 말씀하셨습니다."

사상아 노인은 한참 생각에 잠기더니 말했다.

"그것은 때가 오면 너희더러 찾아오란 뜻이다."

이때는 벌써 앓던 어머니는 돌아가셨다.

"네 오늘 길을 떠나거라. 어디를 가든지 네 스승을 찾아라."

그 이튿날 조부는 사사마를 불러 명했다. 그래서 사사마는 길을 떠났다.

"스님 계신 데를 찾거든 곧 돌아와. 나도 가게."

누이 아사가는 사사마에게 부탁했다.

사사마는 처음에는 원효가 가던 방향으로 걷기 시작해서 간 데마다 원효의 모습을 말하고 이러이러한 사람을 못 보았느냐고 물었다. 원효대사라고 찾지 않은 까닭은 원효가 행색을 숨겼으리라고 생각한 까닭이었다.

"단샘이에서 웬 사람을 만나서 물었더니, 그런 양반이면 우리 동네에서 두 달이나 계시면서 죽을 사람을 많이 살려 주시고 가셨느니라고. 그런데 그 어른이 누구신지 성명도 아니 일러주시더라고. 대체 그 어른이 누구시냐고 되려 묻겠지요. 그래서 그 어른이 원효대사라고 제가 말했습니다."

사사마는 그때의 기쁨을 다시 일으키는 듯이 눈이 빛났다. 사사마는 말을 계속했다.

"그리고는 감천사에 들러서 자세한 말씀을 들었습니다."

사사마의 말에 원효가 물었다.

"거기서 방울스님이란 노장님 뵈었느냐?"

원효는 이 말을 물을 때 몸을 바르게 하고 합장해서 스승에 대한 예를 보였다.

"네, 큰 절에서 어떤 스님이 원효대사 일을 알려거든 저 독성각에 가서 방울스님을 만나 뵈어라 하기로 가 뵈었습니다. 그리고 그날 밤을 그 노스님 곁에서 잤습니다."

"그 노스님이 누룽지 잡수시더냐?"

원효는 물었다.

"누룽지 잡수시는 것은 못 뵈었습니다."

사사마는 누룽지가 무슨 뜻인가 하면서 이렇게 대답했다. 의명도 사사마에게 감찰사 이야기를 여러가지로 물었다.

사사마는 2~3일 유숙한 뒤에 집으로 갔다. 조부께 원효대사의 거처를 찾았다는 말을 보고하기 위해서였다. 사사마는 조부에게 크게 칭찬을 받았다. 반년 동안에 혼자 정처 없는 스승의 자취를 찾아서 만난 것이 장한 일이라고 조부는 대단히 기뻐했다.

아사가와 사사마가 집을 떠나는 날 사상아 노인은 예에 맞는 차림을 갖추고 신전에서 봉고제를 지냈다. 손녀와 손자로 하여금 이 나라를 건지게 하기 위하여 큰 스승에게 보낸다는 의식이었다.

아사가도 상아머리를 고쳐서 방아머리로 사내 모양으로 틀고 남복을 입었다. 누이와 오라비는 형제 모양으로 조부 앞에 무릎을 꿇고 앉아서 마지막 교훈을 기다리고 있었다.

조부는 늙었다. 오래 수도한 몸이라 눈이 별 같고 몸이 쇠 같지만 주름과 백발은 숨길 수가 없었다. 더구나 아들은 전사하고 손자 손녀를 이제 또 정처 없이 내어놓는 것은 가슴 아픈 일이었다.

그러나 평생에 몸과 집을 생각한 일이 없는 사상아였다. 오직 신라의 젊은 사람들을 훈련하여 이 나라를 힘 있게 하자는 생각밖에 없는 그였다. 칠십 평생에 그는 가상아당의 스승으로 수천 명 청년 남녀를 가르쳤다. 그중에는 용감하게 나라를 위하여 싸워 죽은 자도 수백 명이었고 지금도 살아서 혹은 군인으로 혹은 관리로 혹은 스승으로 나라를 위해 힘쓰고 있는 자도 있었다. 그러나 그의 생각에 자기의 힘은 약소하기만 한 것 같았다. 정말 저를 잇는 큰 인물이 좀처럼 키워지지 않았다. 대개는 조그마한 도력을 얻어가지고는 제 한 몸의 부귀공명을 도모하는 무리가 되고 말았다.

그는 아들 형제를 두었다. 큰아들은 뜻이 갸륵하여 장래를 기대했으나 한산 싸움에서 전사하고 작은 아들은 지금도 살아 있으나 한 집을 지켜 갈 만한 재목도 못 되었다. 그가 만년에 희망을 붙인 것은 손녀 아사가와 손자 사사마였다. 아사가는 극히 총명하고 또 뜻이 높았다. 그래서 몸소 곁에 두고 여러 가지 고생을 시켜서 가르쳤다. 그는 열다섯 살에 벌써 가상아의 가사라(구실, 두목)가 되어서 남을 지도할 힘이 있었다. 그보다 두 살 적은 사사마도 총명하고 도량이 큰 듯했다. 그래서 내 집을 빛내고 나라에 큰 힘이 될 자는 이 남매라 믿으며 지극히 사랑하고 소망을 붙여온 것이다.

조부는 소년 소녀를 바라보다가 이윽고 입을 열었다.

"너희 이제 떠나면 언제 집에 돌아오려느냐."

"일 년에 한 번씩은 귀성할까 합니다."

사사마가 이렇게 아뢰었다.

"안 돼!"

조부의 말은 단호하며서 노기조차 띠었다.

"십 년이고 2십 년이고 도가 차기 전에는 집에 돌아올 생각을 말아라. 설사 내가 죽었다는 소문을 듣더라도 돌아올 것 없다. 너희는 할아비도 잊고 도를 이루어 나라에 큰 빛이 되는 것이 죽은 네 아비에게나 어미에게나 이 할아비에게 효도하는 것이다. 알아들었느냐?"

이 말에 두 오누이는 눈물이 북받쳐 대답을 할 수 없었다. 그렇다고 손을 들어서 눈물을 씻을 수도 없고 또 외면할 수도 없었다. 눈물이 쏟아져서 두 무릎에 빗방울같이 떨어지는 대로 내버려두었다. 조부도 한참 동안 말없이 앉아 있었다. 그도 눈이 쓰라렸다.

"이제 그만 눈물 거두어라."

손자손녀가 눈물 흘리는 것을 자연한 정이라고 용인하고 있던 조부가 이렇게 명했다. 아사가와 사사마는 소매를 들어 눈물을 씻었다. 그러나 씻으면 씻을수록 새로운 눈물이 북받쳐 올랐다.

할아버지는 그들에게는 가장 그리운 이였다. 평소에 근엄하여 좀체 웃는 모양도 아니 보이는 할아버지건만 그러한 속에도 깊은 사랑이 있는 것을 어릴 적부터 알고 있었다. 일 년에 한 번도 못 돌아올 것이면 그들은 할아버지 생전에 다시 그리운 얼굴을 대할 수 없을 것이다.

눈물을 씻는 소매가 젖으면 그 젖은 소매가 더욱 서러웠다.

"사람이 세상에 태어났으면 났던 보람을 찾아야 한다. 해는 빛을 주시고 용은 비를 주시고 검님들도 다 직분이 있으셔. 너희들은 그만한 총명과 지조를 타고났으니 필시 무슨 큰일을 하라는 방아신의 분부이시다.

앞으로 우리나라에 크고 어려운 일이 많을 것이다. 백제, 고구려와 싸움도 할 것이고 싸움이 오래 끌면 사람도 많이 죽을 것이다. 흉년도 질병도 올 것이요, 그리 되면 백성들이 마음이 어지러워져 까딱하면 나라에 큰일이 날는지도 모른다. 그러한 때에 나라를 붙들고 백성들의 마음을 바로잡는 것이 도인의 직책이다.

그러한 큰 직책을 감당하자면 큰 스승 밑에서 큰 공부가 있어야 한다. 벼락이 머리에 떨어져도 까딱없고 부귀가 오더라도 심상할 만한 공부가 있어야 해. 그런데 나는 그만한 스승이 아니다. 내가 보매 원효대사야말로 능히 너희를 두들겨서 금과 같은 사람을 만들 큰 스승인 듯싶으니 너희들은 그 어른께 몸을 맡겨라.

스승을 섬기는 법이 임금을 섬기는 법과 같아. 그러므로 임금과 스승과 어버이는 일체라는 것이다. 그중에 스승은 임금과 어버이 섬기는 법을 가르치는 이니 그러므로 스승은 임금도 공경하시는 바이다. 대개 임금을 섬기는 법이 목숨을 임금께 바쳐 버리는 것이 아니냐. 스승을 섬기는 법도 그와 같으니라. 스승에게다가 목숨을 바쳐 버려라. 무슨 어려운 일을 시키시더라도 그대로 좇아가는 것이다. 그러니 일심이란 딴 생각을 하지 않는단 말이요, 정성을 들인다는 것은 거짓이 없고 꺼림이 없이 언제까지나 힘쓴단 말이다. 알아들었느냐?"

"네."

두 오누이는 일제히 대답했다.

"장하다, 그래야지."

조부는 일어나 칼 함에서 도검 두 자루를 내어 아사가와 사사마에게 주었다. 칼의 길이는 두어 자밖에 아나 되나 오동집에 금으로 반달을 놓고, 은으로 한 칼에는 삼성(參星)을, 한 칼에는 칠성을 놓고 부드럽게 만든 사슴의 가죽으로 끈을 한 것이었다. 그 끈은 오랜 세월에 빛이 변했다.

"그 칼을 빼어보아라."

아사가와 사사마는 칼을 빼었다. 푸르스름한 몸에 가무스름한 날이었다. 공중에 들자 푸른 무지개가 뻗치는 듯했다.

　조부가 입을 열었다.

　"이 칼은 내 조부 서랑 장군께서 장군 이사부를 따라, 한 번은 우산국을 칠 때, 또 한 번은 금관국을 칠 때 세운 전공으로 나라님께서 상으로 내리신 것이다. 서랑 장군께서는 모두 세 번 전공을 세우셔서 칼 셋을 하사 받으시고 넷째 번에는 한산주 싸움에서 전사하셨다. 단잠성 싸움에서 전공으로 받으신 칼은 네 아비가 지니고 출정하여 한산주에서 전사하여 그 칼이 간 데를 모른다. 너희가 만일 고구려를 쳐서 멸하면 네 아비의 칼을 찾을 수도 있을 것이다. 그 칼은 금으로 반달과 용을 아로새긴 것으로 진흥대왕께서 차시던 보검이라고 한다."

　조부는 잠시 말을 끊었다가 다시 이었다.

　"네 아비 장춘랑은 그 동지 파랑과 함께 단둘이 밤에 적진에 숨어들어가서 적의 장수를 베어서 위태한 우리 군사를 건졌느니라. 네 아비는 충성 있는 장수이니라. 적도 그 충용에 감복해서 장춘랑, 파랑의 무덤을 만들어 놓고 물러갔느니라."

　장춘랑, 파랑은 한산 싸움에 신라군이 백제군의 포위를 당해서 전멸의 위기에 있는 것을 단신으로 적진 중에 들어가 적장을 죽이고 전군을 구원한 사람이다. 나중에 태종무열왕이 그 공을 보아 두 사람을 위하여 장의사라는 절을 지어 그들의 명복을 빌었다(장의사는 세

검정에서 동북으로 고개 하나 넘어가서 그 절터가 있다*).

아버지 이야기를 들은 아사가와 사사마는 한번 몸을 떨었다.

"아마 네 아비가 적장의 목을 벤 것이 그 칼일 것이다. 용을 아로새긴 그 칼일 것이다. 한번 쾌하게 그 칼을 썼으니 여한이 없을 것이다. 네 아비가 칼을 잘 썼느니라. 얼마나 날렸는지 몸을 솟구쳐 나는 참새를 베었느니라.

네 증조부님도 칼을 잘 쓰시기로 이름이 높으셨거니와 항상 이렇게 말씀하셨느니라. 칼 쓰는 공부는 베고 싶은 것을 무엇이나 벨 수 있게 되어야 한다고. 공중에 나는 티끌을 쪼갤 만하여야 비로소 검객이라고 하셨다. 또 이런 말씀도 하셨느니라. 칼을 쓰는 사람은 먼저 제 욕심 베기를 공부해야 한다. 능히 제 목을 썽둥 자를 만하면 아무러한 적이라도 그 칼을 피하지 못한다. 저를 먼저 베고야 적을 베느니라. 저는 살고 적만 죽이려 하면 적은 살고 저는 죽는다.

너희들은 아직 이 말을 못 알아들을 것이다마는 이제 공부를 하노라면 알게 될 것이다. 들으니까 원효대사가 검술에도 명인이라더라. 나의 뿌리를 뽑은 사람이 무엇을 하면 명인이 아니겠느냐. 능히 만인을 죽이고 능히 만인을 살리는 재주를 배워 이루거든 할아비를 찾아오너라. 할아비가 그전에 죽더라도 눈만은 뜨고 너희들이 어떻게 되나 보고 있을 것이다."

---

* 현재는 세검정 초들학교 당의사 당간지주가 있다.

조부는 말을 이었다.

"네 그 칼에 새긴 반달과 별을 보아라. 네 마음이 참된 때에는 달님 별님이 네 칼에 힘을 주시되 네 마음이 거짓될 때에는 정기를 아니 빌려주실 것이야. 유신 장군이 나라의 원수를 갚는다고 칼을 단에 놓고 빌 때에 별빛이 칼날까지 뻗었다고 한다. 신의 도움이 없으면 아무리 좋은 칼도 쇳조각과 다름이 없어. 재주로 칼을 쓰는 것이 아니라 신명이 주시는 힘으로 칼을 쓰는 것이야. 신명은 맑고 깨끗한 마음을 좋아하느니라. 네 마음이 청정할 때에 신명이 네 마음에 계시니라. 원효대사가 작히나 잘 가르치시랴마는 할아비의 마지막 훈계로 알고 마음에 새겨 두어라."

아사가와 사사마는 조부의 말을 한마디 한마디 간에 새겼다. 그 말 속에 풍긴 어버이의 애정이 더욱 힘 있게 사람의 혼을 흔들었다.

"이제 가거라."

조부의 명령에 아사가와 사사마가 일어나 조부의 앞에 절했다. 그 때 새로운 눈물이 쏟아졌다.

아사가와 사사마는 화랑 모습으로 차렸다. 조부께 받은 칼을 차고 바랑을 지고 나섰다. 조부는 대문 밖에 나와서 둘이 걸어가는 것을 보고 있더니 곧 들어가고 말았다. 아사가와 사사마는 조부가 들어가고 보이지 않는 곳을 향하여 울고 절했다.

이 모퉁이만 돌아서면 다시는 집이 아니 보일 굽이에 가서 아사가와 사사마는 뒤를 돌아보았다.

"불이야!"

아사가는 놀라는 소리를 질렀다. 집에서 불이 타오르고 있었다.

"할아버지!"

오누이는 땅에 엎드려서 울었다. 조부의 뜻을 안 것이다. 인제 집이 없으니 집 생각을 말라는 뜻이다.

두 사람은 다시 집으로 달려가고 싶은 것을 참고 조부의 정성을 존중해서 뒤도 돌아보지 않고 훨훨 걸었다.

"누나."

얼마를 가다가 사사마가 누이를 불렀다.

"응."

"할아버지는 안 돌아가셨을까."

"안 돌아가실 것이다."

"어떻게 아오?"

"가상아당이는 어떡허고."

"그래. 할아버지는 가상아당으로 가실 거야. 거기서 돌아가시는 날까지 사람을 가르치실 거야."

사사마는 마음이 놓였다.

날은 흐리건만 찌는 듯 더웠다. 언제 큰 소나기가 쏟아질는지 모른다.

# 재회

요석공주가 아들 설총을 데리고 원효가 사는 무애암을 찾아온 것은 칠월 칠석 해질 무렵이었다. 큰 비가 온 후임에도 아직 날은 개운치 않아서 비가 오락가락했다.

공주는 계집종 반야와 시녀 한 명과 요석궁 대사를 데리고 왔다. 가마를 타고 와서 가마는 도리사에서 돌려보내고 무애암까지는 걸어서 올라왔다. 무애암에는 아사가가 혼자 있었다. 요석공주는 듣던 바와 같다 하고 마주나오는 아사가를 뚫어지게 보았다.

초어스름이라 하기에는 아직 밝은 때, 산간 암자 앞에 서 있는 아사가는 마치 갓 벌어진 도라지꽃이나 박꽃 모양으로 아담했다. 두

귀 밑에 반달 모양으로 늘어진 귀밑머리 쪽, 발목까지 내려덮은 자주 치마, 노란 웃옷. 흔한 차림이지만 아사가의 경우에는 특별하게 아름다웠다.

요석공주는 초면인 것도 원효에 관한 말을 묻는 것도 잊고 얼빠진 듯이 아사가를 보았다. 아사가도 갑자기 찾아온 여인이 요석공주임을 본능적으로 알았다. 공주의 눈이 자기를 뚫어지게 보는 것이 아플 지경이었다.

"들어오시지요. 빗방울이 떨어집니다."

아사가는 공주의 시선을 피하여 계집종에게 업힌 아기를 보았다. 그는 업혀서 오는 동안에 자다가 잠을 깨어서 부리부리한 눈알을 자꾸 움직이고 있었다.

'저 아기가 원효대사 아들인가.'

아사가는 아기 얼굴에서 원효 닮은 곳을 찾으려 했다. 가슴이 울렁거리고 제 몸이 있을 자리를 얻지 못하는 것 같았다. 아기는 원효대사를 닮은 듯도 하고 닮지 않은 듯도 했다.

"원효대사는 어디 계시오?"

공주는 얼마 후에야 이렇게 입을 열었다. 그러나 그 소리는 차고도 떨렸다.

"노스님께서는 물난리 만난 사람 구제하러 가신 지 벌써 닷새가 되어도 아니 돌아오셨습니다."

이번 물난리에 이 고을 일선주에서만 3백여 명의 사람이 죽었고 집이 무너진 것이 천여 호, 논밭이 떠내려가서 굶는 사람이 얼마인지 알 수 없었다.

"대사 혼자 가셨소?"

공주는 다시 물었다. 이 암자에 단 둘이 사는가, 또는 둘 말고도 다른 사람이 있는가 넌지시 알려는 수였다.

"상좌 한 분하고 이 몸의 동생을 데리고 가셨습니다."

공주는 적이 숨을 돌렸다. 그리고 자기 속을 아사가에게 송두리째 들키지는 않았나 부끄러운 생각이 들었다. 공주가 보기에 아사가는 딸과 같이 어린 계집애지만 그 별 같은 눈이 족히 사람의 속을 꿰뚫어 볼 것 같아서 몸이 옴츠러드는 듯했다.

"대사 계신 자리가 어디요?"

공주는 파랗게 질린 듯하던 얼굴에 상기된 기운이 돌고 방그레 미소를 띠면서 한 걸음 아사가에게 가까이 갔다.

"여깁니다."

아사가도 평생 처음 경험하는 질투를 삼키면서 공주를 원효의 방으로 인도했다.

방에는 금강경이 놓인 상 하나와 줄로 결은 방석 하나가 있을 뿐이다. 공주로서는 평생에 처음 보는 검소한 방이었다.

공주는 먼저 불탑에 절했다. 마음으로 부왕과 모후의 만세를 빌고 원효가 물난리에 무사하기를 빌고 다음에는 설총의 수명장수를 빌었다. 그런 뒤에 공주는 계집종을 불러 아기를 들여오라 했다. 공주는 설총을 경상 앞에 앉혔다.

"아가. 이것이 네 아버님의 자리다. 절하여라."

이렇게 이르고는 몸소 원효의 자리를 향해서 절했다. 설총도 엄마 모양으로 두 팔을 짚고 절했다. 원효의 옷을 향하여 날마다 절하게 한 것이 버릇이 된 것이다.

아사가는 공주가 원효의 자리를 향해서 이렇게 하는 것이 아름답기도 하고 슬프기도 했다.

공주는 횃대에 걸린 원효의 가사와 장삼을 만져도 보고 방석을 쓸어도 보았다. 서로 번개같이 만났다가 떠난 지 3년, 공주는 깊은 궁중에서 밤낮으로 원효를 그리워했다. 이 방에서는 원효의 살 냄새가 나는 듯도 하나 아사가의 향기가 더 높은 것도 같아서 고개를 돌려 곁에 읍하고 서 있는 아사가를 다시금 돌아보았다.

어차피 한데 모여서 살 수 없는 남편인 줄은 본디부터 알았던 일이지만, 사람의 마음은 마음대로 안 되는 것이다. 보고 싶고 그리운 마음을 공주의 힘으로는 어찌할 수 없었다.

뱃속에 든 아이가 점점 자라서 꼼틀꼼틀 놀 때면 남편이 그리웠다. 아기를 낳으려고 배가 아플 때는 남편이 더욱 못 견디게 그리웠다. 차차 배 아픈 것이 재우쳐서 가끔 정신이 아뜩아뜩할 때면 공주는 두 팔을 허공에 내둘러서 원효의 힘 있는 손을 찾았다. 그 손을 한번 거머쥐기만 하면 금세 아기가 나올 것만 같았다.

2월 기나긴 밤을 이렇게 허전함으로 새었다. "앙앙" 소리를 지르고 싶었다. 손에 닿는 것이면 무엇이나 할퀴고 찢고, 입에 닿는 것이면 무엇이나 물어뜯고 싶었다. 그렇게 괴롭고 그렇게도 못 견디게 아팠다.

진통이 잠시 뜸할 때면 못 견디게 졸렸다. 늙은 시녀는 졸면 안 된다고 공주를 흔들었다. 그러노라면 또 배가 아파오고 진땀이 부쩍부쩍 났다.

"내가 죽는 것이 아니오?"

마침내 공주는 이런 소리를 했다.

"그런 말씀 하시는 것 아니오. 삼신님이 지금 이 방에 계시니 그런 부정한 말씀 하시는 것 아니오. 지금 아기께서 시각을 찾으시느라고 그러니 제 시각만 되면 언제 낳으시는지 모르게 아기께서 나오시오."

인생 고락에 모르는 것이 없는 늙은 시녀가 공주에게 훈계했다.

"아기를 낳는 것은 큰일이오. 아낙네가 아기 하나를 낳으면 전에 지은 모든 죄가 소멸된다 하오. 그렇게 힘들고 아픈 것을 참고 새 사람을 낳았으니 마마요, 바바(어머니)라는 것이오. 아낙네가 아기를 낳음으로 신이 되는 것이오."

만물을 낳은 이가 어머니시다. 어머니는 힘들고 아프게 우리를 낳은 것이다. 그리고 힘들고 아프게 우리를 기른 것이다.

천지가 온통 으스러지고 캄캄해지는 듯한 지독한 아픔이 오자 공주는 언제 낳았는지 모르게 아기를 낳았다.

아픈 것은 씻은 듯 부신 듯했다.

공주는 "응애, 응애" 하는 아기의 첫울음 소리를 들을 때에 평생에 처음인 기쁨을 느꼈다. 진실로 무엇이라고 형언할 수 없는 기쁨이었다. 이것은 오직 어머니만이 아는 기쁨이다.

"공주마마. 많은 자손을 담은 커다란 불알이 분명하오."

늙은 시녀는 이렇게 말하고 세 번 손뼉을 치고 비벼 우선 삼신님께 빈 뒤에 삼을 가르고 아기를 향물에 목욕시켰다. 아기는 웅장한 소리로 울었다.

"내가 낳기가 힘들고 아픈 것같이 제가 나기도 힘들고 아팠을 것이다."

공주는 혼잣말을 했다.

"힘들고 아프지 않고 되는 일이 어디 있소."

늙은 시녀가 말했다.

태는 살라서 삼신께 도로 바치고 달님께 젖을 빌었다.

아기가 태어났다는 기별을 듣고 왕과 왕후는 요석궁에 거동했다. 유신 각간의 부인이 된 동생 지조공주도 왔다. 지조공주의 배에는 벌써 아기가 들어 있었다.

"어, 잘생겼다. 여러 천 년 제사 받을 놈이다."

왕이 아기를 보고 기뻐했다.

"아바마마, 이놈의 이름을 무엇이라 하올지."

공주는 왕이 기뻐함이 마음에 흡족해서 이렇게 여쭈었다.

"이름이라, 그래 이름을 지어야지."

왕은 이윽히 눈을 감고 궁리한 뒤에 말했다.

"사라사가라고 하자. 사라는 별님이 계시다, 오래 산다는 뜻도 되고, 또 우리나라 이름도 되고, 사가는 별님의 아들이란 말도 되고, 어질고 지혜롭다는 말도 되고, 번영한다는 말도 되고. 사라사가, 사라사가 어떻소."

"좋은가 하오. 천세 만세 퍼지라고 다가(당아)를 하나 더 붙이시면 어떠히올지."

왕후가 대답했다.

"제 아비 이름도 사가다가(사당아)라 하니 '사라사가다가'라 하자."

왕이 결정했다.

'사라사가다가'에 한자를 붙여서 설총(薛聰)이라고 했다.

세 이레에 당에 빌고 네 이레에 당에 빌고, 이레 만에 당에 빌고 백날에 분황사 부처님께 빌고 백스무 날에 방아당에 첫길을 다녀서 아기를 신전에 바치고 당아상아(동정, 신당에서 내리는 종이쪽)를 받잡고 첫돌에 당아바(당기. 당에서 내리는 헝겊)를 받았다.

공주는 얼마나 이 날을 기다렸던가. 이제는 동정도 받고 당기도 받았으니 아기를 데리고 남편을 찾아 떠나도 좋은 것이다.

공주는 이러한 뜻을 왕께 여쭈었다.

"원효대사가 지금 어디 있는지 소문을 들었느냐."

왕이 물었다.

"어디 있는 데는 모르오나 찾아 떠나면 못 찾을 줄 있사오리까."

공주는 굳은 결심을 보였다. 공주의 마음에는 설총을 단 한 번만 원효에게 보이기만 하여도 원이 풀릴 것 같았다.

"그러면 각 고을에 영을 내려서 원효대사 있는 데를 찾아보지."

왕이 말했다.

"그러하실 것 없는 줄 아오. 요석 모자가 몸소 찾으려 하오."

공주가 아뢰었다.

"그러기로 있는 곳도 모르는 사람을 무턱대고 찾아 떠난단 말이냐. 이 더운 여름날에 젖먹이 어린것을 데리고."

왕은 아버지로서의 근심을 보였다.

"그러하오나 그것이 지어미가 지아비를 찾는 도리인가 하오."

왕은 고개를 끄덕이고 다시 말리지 않았다. 다만 속으로 공주를 위하여 차비를 잘해 주고 수령 방백에게 공주 일행을 잘 도우라고 분부할 것을 생각했다. 그러면 임금의 딸로서 받을 만한 대접을 받아서 어디를 가든지 고생은 않으리라고 생각했다. 그러나 그러한 말을 공주에게는 하지 않았다.

공주가 서울을 떠난 것은 유월 유두를 지난 어느 날이었다. 이 여름이 가물어서 농사가 말이 아니요, 산에 초목도 탈 지경이었다. 날이 잔뜩 흐려서 굵은 빗방울이 뚝뚝 떨어지다가는 곧 개어 버리기를 여러 번 해서 사람들의 목마름을 더욱 못 견디게 했다.

요석공주의 가마가 서울 거리로 지나갈 때 백성들은 "아들 낳고 남편 찾아가는 요석공주"라고 수군거렸다.

"어디로 모시오리까."

모시는 무리가 갈림길 같은 데서 물으면 공주는 "원효대사 계실만 한 데로 아무데로나." 하고 좌우의 산천을 바라보았다. 원효대사가 있는 데면 무슨 환한 빛이라도 있을 것 같았다. 그러고는 혹은 좌로 혹은 우로 길을 잡아서 갔다.

"원효대사 어디 계신지 모르시오?"

공주를 모시는 대사(大舍)는 만나는 사람마다 물었다.

"몰라요."

"뒤웅박을 놀리고 염불하고 다니는 거렁뱅이 스님 어디 있단 말 못 들었소?"

이렇게도 물었다.

"하고 많은 거렁뱅이에 누가 누군 줄 아오?"

이런 대답이 돌아왔다.

공주의 일행은 모자산, 보현산을 거쳐서 소문국 경내에 다다랐다. 소문국은 오래 전 삼한시대의 작은 나라로서 신라에 합병된 의성에 있던 나라다. 그래도 궁궐터도 있고 임금이 쓰던 어정이라는 우물 도 있다. 허어리원이라는 곳에 이르러서 점심을 먹으며 동네 사람 에게 원효대사의 거처를 물었더니 거사로 차린 사람 하나가 이렇게 말했다.

"그런 도승이 세상에 숨어서 다니지 이름을 말하겠소. 내가 빙산 원을 지나노라니까 빙산사 빙혈 속에 이상한 스님이 한 분 머물러 계시다고 합디다. 중인지 거사인지도 분명치 않고 마을에 밥을 얻으러 내려와서는 노래를 부르고 춤을 추고 그런답디다. 노래를 썩 잘 부른다고요. 그런데 고기를 주면 고기를 먹고, 술을 주면 술을 먹는다는 것을 보니까 중은 아닌지도 모릅니다."

이 말에 공주는 기뻤다. 그것이 필시 원효인 것 같았다. 공주는 차비를 급히 몰아서 빙산으로 갔다. 빙산사에서 물으니 과연 빙혈에 웬 사람이 들어 있다고 했다. 중들은 그가 필시 미친 사람일 것이라고 했다.

"왜 미친 사람이라고 하오?"

"얼음이 땅땅 얼어붙은 추운 구멍에 들어가서 밥도 며칠에 한 번씩 먹는지 마는지 하고 이따금 나와서는 노래를 부르고 춤을 추고 돌아다니니 미친 사람이 아니고 무엇이오?"

공주는 대사와 종을 데리고 빙산사 중의 안내를 받아 빙혈을 찾아갔다.

"저기 커다란 바위가 있지 않소. 그 바위 밑에 찬바람이 씽씽 불어 나오는 큰 굴이 있습니다. 그것이 풍혈(風穴)이라는 것이고 또 그 밑에 작은 구멍 하나가 있어 빙혈이라 합니다. 그 속은 얼마나 깊은지 아는 사람이 없소. 말인즉슨 저승까지 닿았다고도 하고 서방세계 극락정토까지 닿았다고도 하지요."

과연 높이 석 자, 너비 댓 자쯤 되는 굴이 있는데 서늘한 바람이 훅훅 내어 불어서 땀에 젖은 몸이 소름이 끼쳤다. 공주는 그 굴에 들어가 보았으나 아무것도 없었고 박쥐가 푸덕거릴 뿐이었다.

공주는 빙혈이라는 것을 찾았다. 겨우 몸이 들어갈락 말락 한 구멍이다. 거기서는 풍혈에서보다 더 찬 기운이 훅훅 내어뿜었다. 공주는 치마를 가뜬히 졸라매고 그 구멍으로 들어가려 했다.

"안 됩니다. 소인이 먼저 들어가 보고 나오겠습니다. 속에 무엇이 있는지도 모르고, 이런 데 흔히 긴 짐승이 들어 있습니다."

대사가 깜짝 놀라 공주의 앞을 막아섰다.

"이 몸은 남편을 찾아서 위태한 데를 들어가거니와 이녁을 까닭 없이 사지에 보내랴. 아무리 무지한 짐승이기로 남편 찾는 아내의 뜻을 몰라주랴. 너는 아기나 잘 보호하라."

공주는 캄캄한 굴속으로 더듬더듬 기어들어갔다. 이리 꼬불 저리 꼬불 몇 굽인지 알 수 없는 어떤 굽이에서는 밑으로 뚝 떨어졌다.

'밑 없는 허공에 빠져서라도. 이 몸이 아비지옥 불구덩이에 떨어지더라도.'

공주는 허공에 몸을 던지기도 몇 번 했다. 점점 추워졌다. 길을 더듬는 손끝이 얼었다. 머리 위에서 뚝뚝 떨어지던 물방울도 멎었다. 다 얼음이 된 것이다. 얼마나 들어갔는지 모른다. 공주는 전신이 꽁꽁 어는 듯했다. 발이 가끔 미끄러지는 곳은 얼음판이었다. 굴이 넓어졌다. 허리를 펴고 팔을 둘러도 거칠 것이 없었다.

공주는 한번 소리를 쳐서 불러보았다.

"아바아(여보오)."

굴속이 웅 하고 울렸다. 울리는 소리가 마치 큰 쇠북 마지막 소리 모양으로 길게 꼬리를 끌다가 스러졌다.

그리고는 아무 소리도 없었다. 공주는 낙심하는 생각이 났다.

'그래도 끝까지 가 보아야.'

공주는 걸어 들어갔다.

어디서 불빛이 번쩍했다. 공주는 우뚝 섰다. 소름이 쭉 끼쳤다. 캄캄한 어둠 속에 있던 눈이라 불빛에 눈을 뜰 수가 없었다. 얼마 후에 다시 눈을 뜨니 분명히 솔광불이었다. 그리고 그 불 곁에 웬 사람 하나가 앉아 있었다. 수염이 많이 나고 눈이 빛났다.

공주는 원효대사인가 하고 달려 들어갔다. 그러나 그 사람은 아무 반응이 없었다. 공주는 우뚝 서며 두 손을 가슴에 대었다. 그리고 그 사람의 얼굴을 들여다보았다.

"놀라지 마시오. 나도 사람이오."

그 그림자 같은 사람은 이렇게 말했다. 청아한 음성이나 분명히 사람의 음성이었다.

공주는 두 무릎을 꿇었다. 그러나 말은 나오지 않았다. 가슴이 울렁거리고 몸이 사시나무 떨리듯이 떨렸다. 놀람인가, 무서움인가, 안심함인가, 공주 자신도 잘 분간할 수 없었다.

공주가 정신을 진정하기를 기다려 그 사람이 말했다.

"공주가 원효대사를 찾아오신 모양이오만 원효대사는 벌써 다른 여자에게 마음을 옮겼으니 애써 찾을 것도 없지 않소."

진정되려던 공주의 마음은 더욱 어지러워졌다.

"누구신지 모르오나 부질없는 말씀으로 이 몸을 놀리는가 하오. 원효대사는 계집에 마음이 흔들릴 어른이 아닌가 하오."

공주는 그 사람에게 분한 마음을 느꼈다.

"하핫하핫."

그 사람은 배와 어깨를 흔들며 웃고 나서 말했다.

"계집에 마음이 흔들리지 않은 사람이 어떻게 요석궁 오월 밤에 공주의 방에서 운우지락이 낭자해서 아들을 다 낳았겠소? 하하하하, 우스운 말 다 듣겠네."

그리고는 또 어깨를 흔들고 웃었다.

"아니오."

공주는 소리를 높여서 말했다.

"그날 밤에는 이 몸이 얕은 꾀로 대사를 궁중에 모셔다가……."

말이 끝나기도 전에 그가 공주를 노려보았다.

"궁중에는 끌어가더라도 싫어하는 말 물이야 먹일까."

공주는 말이 막혔다. 공주의 눈앞에는 높은 도승인 원효 대신에 계집을 어르는 사내인 원효가 나타났기 때문이다.

공주는 그 사람이 늙어서 쇠약해졌음에도 눈이 범상치 않다고 생각했다. 껄껄대고 웃던 눈과는 딴판이었다. 대관절 이 사람이 어떻게 자기가 요석공주인 줄을 알며 어떻게 요석궁 오월 밤이란 것을 그렇게도 잘 알까. 이 사람이 필시 원효와 친구로서 서로 마음을 허하는 사람인가 해서 의지하고 싶은 생각이 났다.

"누구신지 몰라뵈었사오나 원효대사를 잘 아시는 듯 하시니 원효
대사 계신 곳을 일러 주시오. 젖먹이 어린아이에게 아비의 얼굴을
보이려고 지향 없이 떠난 몸이니 어여삐 여기시오."

공주는 애원하는 말을 했다.

"허허. 안 될 말. 왜 애매한 어린 아기를 팔까."

그 사람은 이렇게 말하고 또 눈을 흘겼다. 그 눈 흘김이 사람이 기
절할 만큼 무서웠다.

"무슨 말씀이온지?"

공주는 영문을 몰라서 물었다.

"자네가 생각이 나서 원효를 찾아간단 말을 않고 왜 어린애를 팔
아? 으응. 젖먹이가 아비를 보고 싶다 할까."

공주는 큰 방망이로 정수리를 꽝하고 얻어맞은 것 같았다. 저도 제
마음이 그렇다고 생각한 일은 없건마는 말을 듣고 보면 그 말이 옳
은 것 같았다. 그렇지만 자기가 임금의 딸인 줄 알고 하는 말버릇일
까 하고 공주는 노여웠다.

"아내가 남편이 그립기로 허물되오리까."

공주의 음성은 떨렸다.

"암캐가 수캐를 따르기는 허물될 것은 없지. 거짓이 허물이란 말
이요. 그는 그렇다 하고 아까 말한 대로 원효는 벌써 반한 계집이 있
어. 나이는 열일곱, 이슬 먹은 꽃송아리 같은 계집이오. 아마 공주도
아사가 곁에 가면 무색하오리다. 새 정에 미친 사람이 옛 계집을 보

면 죽일 마음을 낼는지 몰라. 원효가 그 기운에 한 번 주먹으로 치면 공주는 으스러져서 고기 반죽이 되고 말리다.”

“설마 원효대사만 한 이가 그러하오리까.”

공주는 그 사람의 무지한 말이 원망스러웠다.

“원효대사야 안 그럴 테지. 원효대사는 안 그럴 테지만 원효라는 사내는 그렇단 말이오. 대사 원효를 찾아가겠거든 가보시오. 하지만 사내 원효를 찾아가겠거든 차라리 여기서 나하고 하루 자고 가시오. 나도 오래 홀아비 살림으로 계집을 보니 생각이 나오.”

공주는 전신의 피가 온통 머리로 끓어오르는 듯 분했다.

“말씀이 너무 무례하지 않소? 이 몸을 어떠한 계집으로 보고 그런 버릇없는 말을 하시오? 아무리 보는 이 없는 굴 속이기로 여기도 불보살과 신명이 세상을 굽어보시는데.”

공주는 벌떡 일어나며 아드득하고 이를 갈았다.

“일어나기로 내가 놓쳐 보낼라고. 여기를 들어오기는 마음대로 들어왔어도 나가기는 마음대로 하지 못할 것을.”

그 사람이 싱글싱글 웃었다.

공주는 이 사람과 목숨을 내어 걸고 싸울 결심을 했다. 그리고 손을 품에 넣어 몸에 지닌 칼자루를 더듬어 쥐었다. 그리고 목을 가다듬어 소리를 질렀다.

“계집의 한 마음이 얼마나 무서운 줄 알고. 이 몸에 손가락 하나만 건드려 보아라. 할퀴고 물어뜯어 잔뼈 하나 안 남겨 놓을 터이니.”

공주는 이렇게 말하면서 뒷걸음으로 슬슬 물러섰다. 그러면서 그 사람의 눈에서 눈을 떼지 않았다. 그 사람의 모양이 차차 작아질 때, 문득 그가 벌떡 일어섰다. 공주는 전신에 찬물을 끼얹는 듯했다.

그러나 그는 다음 순간 무서운 모양이 아니요, 관세음보살이 이러할까 하도록 온화하고 자비로운 모습이었다. 그가 공주 편으로 걸어왔다.

공주는 주춤하고 섰다. 그의 손에는 솔광불이 들렸다.

"들어오던 길로는 나가시기 어려울 것이니 내 뒤를 따르시오."

그 사람이 공주 앞에 섰다. 공주는 뒤를 따랐다.

"일선주 도리사로 가시면 원효대사를 만나리다. 그러나 큰비가 올 듯하니 사흘 안에 강을 건너시오. 그리고 원효대사가 아직도 전세의 업장이 남아 있어서 여자 때문에 도를 못 이룰 근심이 있으니 잘 도우시오. 원효대사에게는 인연 있는 여자가 많아. 이번 생에 많이 따라와 있소. 그 인연을 모두 이기고 끊기가 장히 어려울 거요. 첫째로 공주한테 졌고 다음에 위태한 것은 아사가야. 아사가와의 인연은 공주 이상으로 깊소. 그 밖에 여러 여자가 있어. 나같이 얼음 구덩이에 앉아 있어도 번뇌의 불이 좀체 식지 않거든. 하하하하. 원효대사는 성질이 호탕해서 이길 심이 부족해. 부디 공주는 더 원효대사를 유혹하지 마시고, 또 아사가 아가씨와 서로 샘내고 시기하지는 마시오. 하하하하. 아사가도 장차 큰 스승이 될 사람이야."

그 사람은 뒤도 돌아보지 않고 말했다. 솔광불 빛에 그의 장삼 자락과 소매 그림자가 여러 가지 형용을 그렸다. 공주는 그 그림자가 제 몸에 닿지 않도록 조심하면서 뒤를 따랐다.

굴 밖에 나섰다. 쏴아하고 물 흐르는 소리가 들리고 눈이 부셨다. 한참 뒤에 비로소 발 앞에 산 개울과 산의 푸른 모양이 보였다. 후끈하고 한증 속에 들어온 것 같았다.

공주는 그 사람의 앞에 공손히 합장하며 사죄했다.

"누구신지 몰라뵙고 버릇없는 말씀 많이 아뢰어서 죄송하오. 화식* 먹는 몸이 눈이 무디어서 그리했사오니 허물 말아 주시오."

"버릇없는 말은 이 몸이 더 많이 한걸, 하하하하."

그 사람은 개천에 엎드려서 물을 마셨다. 장삼과 가사가 물에 잠겨 들어갔다. 공주는 그 옷자락을 걷어 잡아 주고 싶었으나 내외에 어긋나 그리하지 못했다. 그러나 다음 순간에 공주는 놀랐다. 그가 물을 다 먹고 일어서니 가사와 장삼은 조금도 젖지 않았다. 공주는 눈을 크게 뜨고 보았으나 그의 옷에는 물 한 방울도 묻지 않았다. 공주는 갑자기 무서운 마음이 나서 합장하고 무릎을 꿇었다.

"이 몸 앞에 서신 어른이 누구시온지."

"이름 없는 중이오. 마을 사람들은 미치광이 거렁뱅이라 하지요. 원효대사는 알리다."

그는 굴속으로 들어가 버렸다.

---

* 불에 익힌 음식.

공주는 굴을 향해서 수없이 절했다.

나중에 원효에게 이 말을 했더니 원효가 웃으며 "월명이 장난을 했군." 했다. 월명대사는 나중에 유명한 향가 '도솔가'를 남긴 사람이다.

월명대사의 말대로 공주 일행이 낙동강을 막 건너자 위로부터 큰물이 내려와서 여러 날 길이 막히고 사람과 가축이 많이 빠져 죽었다. 공주는 월명대사의 말에서 여러 가지 교훈을 되새기며 도리사를 찾아온 것이다.

아사가는 산나물에 보리 약간 섞인 죽을 끓여서 공주의 일행을 대접했다. 아사가는 보리를 한 줌 볶아서 돌로 갈아 아기에게 먹일 죽을 한 그릇 쑤기를 잊지 않았다.

"아기가 이걸 잡수실까요."

볶은 보리죽을 공주의 앞에 놓을 때 공주는 아사가의 호의를 눈물이 나도록 고맙게 생각했다. 설총은 그 죽을 맛나게 먹었다. 더 달라고 떼를 쓰도록 맛있는 모양이었다.

그날 밤 공주는 아사가를 곁에 누이고 잤다. 몸은 피곤하건만 잠은 들지 않았다. 공주의 마음을 어지럽게 하는 것은 아사가에 대한 질투였다.

아사가는 가상아당에서 원효대사가 누군 줄도 모르고 함께 수련한 것이며, 앙아당에서 단둘이 사흘 동안이나 묵은 것이며, 저는 기어이 이 사람의 아내가 되리라고 생각했단 말이며, 제가 그 소원을 원효대사에게 말했을 때 원효대사가 "불국토 모든 중생의 어머니가 되시오." 하고 거절했단 말, 제 조부가 저의 남매를 원효대사의 제자로 맡겼단 말, 이런 말을 공주에게 다 말했다.

공주는 더 파서 묻고 싶은 것도 있으면서 체면을 보아서 너무 깊이 묻지는 않았다.

공주는 아사가가 다만 아름다운 용모를 가졌을 뿐 아니라 비범한 지혜를 가진 여자인 것도 알았다. 그 말하는 것이 도저히 열일곱 살이라고는 생각되지 않았다. 월명대사의 말이 다시금 생각났다.

'내가 사내라도 이만한 계집이면 반하겠다.'

공주는 생각했다.

그러나 그것은 그것이요 이것은 이것이다. 아사가를 찬탄하는 것은 아사가를 시샘하는 마음까지 없애지는 못했다. 도리어 아사가가 비범한 계집이기 때문에 질투의 감정이 더욱 강렬했다.

공주는 뛰어난 여성을 많이 보았다. 첫째로 선덕여왕이었다. 선덕여왕은 진평왕의 맏딸 덕만공주요, 여자로서는 첫 임금이다. 자장과 유신을 써서 일변 불교를 확립하고 일변 고구려와 백제를 쳐서 영토를 많이 넓히신 것도 이 임금이어서 백성들은 성조황고(聖祖皇姑)라고 존칭한다.

다음에는 진덕여왕이다. 그리고 공주의 어머니 문명부인도 얼굴로나 지혜로나 뛰어난 여성이다. 남편 품석을 따라 백제에 잡혀가서 옥사한 친언니 고조다도 기개 있기로 유명한 이다, 지금은 유신의 부인이 된 친아우 지조공주도 뛰어난 여성이다. 그리고 공주 자신도 결코 남에게 지지 않는 여성으로 자처하는 바다. 그러나 아사가는 공주로는 당할 수 없는 여성인 것 같았다.

아름다운 얼굴이라 하더라도 무슨 흠이 있는 법이다. 요사스러움이 있다든지, 천착스러움이 있다든지, 말소리나 손발이나 걸음걸이 어디 구석이 빈 데가 있다든지, 무엇이나 한 군데 흠은 있는 법이다. 그런데 공주가 보기에 아사가에게는 하나도 흠잡을 곳이 없었다. 설사 원효와 아사가와 아무 관계가 없다고 하더라도, 지나가다가 노상에 만났더라도 질투하지 않고는 못 배길 아사가인 것 같았다.

공주는 아사가가 잠이 들었나 하고 고개를 들고 손으로 아사가의 몸을 더듬었다. 손에 만져진 것은 굵은 베옷이다. 아사가는 굵은 베옷을 입고 있었다.

공주는 아사가의 손을 잡았다. 비단 주머니를 만지는 것 같았다. 가슴을 쓸었다. 불룩한 젖이 옷 속으로 만져졌다. 아사가는 깜짝 놀라는 듯이 일어났다.

"잠이 안 드십니까."

아사가는 공주가 무안할 것이 두려워서 이렇게 물었다. 아사가도 잠이 들지 못하고 있었다.

"아니야. 아기가 하도 어여뻐서 만져 보았어."

사실 공주는 아사가에게 대해서 그러한 감정을 가지고 싶었다. '귀엽고, 아름다운 처녀.' 이렇게 생각하고 싶었다.

그래도 공주의 마음은 말을 듣지 않았다. 어느 구석에서라도 아사가의 흠을 찾아내고 싶었다.

'시골 구석에서 배운 것 없이, 본 것 없이 자란 천한 계집앤데.'

공주는 이러한 생각으로 아사가의 흠을 찾으려 들었다

그러나 아사가는 공주의 독한 눈에 대해서 한 번도 기회를 주지 않았다. 마치 칼 잘 쓰는 사람이 적에게 빈 구석을 보이지 않는 것과 같았다.

도리어 궁중 생활 너댓 해에 방자하게 된 공주 자신의 흠이 눈에 뜨일 뿐이었다. 요만한 것도 남을 시키고, 무슨 일이나 잘못된 것은 다 아랫사람에게 미루고, 호강에 겨워서 모든 것이 다 뜻에 맞지 않고 항상 약간의 원망과 노여움이 있고……

이런 것은 다 궁중의 호사스런 생활에서 묻은 때였다. 아버지가 일개 장군으로 있을 때에는 집안 범절이 무척 엄해서 공주는 빗자루 하나를 타고 넘어도 걱정을 듣고 방석 하나를 밟고도 꾸지람을 받았다. 물 한 방울을 함부로 흘려도 어른의 큰소리를 들었다. 앉음앉음, 걸음걸이, 모든 것에 다 법도가 있었다. 말소리와 웃음소리가 크면 방자하고 작으면 간사하다고 하였다. 눈을 치떠 보거나 곁눈으로 본다고 야단을 맞았고 감을 살을 남기고 버렸다고 다시 씻어서 먹고 신명께 "잘못했습니다."를 아뢰게 했다.

그렇게 엄하게 키워진 공주였다. 그러나 요석궁에 있게 되고부터는 부지불식간에 여러 가지 방자한 버릇이 생겼다. 공주는 아사가의 행동거지를 보니 그것이 낱낱이 저를 책망하는 듯 해서 괴로웠다. 공주가 무애암에 와서 4~5일이 되어도 아사가의 몸가짐은 언제나 한 모양이었다. 그가 낯을 씻거나 머리 빗는 양을 본 일이 없고 옷을 갈아입는 양을 본 일이 없으나 언제나 몸매는 늘 새롭고 깨끗했다.

"남에게 누운 양, 잠자는 양을 보이지 말라."

"남에게 자고 난 낯을 보이지 말라."

"남에게 우는 양, 웃는 양, 성난 양을 보이지 말라."

이것이 진골, 성골 가문의 가르침이었다. 아사가는 바로 이 세 가지를 그대로 하는 것이었다.

"지금도 원효대사의 아내가 되고 싶어?"

한번은 공주가 아사가에게 물었다. 무슨 대답이 나오나 듣고 싶은 것이었다.

"네."

"지금도?"

공주는 그 대답이 의외였다.

"네. 공부한 지가 며칠 되나요."

"그건 무슨 말이야?"

공주는 아사가의 말뜻을 몰랐다.

"공부를 하노라면 그 마음이 없어진다고 하셔요."

"원효대사가?"

"네."

공주는 눈을 크게 떠서 아사가를 바라보았다. 그 대답이 참되기도 하고 놀랍기도 했다.

"내가 이렇게 찾아온 것을 아기는 어떻게 생각하나?"

공주는 더욱 아사가가 대답하기 어려운 말인 줄 알면서 물었다.

"처음 오실 때에는 가슴이 울렁거리고 미운 생각이 났습니다."

아사가는 이 말에는 고개를 숙이고 낯을 붉혔다.

"왜, 샘이 나서? 질투가 나서 말이지?"

공주의 표정은 긴장했다.

"글쎄요, 그것이 샘이란 것인지 질투란 것인지 처음이 되어서 이름은 모릅니다."

아사가의 이 대답에 공주는 긴장했던 표정이 갑자기 풀리며 웃었다.

"아무리 하여도 미워할 수 없는 사람."

공주는 열정적으로 아사가를 꽉 안고 울었다.


❋    ❋    ❋


원효는 강가에 앉아서 강물을 바라보고 있었다. 비는 더욱더욱 퍼부었다. 몇 해 동안 올 비가 하루이틀에 다 와 버리려는 것 같았다. 태백산 쪽에서 내려오는 물, 소백산에서 내려오는 물, 죽산, 희양산

100

쪽에서 내려오는 물들이 모두 합쳐져서 금오산 쪽을 향해 달려가는 것이다. 아무리 흘러도 미처 빠질겨를 없이 위로부터 자꾸자꾸 물이 내리밀려서는 벌판과 촌락을 하나씩 하나씩 집어삼키고 있었다. 뻘건 흙탕물이다. 물결을 치고 소리를 치고 거품을 뿜으며 몰렸다.

"저기 또 하나 떠내려옵니다."

사사마가 눈빨리 보았다. 노끈을 드리운 듯 빗발이 죽죽 내리쏟아져서 지척도 잘 보이지 않았다. 빗방울이 굵어서 뺨과 목덜미를 때리면 사뭇 아팠다. 과연 떠내려온다. 지붕이다. 지붕 하나가 둥둥 떠내려 온다. 그 위에는 사람 넷이 타고 있다. 분명히 내외와 아들딸이다. 지붕은 거의 다 잠겼다. 그것이 물살을 따라서 뜰락 잠길락 하며 이쪽을 향하여 내려왔다.

원효와 의명은 배에 올랐다.

이 물결에 배를 저을 수는 없다. 강 좌우 언덕에 섰는 버드나무에 줄을 건너 매고 그것을 붙들고 배를 끄는 것이다. 그러나 그 버드나무들도 점점 물에 잠기고 있어서 얼마 안 지나면 그 줄도 쓰기가 어려웠다. 지붕은 더욱 가까이 왔다. 원효와 의명은 줄을 당겨서 물목을 지켰다. 지붕과 배가 마주치면 큰일이다.

지붕에 탄 사람들은 그제야 원효와 의명의 배를 본 모양이다.

"사람 살리오, 사람 살리오!"

아이들은 갑자기 겁이 난 듯 울었다.

원효는 손에 들었던 밧줄을 지붕을 향하여 던지며 소리쳤다.

"이것을 붙들고 물에 뛰어들어라!"

"뛰어들면 살고 지붕에 붙어 있으면 죽는다!"

의명도 소리를 쳤다.

원효의 밧줄은 세 번 만에 지붕에 미쳤다. 남녀는 그 밧줄을 거머쥐었다. 그리고 아이를 하나씩 꼈다. 그러나 물에 뛰어들려고는 하지 않았다.

"어서 뛰어들어라!"

"뛰어들지 않으면 이 줄을 놓아 버릴 테다!"

"뛰어들면 산다!"

원효와 의명은 연신 외쳤다. 지붕은 거의 배를 끄는 줄 가까이 왔다.

"얼른 물에 뛰어들어!"

"이 줄을 놓을 테다."

두 남녀는 울기만 하고 뛰어들지 않았다. 지붕이 줄 아래로 지나만 가면 이 배까지 끌려가게 되니 줄을 놓아 버릴 수밖에 없는 것이다.

원효가 힘껏 줄을 나꿔채었다. 두 남녀는 그 바람에 물에 굴러 내려왔다. 잠시 깜박하고 사람들은 물속에 들어가고 지붕은 껑충 뛰는 듯이 들려서는 쏜살같이 흘러내려갔다.

마침내 네 사람을 건져서 배에 실었다. 언덕에 내어놓았을 때 어른들은 모두 정신을 잃었다. 그러나 옆구리에 꽉 낀 아이는 팔을 비틀기 전에는 놓지 않았다. 아이들은 떨기만 하고 울지도 못했다.

배를 물이 안 올라온 데까지 끌어 내다놓고 어른과 아이를 인가로

업어 날랐다. 인가라야 나룻배 부리던 노인 내외가 사는 집이다.

조그마한 집에 벌써 이 모양으로 건져 온 사람이 20여 명이었다. 주인영감은 먹을 것을 구하러 마을로 가고 마누라가 혼자서 시중하고 있었다. 원효와 의명과 사사마는 또 강가로 달려 나왔다.

이 모양으로 하기가 사흘이다. 그동안에는 별의별 사람을 다 건졌다. 한 가족을 온통으로 건진 것은 지금 말한 네 사람뿐이요, 그밖에는 남편만을, 혹은 아내만을, 혹은 어미만을, 혹은 자식만을 건졌다. 구렁이도 여러 마리 떠내려가고 집도 수없이 떠내려갔다. 시체가 떠내려간 것은 이루 셀 수가 없었다. 어떤 지붕에는 사람과 닭과 개와 구렁이가 함께 탄 것도 있었다.

나흘째 되던 날부터 비가 개고 강물이 줄어들었다.

원효의 일행이 사람을 건진 것이 모두 백이십 명이었다. 그러나 건져다 놓은 뒤에 죽은 것이 십 여 명이나 되고, 정신을 잃은 사람도 십 여명이었다.

원효는 한편 사람을 건질라, 한편 병구완을 할라, 한편 송장을 칠라 대엿새 동안은 잠은커녕 누울 새도 없었다.

"손이 천이 있어도 부족하지 않으냐."

원효는 강가에서 의명과 사사마를 보고 이렇게 한탄했다.

"천수천안관자재보살(千手千眼觀自在菩薩)"

의명이 합장했다.

사사마는 평생에 처음 보는 비참한 광경을 본 것이다. 건진 사람이 백스물이면 못 건진 사람은 그보다 많았다. 더구나 잊을 수 없는 것은 나뭇가지에 매달려서, "사람 살려! 사람 살려!" 하고 허우적거리는 것을 이편에서 손이 미처 돌아가지 않아서 그냥 떠내려 보낸 것이다.

또 건짐을 받은 사람들도 정신이 들어서 보면 어딘지 모르는 곳, 누군지 모르는 사람들 속에 저만 혼자 있고 사랑하는 처자가 어디 있는지도 모를 때는 목을 놓아서 울었다. 나도 함께 죽는다고 강으로 뛰어가려는 어머니도 있었다.

그러나 산 사람은 살 수밖에 없었다. 영감이 얻어 나르는 양식으로 백여 명 식구를 먹여 대일 수가 없었다. 건짐 받은 사람 중에서 행보할 수 있는 사람을 총출동을 시켜서 먹을 것도 동냥해 오고, 먹을 만한 나물과 풀뿌리도 캐어 들였다.

그래도 비가 개이고 볕이 나니 살 것 같았다. 강물도 내가 언제 성냈느냐 싶게 이제 제 길을 찾아서 소리 없이 흘렀다.

또 몇 사람이 죽었다. 이번에는 같은 이재민끼리 눈물을 흘리면서 염불하고 장례를 지내어주었다.

"자, 이제는 다들 고향으로 돌아가시오."

하루는 원효가 쌀을 구하여 밥 한 끼를 잘 해 먹이고 여러 사람들을 향하여 이렇게 말했다.

일어나 길을 떠나려는 사람도 있었다. 그러나 그중에는 집도 없고 식구도 다 죽고, 간다고 해도 어디를 가야 할 것인지 모르는 사람도 있었다.

원효는 홀아비와 과부 여덟 쌍을 혼인을 시켜 주었다. 그리고 남은
것이 아이가 10여 명에 늙은 여자가 셋이었다. 가장 나이 많은 아이
가 열다섯 살이고 가장 어린 것이 젖먹이였다. 이것은 그 어머니가
물 밖에 나와서 며칠 앓다가 죽어버린 고아였다. 그 나머지는 대여
섯 살, 일고여덟 살이었다. 자신의 고향이 어디인지, 이름이 무엇인
지도 몰랐다.

원효는 새로 부부 된 사람들에게 아이 하나씩을 맡아서 돌보아주
기를 요청했다. 그들은 다 기쁘게 승낙했다. 원효가 하라는 일이면
물불도 가리지 않으려 했다.

나룻배 주인 내외가 열다섯 살 된 아이를 달라고 했다. 당장 아들
을 삼고 장래에 의탁하자는 것이다. 원효는 상동이라는 그 아이의
의사를 물었으나 그는 원효를 따라가겠다고 버텼다.

"자, 이것도 모두 인연이오. 이제 다들 다시 살아났으니 지난 일은
다 잊고 새로이 잘들 살아보시오. 사람이란 언제나 한 번은 죽는 것
이니 악한 일 말고 적선하면서 살아가시오. 자 다들 잘 가시오."

원효는 그들과 작별했다. 그중에는 원효의 앞에 꿇어 엎디어서 우
는 이도 있고, 죽을 것을 살려 주신 은인이시니 누구신지 이름이나
알려 달라고 애원하는 이도 있었다.

원효는 목소리를 높여서 염불을 했다.

"나무아미타불, 나무관세음보살, 마하살."

"여러분을 건지신 이가 이 두 분이니 밤낮으로 이 두 분 명호를 부르시오. 자 이제 헤어져야 하니, 한번 같이 부릅시다."

일동은 원효를 따라서 불렀다.

강가에 비온 뒤 칠월 볕이 찌는 듯 더웠다. 원효 일행은 도리사를 향해 오는 길에는 강변에 넘어진 시체를 보면 산으로 옮겨다가 파묻기를 여러 번 했다.

반쯤 무너지고 반만 남은 집에 병들고 굶주린 사람들이 누워 있는 것을 보면 또 먹을 것을 구해다가 병구완을 했다. 이러하기 때문에 오리를 가다가 하루를 묵고, 십 리를 가다가 사흘을 묵었다.

패어 나간 논밭, 자취만 남은 촌락의 모양은 차마 볼 수가 없었다. 그래도 살아남은 사람들은 풀뿌리를 캐고 나무껍질을 벗겨서 살려고 애를 썼고 또 조나 피나 수수도 뿌리만 붙은 것이면 더운 볕을 받아서 살려고 힘을 다했다.

개구리가 뛰고 맹꽁이가 울었다. 웅덩이에 갇힌 잔고기들이 갈 길을 잃고서 물이 마르는 대로 오글오글했다. 율모기들이 먹을 것을 찾아 슬슬 풀 속으로 기었다. 왜가리 따오기 해오리들이 시세를 만나서 훨훨 날다가는 내려앉았다.

의명은 원효의 뒤를 따라 걸으면서 보고 이렇게 말했다.

"이러다가는 언제 절에 돌아가는지 모르겠습니다. 어디 끝이 있습니까."

"왜. 지루하냐."

원효는 의명을 돌아보았다.

"지루도 합니다마는······."

의명은 무엇이라고 말할 바를 몰랐다.

"아직 한 달도 못 되었는데 지루해. 그러한 근기로 끝없는 중생을 어떻게 건질꼬?"

원효는 사사마를 보았다. 사사마는 빛나는 어린 눈으로 원효의 눈을 마주보았다.

"사사마. 너도 지루하냐."

"지루한 줄은 몰라도 몸이 곤하고 졸립니다."

원효의 말에 사사마는 주먹으로 눈을 비볐다. 원효는 사사마와 의명을 얼굴을 번갈아 보았다. 모두 살이 빠지고 눈이 들어갔다. 잘 먹지도 못하고 잠을 편히 못 잤으니 그도 그럴 일이다. 며칠 동안은 물과 싸우고 그 뒤에는 날마다 보는 것이 앓는 사람과 죽은 사람이었다. 썩은 송장 곁에서 모기 벼룩에게 뜯기면서 밤을 새고, 낮에는 그럴 틈도 없거니와 설사 누워서 눈을 붙이려 해도 파리와 개미가 성화였다. 앓는 사람의 오줌똥을 받아내고 송장을 떡 주무르듯 하는 것도 이제는 익었다. 처음에는 의명이나 사사마나 그것이 모두 다 더럽고 귀찮고 또 무서웠다. 그러나 원효가 손수 궂은일을 하는 것을 보고 가만있을 수가 없어서 억지로 따라 하던 것이 이제는 오줌똥 만지고 송장 주무르는 것이 아무렇지도 않으리만큼 되었다.

"보살행이란 중생의 오줌똥과 송장 쳐주는 것이다."

원효는 이렇게 두 사람에게 가르쳤다.

"배불리 먹고 서늘한 다락에 앉아있는 것은 중의 일이 아니다."

이러한 원효의 말과 행동은 의명에게 깊은 감동을 주었다. 그때 신라 중들은 나라와 백성들에게 융숭한 대접을 받으면서 호화로운 생활을 누리는 이도 있었고, 그까지는 아니더라도 경을 읽으며 유유자적하는 생활을 바랐다. 원효와 같은 행을 하는 중은 의명에게는 처음 보는 본보기였다.

원효와 의명과 사사마가 고아 둘을 데리고 무애암에 돌아온 것은 칠월 백중 전날이었다. 비록 그동안이 보름밖에 안 되지만 의명에게는 석 달은 된 것 같았다. 여러 가지 사건이 많은 것도 그 까닭이겠지만 평생 상상도 못하던 여러 가지 비참한 일을 경험한 것이 더욱 세월이 오랜 것 같게 한 것이다.

그러나 의명의 속에는 또 한 가지 세월을 길게 보인 것이 있었다. 그것은 아사가였다. 어디를 가나 무엇을 하나 아사가가 눈에 밟혔다. 그가 외딴 산속에 혼자 있을 것이 위태하고 애처로워 걱정한다는 핑계로 의명은 무시로 아사가를 생각했다. 그 생각은 날이 갈수록 그리움으로 변했다.

'나도 십 년 수도한 중이다!'

의명은 마음을 다잡아 보았으나 쓸데없었다.

다 저녁때였다.

　요석공주는 불공드릴 쌀을 고르고 있었다. 원효와 설총을 위하여 한 알 한 알 성한 쌀을 고르고 있었다. 쌀 한 알 한 알에 요석공주는 남편과 아들을 생각했다. 몸 성하고 오래 살고 복 많기를 빌었다. 쌀에 조그마한 흠이 있어도 골라 버렸다.

　상감의 분부로 태수로부터 쌀과 참기름과 미역과 잣과 꿀과 이러한 물건이 왔다. 그러나 원효가 오기 전이라 하여 하나도 건드리지 않았다. 요석공주는 쌀을 골라서 백중 불공을 드리고자 했다. 칠월 보름 백중은 우란분이라고 하여 크게 재를 지내는 날이다. 공주는 백중 전에 원효가 돌아오기를 고대했다.

　무애암에 온 지 보름이나 되었지만 요석공주의 마음은 하루도 편안하지 않았다. 아사가의 아름다움이 그 주된 원인이었지만 그것만은 아니었다. 외딴 산속 생활에 날마다 보는 것이 구름과 산이요, 듣는 것이 물소리와 새소리와 수풀에 부는 바람소리라, 지금까지 살아오던 세상과는 동떨어진 세상이어서 모든 것이 불안했다. 더구나 해가 지고 밤이 암자를 싸고, 듣지 못하던 밤새 소리가 들리거나, 소나기가 바람에 몰려서 우수수 재우쳐 올 때면 무서움조차 생겨서 자꾸 설총을 꼭 껴안았다.

한번은 밤중에 우레와 번개가 일고 바둑돌을 뿌리듯이 비가 쏟아졌다. 요석공주는 잠을 깨서 어찌할 바를 몰랐다. 우레 소리가 귀청을 찢는 듯, 금방 가슴 위에 벼락이 떨어지는 듯해서 공주는 설총을 꼭 껴안았다. 천지가 온통 불이 되는 모양으로 번개가 연거푸 번쩍거릴 때는 공주는 금방 천지가 뒤집히지나 않는가 했다. 서울서 보던 것과 이 산 속에서 당하는 것과는 우레와 번개가 딴판이었다.

공주는 결코 겁이 많은 여자는 아니었다. 비록 경험은 없지만 전쟁에 나가더라도, 화살이 비 오듯 하고 창검이 별 같다 하더라도 눈도 깜짝하지 않고 칼을 휘두르며 적진 중으로 들어갈 용기가 있다고 자신하는 여자다. 냉산 빙혈 속에도 혼자 들어가지 않았는가. 그러하거늘 지금은 왜 이렇게 마음이 약해졌을까. 공주는 어렴풋하게 그 까닭을 알았다.

남편을 그리워하고 아들을 생각하고 아사가를 시샘하고 이러하기 때문이다. 탐심이 있으니 잃을까 겁이 나고, 성내는 마음이 있으니 해 받을까 무섭고, 이리해서 어리석은 겁이 나는 것이었다.

번개가 더욱 재우쳐서 방안이 어른어른하고 바로 옆에 벼락이라도 떨어질 듯이 우레가 서두를 때면 공주는 팔을 뻗어서 아사가를 끌어당겼다. 그러면 아사가는 반가운 듯이 두 손으로 공주의 손을 꼭 쥐었다. 그제야 공주의 무서움은 풀렸다.

'사람을 사랑하기도 어려운 일이지만 사람을 미워하기는 더욱 어려운 일이구나.'

공주는 속으로 이렇게 한탄했다.

"아기 자?"

공주는 이렇게 아사가에게 묻는다.

"아뇨. 깨어 있어요."

아사가의 음성을 들으면 공주의 무서움은 더욱 사라지고 사지가 긴장하던 것이 풀리고 숨이 순하게 되었다.

"번개가 대단하지. 비가 많이 퍼붓는 모양이야."

공주는 이런 말을 한 번 더 하여본다. 아사가의 음성을 한 번 더 듣고 싶은 것이다.

"네에, 대단한데요."

아사가는 이렇게 대답한다. 이러한 뒤에야 공주는 다시 잠이 든다.

'내가 죄 있는 사람이로구나.'라고 생각하면서 공주는 길게 한숨을 쉰다. 공주는 아사가에게 향한 질투심을 다 씻어 버리고 잠이 들지만 이튿날 아침에 눈을 뜨면 아사가는 여전히 시샘을 하게 했다. 그는 젊고 아름답고, 그리고 원효를 사랑하느냐고 물으면 언제나 그렇다고 대답한다.

공주는 쌀을 고르면서 이 악심을 극복하게 해 달라고 빌었다.

'아사가는 내게 아무러한 생각도 두지 않는 모양인데, 나는 왜 이럴까. 암만해도 죄 많은 계집이다.'

공주는 입술을 문다.

설총이 와서 매어달리면 공주는 비로소 거리낌 없는 웃음을 웃는다.

"어미로서는 보살이요. 아내로서는 야차(夜叉)로다."

공주는 중얼거렸다.

공주는 쌀을 고르는 동안이라도 무념무상이 되어 보려고 애를 썼으나 마음 바다의 물결은 아무리 하여도 자지 않았다. 일찍이 한 번도 원효와 단둘이 설총을 데리고 부부생활의 고소한 맛을 보리라고 생각한 적은 없건만 그래도 곁에 아사가를 놓고 보면, 이 재미를 못 보는 것이 다 아사가 때문인 것 같아서 원망스러웠다.

"공주마마."

아사가가 쌀을 고르고 있는 공주의 곁으로 달려왔다.

"왜?"

공주는 아사가를 원망하던 생각을 감추느라고 웃었다.

"저기 노스님이 오셔요."

아사가는 손으로 동구를 가리켰다.

공주는 벌떡 일어섰다. 공주는 어린 아이 모양으로 가슴이 울렁거렸다. 반가운 것도 같고 무서운 것도 같았다. 어느 쪽이든 한 시각이라도 빨리 보고 싶은 것은 마찬가지였다. 그러나 다음 순간 공주는 아사가의 눈을 들여다보았다. 아사가는 공주가 매무새를 고치고 신발 신기를 기다리고 있었다. 아사가의 눈은 여전했으나 빛이 더한 것 같았다. 만일 아사가가 원효를 반가워하는 마음이 공주 자신과 같이 간절하다고 하면 공주는 당장에 아사가를 물어뜯고 싶었다.

아사가는 공주의 눈에서 이상한 빛을 보고 몸에 소름이 끼쳤다. 그

것은 공주의 눈에서 가끔 보는 빛이었다. 파르스름한 독기였다. 아사
가는 그 독기가 제게 향한 것임을 알았다.

"어디?"

공주는 신발을 신고 뜰에 내려서면서 새로운 웃음을 짓고 물으며
아사가의 손을 잡았다. 아사가의 손은 얼음과 같이 싸늘했다.

"저기요."

아사가는 공주를 끌고 마당 끝에 나가서 동구를 가리켰다.

"지금 저 외소나무 밭 모퉁이에 가려서 안 보입니다. 노스님하고
사사마하고, 어린 아이 둘하고, 또 의명스님하고 모두 다섯이야요."

아사가는 설명하고서는 암자로 뛰어 들어갔다.

"아기, 이리 데리고 오너라."

공주의 소리가 아사가의 귀에 울려 왔다. 어린 아들에게 한 시각이
라도 바쁘게 아비의 얼굴을 보이려는 어미의 정을 느끼면서 아사가
는 밥솥에 불을 살랐다.

장마철 잎나무는 불이 잘 붙지 않았다. 아사가는 그중 잘 마르고
보드라운 것을 골라서 불꾸러미를 만들어 불씨를 싸 가지고 후후 불
었다. 노르스름한 연기가 모락모락 입김을 따라서 피어올랐다. 아사
가는 연기 냄새를 먹어서 눈물이 흘렀다. 눈물이 흐르니 슬픔이 생
겼다. 실컷 울고 싶은 생각이 났다.

'나는 공주의 미움을 받고 있다. 스님이 오시면 더욱 미워할 것이다.'

이러한 생각을 하면 무척 외로웠다. 공주가 오기 전에는 원효는 아

사가 혼자만 생각하고 사모한 사람이었으나 이제는 공주에게 밀려난 것 같았다. 이런 생각은 아사가에게는 지금이 처음이었다.

이러한 생각이 옳지 않은 생각인 것 같아서 아사가는 더 힘껏 불을 붙였다. 불꾸러미에서 불이 일어났다. 날름날름 불길이 일다가는 꺼지고 일다가는 꺼졌다.

"후우 후우."

아사가는 더욱 기운을 내어서 불었다.

화아하고 정말 큰 불길이 일어났다. 아사가는 아궁이에 미리 넣어 놓은 불꾸러미 밑에 불을 넣었다. '타다닥, 타다닥.' 하고 불이 옮아붙었다.

아사가는 부지깽이를 들고 아궁이에 붙는 불을 물끄러미 들여다보았다. 바깥은 조용했다.

'아마 다들 마중을 나갔나 보다.'

아사가는 솥에 쌀을 안치고 밥물을 붓고 손을 담가 보았다. 싸늘한 밥물이 아사가의 손등에서 찰랑찰랑했다.

아사가는 아궁이에 나무를 한 아궁이 지피고 얼른 개천으로 나가서 우려 놓았던 도라지와 고비를 들고 들어왔다. 모두 아사가가 손수 캐고 뜯어온 것이다.

요석공주에게는 원효 말고도 설총이 있었으나 아사가에게는 오직 원효만 있을 뿐이었다. 도라지를 캐거나 나물을 뜯거나 오직 원효 한 사람을 생각했다. 아무리 깊은 산골에 들어가더라도 원효를 위함이라 생각하면 힘들지도 않고 무섭지도 않았다. 살진 도라지나 연한 나물을 만날 때마다 아사가의 앞에는 원효가 서 있었다.

원효는 일찍이 아사가에게 웃는 모양을 보이는 일이 없었다. 의명과 사사마를 향해서는 가끔 농담을 했으나, 아사가에게 대해서는 언제나 아버지의 위엄을 가지고 있었다. 그래도 그것이 좋고 그리웠다.

'아버지와 스승과 남편을 한데 모은 것.'

이것이 원효에 대한 아사가의 감정이었다. 원효의 일이면 옷에 묻은 때까지도 그리웠다. 그의 뚜벅뚜벅 걷는 걸음걸이, 웅장한 목소리, 불전에 절할 때 그 위엄, 그 모든 것이 아사가에게는 신비로웠다. 원효가 밥을 먹은 뒤에 밥그릇을 손수 부시어서 두 손으로 물그릇을 높이 들고 죽 들이키는 양이 하도 좋아서 아사가는 대번에 그것을 배웠고, 불전에 절할 때도 두 손을 높이 들어서 큰 원을 그리며 가슴 앞에 합장하고 무릎을 꿇고 이마를 땅에 대고 두 손을 귀 위로 구부려 올리는 양을 한 번 보고 그냥 배웠다.

원효의 말이면 마디마디 아사가의 귀에 폭폭 박히고 원효의 행동이면 무엇이나 아사가의 눈에 젖어들어서 빠지지를 않았다. 그래서 아사가는 '내가 스님 곁에만 있으면 스님의 가지신 도력을 다 배우고야 만다.'고 생각하게 된 것이다.

아사가가 도라지와 나물에 기름을 둘러 무치고 있을 때 바깥에서 두런두런하는 소리가 들렸다.

'스님이 오셨다.'

아사가는 가슴이 울렁거리고 낯이 화끈했다. 아사가는 기름 묻은 손을 얼른 뜨물에 씻고 부엌에서 나왔다. 아사가의 눈에 크게 띄는 것은 후줄근하게 된 굵은 베옷에 바랑을 지고 커단 방갓을 쓴 원효의 모양이었다. 얼굴은 꺼멓게 타고 수염은 너슬너슬했다. 두 볼이 들어갔다. 보기에 퍽 초췌했으나 눈빛은 여전했다. 원효의 위엄 있는 눈이 아사가에게 향하자 아사가는 합장하며 인사했다.

아사가는 원효에게 인사한 후에야 오라비와 의명과 다른 사람들을 보았다. 공주는 손수 설총을 안고 원효의 뒤를 따르고 사사마는 반가운 듯이 누이를 보고 웃었다. 의명은 아사가를 안 보는 체했다.

두 고아는 보지 않던 집과 사람들을 두리번거리며 보고 있었다. 남아는 머리털이 눈썹과 마주 붙어 성질이 사나울 것 같고 여아는 눈이 조그맣고 턱이 뾰죽한 것이 퍽 이악스러울 것 같았다. 모두 박복하고 마음이 곱지 못할 상이었다.

아사가는 원효의 갓과 바랑짐을 받고 싶었으나 참았다. 사사마가 재빠르게 제 짐을 벗어놓고 원효의 갓을 받고 의명이 짐을 받았다. 스승의 갓이요 스승의 짐이니 두 손으로 받들어서 방에 들여다가 제자리에 두었다.

공주는 아기를 안은 채 서성거리며 원효의 하는 양을 보고 있었다. 원효가 설총을 보고도 덥석 안아 주지도 않고 말도 않는 것이 불만이었다. 공주는 이 사실에서 여러가지로 뜻을 찾으려고 추측했다. 대사로서의 체면을 차리느라고 그런가, 마음에 아무 번뇌도 없어서 모든 중생을 평등으로 보아서 그런가. 그러나 공주의 마음을 붙들고 놓지 않는 것은 '아사가에게 반하여 우리 모자에게 정이 떠났다.'는 억측이었다

이런 생각에 공주는 다리가 떨려서 몇 번이나 발을 헛짚어서 쓰러질 뻔했다. 그것은 보통 여자의 감정이었으나 보통 여자로서는 견딜 수 없는 감정이었다.

'두 연놈을 칼로 푹 찔러 죽여 버릴까. 두고두고 원망해서 두 연놈을 말라 죽게 하고 사후엘랑 두 연놈을 머리카락 오리오리로 동여서 아비지옥으로 끌어내려야 할까.'

요석공주는 평생에 이런 무서운 생각을 염두에 두어 본 일이 없었다. 그의 마음에는 부드러운 것, 인자한 것, 슬픈 것, 이러한 것밖에는 깃들 일이 없었다. 더구나 공주가 관음을 믿고 받드니 자기의 마음은 관음과 같다고 여기고 있었다.

공주는 성을 내어서 큰소리를 한 일도 없었다. 그의 환경에 그의 뜻을 어그리는 일이 없었던 것이다. 중생들 중에는 음욕과 질투와 그런 것을 가진 자도 있어서 서로 때리고 죽이는 일도 있단 말을 말로만 들었다. 그러나 그러한 마음이 내게도 있지 않은가 할 때 공주는 몸서리를 치지 않을 수 없었다. 그렇게 알고 보면 30여 년 살아온 뒷일이 모두 거짓이요, 허깨비였다.

'나도 사람이다.'

요석은 갑자기 자기 몸에서 빛이 스러지고 향기가 가시어 버리는

것 같았다.

'원효대사는 어떨까. 정말 모든 음욕과 질투를 벗어났을까.'

공주는 원효를 바라보았다.

"가서 미역 감고 오자. 미역 감고 예불 드려야지."

개천을 향하여 걸으며 원효가 말했다.

원효는 요석공주가 와 있는 것을 보고 놀랐다. 반갑기도 했으나 그 눈에 질투의 불이 비친 것을 원효는 보지 않을 수 없었다. 그것을 보니 원효의 마음은 무거워졌다.

'사흘 밤, 향락의 업보가 온다.'

음욕은 자비의 탈을 쓰고 온다더니 과연 옳은 말이다. 원효는 요석궁 사흘을 음욕 때문이라고는 생각하지 않았다. 요석이라는 한 여성의 소원을 들어 주는 자비라고 생각했고, 또는 일체무애인의 무애행이라고 생각했다. 대안대사가 삼모의 집에 끌고 간 것이 원효에게 그러한 건방진 생각을 준 것이라고 원효는 생각했다.

'무애라니 안 될 말이다. 모두가 무애의 탈을 쓴 탐욕행이다.'

원효는 물속에 들어 앉아서 몸을 씻으며 이렇게 생각했다.

'마을에 밥을 빌러 가더라도 반드시 사미 하나를 데리고 가라.'

'과부와 젊은 계집을 가까이 말라.'

'어린 상좌도 두지 말라.'

석가여래의 훈계의 뜻이 새삼스러운 힘을 가지고 원효를 때렸다.

남자라는 몸을 쓰고 있는 동안은 여자에 대하여 무심하기 어려운 것이다. 남자나 여자나, 아름다운 이나 미운 이나, 귀한 이나 천한 이가 모두 평등으로 보이고, 미워하고 고와하는 차별이 없는 것은 불도를 다 이룬 보살에게도 어려운 일이다. 하물며 일체중생을 외아들로 보는 경계라. 이것은 오직 여래만이 가능한 것이다.

원효는 요석궁의 기억이 차마 볼 수 없는 추한 기억으로 보임을 어찌할 수 없었다. 요석공주가 여기 나타난 것은 거의 다 아물었던 파계의 상처를 또 긁어놓는 일이었다. 그것은 결국 영겁에 아물지 못할 상처였다. 하물며 설총이라는 분명한 증거가 있지 않은가.

원효는 씻은 몸을 또 씻고 또 씻었다. 가는 모래를 집어서는 껍질이 벗겨져라 하고 전신을 문질렀다. 이를 닦고 양치질도 했다. 손톱에 긴 때도 파냈다. 발가락 사이도 우볐다. 머리를 씻고 또 씻었다. 이러해서나 몸의 더러움을 조금이라도 면하려 했다. 한참 씻고 나니 좀 시원했다. 뼛속까지 깨끗해진 것도 같았다.

원효는 몸을 말리면서 사사마의 소년다운 몸을 보았다. 아직 더러워지지 않은 몸이다. 적어도 음욕이란 것만은 모르는 몸이다. 그것은 지극히 청정한 몸이었다.

그렇지만 사사마도 앞으로 며칠이 안 되어 사람이 걷는 모든 길을 걷게 될 것이다. 그의 깨끗한 듯한 저 몸에도 모든 번뇌의 싹이 트고 있을 것이다. 그것들이 잎이 피고 꽃이 피어서 또 한바탕 삼악도를 나타내는 것이다.

"탐욕, 분노, 사랑, 오만, 아첨, 거짓, 미움, 시기가 눈을 가리느니."

원효는 소리를 내어서 중얼거렸다.

미역을 감고 돌아오니 새 옷이 한 벌 놓여 있었다. 스물다섯 새 가는 베는 궁중이 아니면 못 쓰는 것이다. 원효는 그 옷이 무엇을 의미하는지 알았다. 요석공주가 손수 삼아서, 손수 짜서 손수 지은 옷이다. 오리마다 실밥마다 정을 담은 것이다.

원효는 새 옷을 갈아입고 저녁 예불을 드리고 나서 한방에 모여 저녁을 먹었다.

저마다 제 생각을 하고 있었다.

공주는 원효의 마음을 여러 가지로 상상했다. 원효와 아사가의 관계를 이 모양으로 저 모양으로 꾸며 보았다. 밥을 숟가락에 뜰 때와 입에 넣을 때가 벌써 생각이 달랐다. 그러나 원효가 태연히 앉아서 밥을 먹고 있는 양을 보면 마음이 놓이기도 했다.

의명은 오래간만에 보는 아사가가 더욱 아름다움을 느꼈다. 그러나 아사가는 자기에게 대하여 아무런 생각이 없는 것이 분명했다. 아사가의 눈과 마음은 언제나 원효에게 있었다. 그 눈은 원효를 보지 않는 듯 보는 것이었다.

의명은 자기가 원효에 비겨서 성명 없는 한낱 중임을 잘 안다. 원효를 사모하던 아사가의 마음이 의명에게 돌아올 까닭이 없는 줄도 잘 안다. 또 수도하는 중으로서 젊은 여인에게 마음을 붙이는 것이 옳지 않은 줄도 잘 안다. 사실 의명은 음욕에서는 완전히 벗어난 것으로 자신하고 장담하고 있었다. 그러나 아사가에게는 저항할 수 없

었다. 의명이 보기에 요석공주도 미인이었다. 그렇지만 아사가에게
비기면 요석공주는 빛을 잃은 것 같았다.

'원효스님의 마음은 어떨까?'

의명은 밥을 먹는 체하면서 원효대사의 심중을 헤아려 보았다. 한
손에 요석공주를 다른 손에 아사가를 든 원효가 부럽기도 하거니와
지금 원효대사의 마음이 어디로 쏠릴까 하는 것이 흥미로웠다.

'대관절 오늘밤에 어찌할 작정이신가.'

요석공주는 위로서 허하신 원효의 부인이다. 일 년 반이나 지나서
부인과 서로 만났으니 어찌하려는고. 한방에서 자려는가, 따로따로
자려는가.

이런 생각을 하는 것은 의명만이 아니었다. 어린 설총을 제하고는
다 오늘 밤에 원효가 어떻게 할 것인지 추측했다.

'백중날이니까.'

이런 생각을 맨 먼저 한 이는 설총의 유모였다.

설총은 낯선 사람들의 앞이라 얌전했다. 엄마와 시녀의 무릎으로
오락가락했다.

식후에 간소하나마 백중 차비를 했다. 아사가는 혼자서 싸리로 만
든 등에 불을 켜 달고, 원효는 진덕여왕이며 원효의 부모며 요석공주
의 전 남편 거진 부자의 위패며, 기타 굶어 죽은 이, 전쟁에 죽은 이, 물
에 빠져 죽은 이 등 갈 곳 없는 외로운 혼들을 부르는 법사를 행했다.

원효는 제 눈으로 본 여러 사람의 혼도 생각했다. 단샘이에서 염병

으로 죽은 이들, 이번 물에 송장으로 떠내려온 이들이며 건진 뒤에 앓다가 죽은 이들. 그리고 뚜렷이 생각나는 이는 진덕여왕이었다.

불탑에는 밥과 채소를 차려놓았다. 채소는 아사가가 캐어 오고 뜯어 온 것이었다. 그리고 꽃병에 도라지꽃을 꽂아 놓았다. 등잔에는 참기름 불이요, 황초 한 쌍을 켜 놓고 향을 피우고 맑은 물을 떠 놓았다.

원효는 불전에서 한참 동안 선정에 들어 있었다. 의명과 사사마, 아사가도 원효 모양으로 선정에 들었다. 공주도 아기를 재우고 와서 앉았다. 요석궁 대사도 앉았다. 두 고아는 마루에 쓰러져 자고 있었다.

고요했다. 달이 흰 구름 사이로 달리고 있었다. 물소리, 솔밭에 바람소리, 그리고 벌레소리. 수없는 혼령이 밥을 얻어먹고 번뇌에서 벗어나게 해줄 법문을 듣기 위하여 모여드는 것이다.

의명은 밥 먹을 때 하던 공상을 잊었다. 원효가 앉은 모양은 의명의 마음에서 그러한 잡념을 허하지 않는 힘이 있는 듯했다.

"배고픈 이는 밥을 먹고 목마른 이는 물을 마시라. 그리고 내가 설하는 법을 들어 영겁에 끊임없는 탐욕의 불을 끄고 아미타불의 극락세계에 서늘한 안식을 얻을지어다."

원효는 산 사람과 죽은 사람을 통틀어 앞에 놓고 법을 설했다.

"삼천대천세계에 겨자씨만한 곳도 석가세존께서 중생을 위하시어 신명을 아니 버리신 곳이 없다 했으니, 괴로워하는 중생은 소망을 가지고 참고 기다릴지어다. 지금도 수없는 보살은 중생을 괴로움에서 건져서 즐거운 데로 인도하려고 쉬지 않고 신명을 버리시느니라. 오직 중생이 탐욕에 눈이 어두워 이것을 보지 못하고 번뇌와 고통이 가득한 세상으로 더욱 더욱 깊이 들어가느니라."

"들으라. 중생이 먹는 밥 한술이 관세음보살의 살 아님이 어디 있으며 목마를 때 마시는 물 한 모금이 관세음보살의 피 아닌 것이 어디 있으랴. 자비의 손이 바로 그대의 앞에 번뜩이도다. 보라, 오직 눈을 떠서 보라. 깨달으면 부처요 아득하면 범부니, 깨달은 사람에게는 이미 나고 죽음이 없거든 하물며 괴로움과 즐거움이랴. 마치 무서운 꿈을 깸과 같으니 한번 깨면 다시 꿈이 없느니라. 장계에 헤매는 중생아. 오는 해 백중에도 내 밥과 물을 놓고 중생을 불러서 법을 설하려니와 원컨대 그때까지 아득하지 말지어다. 이제 곧 나지도 죽지도 않는 경지를 얻을지어다."

원효는 이렇게 정령들에게 법을 설한 뒤에 의명 등에게로 향하여 법을 설했다.

"의명아."

"예."

"아사가."

"예."

"사사마."

"예."

원효의 부름에 세 사람은 황송한 마음이 생겼다.

"여기는 아도화상의 유적이 있는 데다. 아도화상은 평생에 무슨 일을 하셨나? 오직 중생에게 불도를 전하려고 하셨다. 그는 장가를 든 일도 없고 세력을 구한 일도 없고 제 몸 편하기를 구한 일도 없다.

이차돈은 어찌했나. 그는 임금도 될 수 있는 몸이요, 공주를 아내로 삼을 수도 있는 몸이었다. 그러나 불도를 위하여 길거리에서 목이 잘렸다. 우리네 신라 사람이 오늘날 불법을 듣게 된 것은 아도화상과 이차돈 이 두 분의 덕이다. 이 두 분은 다 보살화상이시다. 너희도 보살화상이다. 너희도 짐짓 청정업보를 버리고 사람의 몸을 쓰고 나온 것은 불도로 중생을 건지자는 본원(本願) 때문이다. 인생의 몸을 쓰기 위해서 인생의 탐욕을 나툰 것이다. 그러나 이 세상에 오는 길에 또 온 뒤에 그 본원을 잊어버리고 있었다.

전생다생에 너희는 나와 함께 석가세존의 처소에서 법을 배웠더니라. 그러한 인연이 있기에 너희가 불법을 찾아서 나를 따라온 것이야. 너희는 보살이요 범부가 아니다. 중생을 건지자는 본원으로 범부의 탈을 쓰고 나온 것이다. 보살이 무슨 탐욕이 있으리. 오욕을 다 벗어났건만 아직 습관으로 형성된 기운이 남았구나. 그 습관에 지지 말아라."

의명과 요석공주를 비롯하여 여러 사람의 마음은 마치 아프던 생채기에 기름을 바른 것처럼 유하게 되었다. 일종의 비애를 띤 편안함이 여러 사람을 감쌌다.

원효가 목탁을 들었다.

"우리 역대 국왕과 헤아릴 수 없이 많은 세상과 부모와 친척과 집안식구들과 삼계에 임자없이 세상을 떠도는 외로운 넋을 위하여 정성으로 염불하자."

"나무아미타불."

원효가 염불하자 모두가 따라서 염불했다.

아사가와 사사마는 염불이 처음이건만 목을 놓아서 불렀다. 밤이 깊어 가도록 염불 소리가 끊이지 않았다. 딱딱딱딱 하는 목탁 소리로 장단 맞추자 남자의 우렁찬 소리, 여자의 날카로운 소리가 어울려 들렸다. 산에 초목과 벌레와 짐승과 하늘에 달과 별과 삼계 지옥·아귀·축생·수라·인간·천상의 중생들이 모두 이 염불 소리를 듣고 있었다.

이튿날은 칠월 보름 백중날이었다. 무애암에서는 하루 종일 염불 소리가 들렸다.

한량없는 괴로움을 받고 있던 넋들이 일 년에 한 차례, 백중날 하루 동안 놓여 나와서 그립던 가족들을 만나는 것이다. 만나기는 만나지만 살아 있는 가족들과 죽은 넋과는 서로 말이 통하지 않고 얼굴도 보이지 않는다. 그래도 서로 곁에 가까이 있거니 하고 애절한 그리움을 푸는 것이다.

백중날, 산 사람들은 사랑하던 부모, 처자의 혼령을 대접하는 정성으로 밥과 떡과 기타 맛있고 정갈한 음식을 만든다.

지옥도에 빠진 넋은 슬프고 원통하고 밉고 성나고 한 시각도 마음이 편하지를 못하고 지글지글 끓는다. 유황불에 타고 기름 가마에 끓는다. 그러나 이 유황불과 기름 가마는 다 제가 제 업으로 만들어 놓은 것이다. 생전에 탐하던 다섯 가지 욕심이 불이 되고 물이 되고 얼음이 되어서 여러 겁을 두고 본인을 괴롭게 하는 것이다. 그림자와 같아 아무리 떼려야 뗄 수 없고 도망하려 해도 도망할 수 없는 업보이다. 머리카락마다 털구멍마다 퍼런 불길이 뿜어져서 숨이 막히고 죽도록 아프고 괴로우나 마음대로 죽어지지도 않는다. 치를 것을 다 치른 뒤에야 이곳을 벗어나거니와 겨우 지옥을 벗어난 박복한 중생은 그날부터 다시 지옥 업을 닦는 것이다.

지옥을 무행처(無幸處)라고 한다. 도무지 좋은 일이 없는 곳이라는 뜻이다. 사바세상, 이 세상은 인토(忍土)라고 부른다. 참을 만한 곳이라는 것이다. 제석천이나 도솔천에는 오직 낙이 있을 뿐이요 불행이 없고 수명이 무척 길다. 사바보다 나은 데지만 거기도 쇠하고 죽음이 있다. 오직 오욕을 떠난 부처님의 세계만이 영원불변하는 청정한 세계다.

만일 아귀도에 떨어진 중생이 있다 하면 그는 주리고 목마르고 깊은 괴로움 속에 있는 것이다. 배는 바다와 같이 큰데 목은 바늘과 같이 가늘어서 아무리 마셔도 목마른 것이 그치지 않고 아무리 먹어도 배가 부르지 않는다. 한량없는 탐욕의 업이 이러한 몸을 나툰 것이다.

아귀도에 빠진 자는 마시고 먹는 것이 모두 불이 된다고 한다. 그는 시원한 물 한 모금을 갈구하나 그것이 목구멍에 닿으면 곧 시뻘 겋게 녹은 쇳물이 된다. 그때 그는 세계를 다 주고라도 시원한 물 한 방울을 얻으려 하나 몇천 겁 동안에 치를 것을 다 치르기 전에는 제 맛을 가진 채로 그의 목구멍에 들어올 한 방울의 물도 얻을 수 없다.

축생도에 빠지면 날짐승이나 길짐승이 된다. 잠시도 마음을 놓을 새가 없이 늘 겁을 집어먹고 살게 된다. 남의 피를 흘려서 먹을 것을 찾거나 배가 부를 만하면 이번에는 제가 남에게 잡혀 먹힌다.

삼악도에서 치를 것을 다 치르고 나서 설사 사람의 몸을 받아 세상 에 나오더라도 아직은 소멸 못한 악업이 남아서 날 때부터 아프고 고통 받는 몸이 되거나, 정신이 둔탁해서 옳고 그른 것, 좋고 궂은 것 을 가릴 줄 몰라 평생에 애쓰고 힘들여 하는 일이 모두 제게 해로운 일이 된다. 또 설사 잘나고 총명하더라도 세상이 믿어 주지 않는다. 가령 의원이 되어서 병자에게 약을 쓰더라도 병이 낫지 않고 만일 제가 병이 들어 약을 먹더라도 좋은 약이 도리어 해가 된다. 부부는 불화하고 자녀는 말을 듣지 않아서 평생을 근심 걱정 속에 보내게 되는 것이다. 우리 아버지는 지금 어떤 곳에 계신가, 우리 어머니는? 만일 아들딸이나 손자 손녀가 앞서 죽었다면 우리 아들딸은? 아내 는, 남편은? 또 내게 은혜를 주던 이는 지금 어떤 곳에 태어나 있나? 언제나 이러한 생각이 그칠 날이 없다.

그러나 칠월 보름 우란분에는 세상에서는 종과 머슴도 하루는 놓 아 주어 제 조상의 무덤과 일가 친척을 찾게 하고 지옥에서도 이 날 하루는 넋을 놓아 보내어 분묘와 집을 찾게 한다. 이날에는 부모 권속의 넋을 집에 맞아서 하룻밤을 묵게 하고 먹을 것과 맡을 것과 볼 것을 공양하는 동시에 덕 있는 스승을 청하여 고통에서 벗어나 기쁨을 얻는 도를 설하게 하는 것이다. 석가의 제자 목련존자가 그 어머니를 지옥에서 건져내던 일을 본받아서 내 부모와 권속을 건져나 보자는, 살아 있는 자의 지극한 정성이다.

오욕을 떠난 자의 염불 한마디는 능히 지옥의 불을 끈다고 한다. 청정한 법사의 손으로 주는 밥과 물이라야 비로소 아귀의 기갈을 멈추는 것이다.

원효의 눈에는 진덕여왕과 어머니와 할아버지와 또 요석의 전남편 거진과 이러한 얼굴들이 보인다.

임금은 보살의 화생이시니 십악을 다 끊고 십선을 다 닦아 나실 곳에 나시는 몸이거니와 자기를 낳고 곧 돌아간 어머니에 대한 생각이 원효에게는 가장 간절했다. 원효는 지난번 어머니 산소에서 염불을 좀 더 많이하지 못한 것이 한이 되어서 이 날은 어머니를 위해서 만념(萬念)을 올렸다. 일만 번 염불을 그 어머니께 회향한 것이다.

다음에 잊지 못하는 것은 거진이었다. 그 어린 몸이 용맹 있게 싸워서 죽어 넘어진 것을 원효가 적진 중에 들어가서 시체를 안아 왔다. 그때 원효의 옷은 거진의 피로 젖었다.

요석공주도 거진을 생각했다.

칼 잘 쓰고 얼굴 잘났던 아버지의 모습이 아사가에게는 분명히 기억되었으나 사사마에게는 희미한 기억이었다. 둘은 오래 앓고 누웠던 어머니의 기억이 간절했다. 어머니 돌아간 뒤, 첫 우란분이었으니 더욱 그러했다.

이 날 원효는 효도에 관한 법설을 담은 목련경을 설하여서 백중날, 즉 우란분의 유래를 설명했다. 목련존자가 그 어머니를 위해서 슬퍼하고 애쓰는 대목에 이르러서는 모두 울었다. 그리고 어떻게 해서라도 나도 내 사랑하는 이를 건지겠다는 결심을 했다.

"맑은 마음이 부르는 염불 한 소리."

이것이 결코 쉬운 일이 아니라고 원효는 말했다. 오욕 번뇌에 젖은 우리들 범부의 마음에는 일생에 한 번도 욕심을 떠난 맑은 순간이 있기 어려웠다. 아침에 눈만 뜨면 벌써 오욕의 구름이 일어난다.

"범부의 마음은 장마철 하늘과 같다."

구름이 벗겨질 때가 없고 잠깐 푸른 하늘이 보이는가 하면, 곧 검은 구름이 덮였다.

"자손된 자의 맑은 염불 한마디 없어서 다생 부모 처자는 영겁의 고에서 헤어나지를 못한다."

원효는 이런 말도 했다.

"욕심을 떠난 마음은 마니보주(摩尼寶珠)와 같다. 흐린 물이라도 이 구슬을 담그면 곧 맑아지듯이, 혼탁하고 악한 세상도 이러한 마음으로 맑아진다. 내 마음 하나가 맑아서 깨달음을 얻으면 온 신라의 중생이 보살이 되고 온 신라의 천지가 극락정토가 되리라. 누가 이런 뜻을 품었느냐?"

원효의 이 말은 이 자리에 앉은 사람과 수없는 혼령에게 하는 동시에 저 자신에게 하는 외침이었다.

'나도.'

'나도.'

공주도 의명도 속으로 맹세했다. 아사가와 사사마는 주먹을 불끈 쥐었다.

이날 밥을 먹는 동안에도 부모를 생각했다. 부모의 넋이 굶주리지나 않으시는지, 만일 어디 가 태어나셨다면 복은 누리시는지, 아니면 아직도 갈 바를 모르고 헤매시는지, 내가 먹는 밥이 알알이 다 법력이 되어서 부모 계신 데를 보고지고, 악도에 떨어지셨을진댄 건지고지고. 뜰을 거닐 때도 부모 생각을 놓지 않으려 했다. 다른 잡념이 들지 못하도록 막아내었다.

'맑은 염불 한마디'의 공양이 그렇게 어려운 줄을 알 때, 제 마음은 성한 곳이 없을 정도로 혹심한 피해를 입었음을 더욱 느꼈다.

해가 지고 밤이 왔다. 소나기 지나간 뒤 하늘은 퍼렇게 맑고 달이 떴다. 자시(子時)가 되기 전에 넋들은 제자리로 돌아가야만 한다. 시각이 바짝바짝 다가온다. 넋들이 떠나기 전에 한 번 더 맛난 것을 공양하고 법을 들리고자 새로 지은 밥과 시루떡과 물을 올린다. 그리고 더욱 정신을 가다듬어서 염불한다.

"나-무-아-미-타-불."

이 소리가 제발 맑은 한 염불이 되어서 내 다생 부모 권속이 괴로운 땅을 떠나 극락에 왕생하게 하소서 하고 빈다. 그 마음은 밤이 깊을수록 더욱 간절했다.

딱딱 목탁 소리가 삼경에 울리고 보름달은 차차 올라왔다. 무주고혼을 불러서 먹을 밥과 들을 법을 공양할 이는 중밖에 없었다. 나라에서는 일 년에 봄가을 두 번 산천의 신과 무주고혼을 불러서 제사하고, 또 우란분에는 명승을 청해서 백중재를 베풀고 목련경을 설해서 죽은 자와 산 자를 제도하는 큰일을 하거니와, 무릇 중이란 중은 다 일체중생을 건지는 것이 원이기 때문에 그에게는 친소가 없고 오직 평등하다. 누구를 더 위하고 누구를 덜 위함이 없는 것이다.

악도에서 우는 모든 중생은 중에게는 똑같은 부모요, 권속이다. 그중에 하나라도 못 건져진 자가 있는 동안 그는 결코 성불하지 않는다. 일체중생을 건지는 것이 보살의 원이거니와, 한 중생을 위해서 여러 천생을 나고 죽기를 아끼지 않는 것이 또한 보살행이다.

그렇지마는 속인은 그럴 수가 없다. 남보다도 제 가족을 위하여 빌 수밖에 없다. 부모는 자식을 먹여 살리기 위하여 하루에도 백 가지 죄를 짓는다 하거니와 그럴 수밖에 없는 것이다. 그 역시 저를 위함이 아니요 남을 위하는 것이니 죄는 죄라 해도 용서받을 죄다. 오직 최소한의 죄를 지으라 함이 속인에게 구할 도다.

한 남편 한 아내와만 사는 것은 최소한의 음욕이요, 살아가기에 필요한 물건을 취하고, 또 생명을 살해하는 것은 최소한의 탐욕이다.

이렇게 한 집을 이루고 최소한의 죄를 지으면서 최대한의 공덕을 쌓는 것이 인생의 가정생활이다. 이 정도를 지나칠 때 그것은 지옥업이 되는 것이다.

어저께 과식했으면 오늘은 배탈이 나서 밥을 굶어야 하듯이 금생에 빈궁한 사람은 모두 전생에 호화롭고 탐욕스러운 생활을 하던 사람들이다. 금생에 살생을 많이 하면 내생에 병약한 몸을 타고난다. 피하려도 피할 수 없는 내 업보다. 업보는 눈에 보이지 않는 실 모양으로 내 발뒤꿈치에 매여서 어디까지든 나를 따른다. 무덤까지도 지옥까지도, 또 극락세계까지도 따른다. 그 기록은 세밀해서 한 획도 어긋남이 없고 또 그 계산은 엄정해서 탕감이 없다. 이 빚을 깡그리 다 벗는 날은 오직 성불하는 날 뿐이다.

원효는 본다. 주위에 모여 앉은 사람들—요석공주, 설총 등 모두 다 그 발꿈치에는 업보의 줄이 달렸다. 우란분회에 모인 넋들은 그러하다. 삼계육도의 중생이 모두 그러하다.

악업의 보는, 그들의 눈을 가려서 업보의 줄을 보지 못하게 한다. 그래서 "업보란 어디 있느냐. 전생, 내생이 어디 있느냐. 다 허망한 소리다. 그저 살아생전에 제멋대로 살면 그만이다." 이렇게 뽐내면서 그들은 더더욱 지옥업을 짓는다. 죽어서는 나고, 죽어서는 나고 하는 동안에 그들은 점점 더 낮은 데로 떨어진다. 수명은 점점 짧아지고, 병은 많아지고, 정신은 둔탁해지고, 얼굴은 점점 박복한 궁상, 흉상을 띠게 되어서 이러한 사람이 많아지는 대로 나라는 점점 쇠해

지고 세상은 점점 살기가 어려워 진다. 그러한 중생은 가는 데마다 지옥을 조성한다. 제 집을 지옥으로 만들고, 제 마을, 제 나라를 지옥을 만들고, 이리해서 이 세계를 지옥으로 만든다. 그러하되 그들의 정신이 욕심으로 둔탁해져서 이 모든 지옥고가 다 제 손으로 지은 것인 줄을 깨닫지 못한다.

"중생, 중생아. 인과의 법에 깰지어다."

원효는 목탁이 부서져라 하고 두들기며 외쳤다.

"네 괴로움과 즐거움은 네가 짓는 것이다. 오늘의 즐거움과 괴로움은 어제까지의 네가 지은 것이요, 내일의 괴로움과 즐거움은 오늘까지의 네가 지은 것이다. 네가 지어온 악업을 쌓아 놓을진댄 수미산이 오히려 낮을 것이다. 만일 제불보살의 대자비력, 대위신력이 아니었다면 벌써 사람 두껍을 쓴 중생이 자취를 끊었으렷다. 중생, 중생아. 그래도 깰 줄을 모르느냐. 언제까지 제 한몸을 위하는 욕심에 매여 있느냐."

원효는 또 한 번 목탁을 크게 치고 소리를 높였다.

자정이 가까워졌다. 이제는 넋들을 돌려보내야 한다. 잠시 벗었던 쇠사슬을 쓰고 죄 많은 넋들은 춥고 어두운 머나먼 길을 다시 걸어야 한다. 그들은 치르다 남은 괴로움을 깨닫기 전까지 다시 치러야 한다.

원효의 눈에서는 뜨거운 눈물이 흘러내려서 촛불 빛에 번뜩였다. 원효는 진언을 외우면서 지방을 떼어서 살랐다.

일동은 죄 많은 넋들에게 한 소리라도 더 들려 보내려고 소리 높여 염불했다. 그 넋들을 뒤따라가면서라도 그들을 위해서 불법을 들려 주고 싶었다. 그처럼 사람들의 마음은 저를 잊고 부모며 권속과 무 주고혼들을 위하는 마음으로 꽉 찼다.

"저승의 인정이 무엇인고, 믿는 마음과 공덕이 고작이라."

이 몸이 살아 있는 동안에는 권세와 재물이 힘을 쓰지만 혼이 한번 이 몸을 떠나면 남는 것은 업보뿐이다. 무섭고 지긋지긋한 모든 고 초를 당할 적에 인정을 쓸 것이 무엇인고. 그것은 불법을 믿어서 적 선하고 불경을 외고 염불한 공덕뿐이라는 것이다.

일동은 불공하면서 올렸던 음식상을 나누어 먹었다. 모두 약간 피 곤함을 느꼈다. 많은 손님을 치르고 난 집과 같아서 누구나 쓸쓸함 을 느꼈다.

아사가는 정말 아버지와 어머니가 바로 얼마 전까지 여기 와서 계 시다가 간 것 같아서 자꾸 문밖을 내다보았다. 아직도 신발을 신느 라고 문밖에 서 있을 것 같았다. 그러나 바깥은 달빛뿐이었다. 아사 가는 불현듯 아버지와 어머니 생각이 나서 슬픔이 북받쳐 올랐다. "아버지. 어머니. 이리로 돌아오셔요." 하고 초혼을 부르고 싶었다.

원효가 장삼을 벗자 그 속에 입은 옷이 요석공주가 손수 지은 의복 인 것을 볼 때 더욱 울고 싶었다. 아사가는 제가 원효에게 쓸데없는 사람이 된 것 같아서 슬펐다.

'스승님이신데, 왜?'

아사가는 저를 타일렀으나 그래도 슬픔은 가시지 않았다.

원효는 공주와 한방으로 자러 들어갔다. 아사가와 공주의 시녀와 원효가 데려온 여자아이가 한방에 들고 큰방에서는 남자들이 잤다.

원효가 공주와 한방에서 자는 것은 당연한 일이지만 아사가에게 는 그것이 무슨 큰 변괴 같았다.

'어쩌면 아까 그 법사가.'

아사가는 원효에게 강한 반감을 느꼈다.

아사가는 아무리 해도 잠을 이루지 못했다. 무엇을 잃은 것도 같고 발길에 얻어 채인 것도 같았다. 처녀인 아사가는 남녀 관계를 모르지만, 어쨌건 원효대사가 그래선 안 될 것 같아서 분했다.

'무엇이 큰 스승이야.'

아사가는 원효를 향해 침이라도 뱉어주고 싶은 충동을 누를 수가 없었다.

'그게 무엇이야. 한 번은 파계를 했기로서니. 앙아당이에서 날더러 무엇이라 했어. 파계를 한 번이나 하지 두 번 하겠느냐고……. 날더러는 모든 중생의 어머니가 되라고 그래 놓고. 그런데, 그런데.'

아사가는 견디지 못해서 문을 열고 뜰에 나섰다.

달은 서쪽으로 기울어지고 벌레 소리만 더욱 요란한데 원효와 공주가 든 방의 창에는 반쯤 달빛이 비쳐 있었다.

'에이 더러워!'

아사가는 고개를 창에서 돌렸다. 그리고 시냇가로 방향 없이 걸어갔다. 호랑이나 늑대가 나올는지도 모른다. 메밀꽃 밑에 독한 뱀이 있을지도 모른다. 그러나 다 무섭지 않았다.

산골짜기의 시꺼먼 그늘은 지옥이 벌린 입 같았다.

'그러기로 어때. 무섭긴 무엇이 무서워.'

아사가는 허둥지둥 그 어두운 그림자를 향해 걸었다. 원효를 생각하며 도라지와 더덕을 캐러 가는 걸음과는 다르다. 졸졸졸 물소리도 이제는 안 들린다. 이따금 흉물스러운 부엉이 소리가 들릴 뿐이다.

"부형, 부형."

아사가는 머리가 쭈뼛해서 멈칫 섰다. 그러나 그는 암자로 돌아가지 않고 점점 더 골짜기로 올라갔다.

달이 아주 봉우리에 가렸다. 갑자기 캄캄해졌다. 아사가는 또 한번 머리가 쭈뼛하고 몸에 소름이 끼쳤다. 아사가는 반은 미친 듯이 소리를 질렀다.

"어머니, 어머니."

산에서 산울림이 대답했다.

"어머니, 어머니."

아사가의 소리에 소낙비 소리 같은 벌레 소리가 뚝 그쳤다. 그것은 참으로 무서운 고요함이었다. 그러나 얼마 지나지 않아 벌레들이 다시 울기 시작했다. 벌레 소리가 다시 나니 전과 같은 세상인 것 같았다.

아사가는 어딘지도 모르는 곳을 자꾸 들어갔다. 풀잎에 맺힌 이슬이 아사가의 뜨거운 몸에 스치는 것이 얼음처럼 차가웠다.

얼마를 가니 수풀이었다. 나무와 풀이 엉켜서 방향을 잡을 수가 없을뿐더러 이리 향해도 나무와 마주치고 저리 향해도 나무와 마주쳤다. 풀도 한 길이 넘게 자랐다. 온통 칠흑 같은 어둠이었다. 나뭇가지 사이로 별빛이 보이는 것이 더욱 어둡게 하는 것 같았다.

반딧불이 날고 접동새가 울었다. 멀리서는 여전히 부엉이 소리가 들렸다. 아사가는 본능적으로 이 어두운 숲 속에서 벗어나려고 애를 썼다. 오던 길로 돌아만 가면 될 것 같으나 그것이 어느 방향인지 알 수 없었다. 아사가는 벗어나려는 모든 노력이 헛됨을 느낄 때 옆에 있는 나무에 몸을 기대고 두 손을 깍지 껴서 가슴에 대고 소리쳤다.

"어머니, 어머니. 나를 데려가오."

그러나 웬일인지 소리가 나오지 않았다. 산울림도 없었다. 모기가 앙앙거리며 덤볐으나 아사가는 그것을 쫓아 버릴 기력이 없었다. 저도 모르게 그 자리에 쓰러져 버렸다.

"내가 왜 이래? 내가 왜 이래? 내가 어디를 왔어? 여기가 어디야?"

중얼거리는 것도 무의식이었다.

공주의 시녀는 아사가가 나가는 것을 알았다. 그리고는 무심히 잠이 들었다가 다시 깨어났을 때 옆에 아사가가 없는 것을 보고는 소스라쳐 놀랐다. 여자의 육감이라 할까, 시녀는 아사가의 마음을 알 것 같았다.

'어디 갔을까.'

창에는 벌써 달빛이 없었다.

'죽지는 않았을까.'

그는 삼십이 가까운 나이까지 궁중에서만 자란 처녀라 남녀의 정은 몰랐지만, 모르는 대신에 도리어 여러 가지로 상상을 했다. 공주가 원효대사를 사모하는 모양을 곁에서 보고는 그는 그것이 부러웠다. 원효가 요석궁에 처음 들어오던 날 그를 욕실로 인도한 것이나 그에게 새 옷을 입힌 것이나, 또 원효와 공주를 위해서 잠자리를 깔고 개키는 것이나 요석궁 사흘 동안에 원효의 곁에서 시중을 든 것이 그였다.

그런 연유로 시녀는 아사가의 마음을 제 마음에 비겨서 동정할 수가 있었다. 아사가의 아름다움을 공주가 시기하듯이 저도 시기하면서도 그는 무한히 아사가에 대한 애착을 느꼈다.

여자가 천이라도 마음은 하나다. 여자의 마음은 여자가 안다. 사랑하고, 미워하고, 시기하고, 질투하고……. 이것이다. 지혜와 지위가 다르다 하더라도 근본 마음은 하나다. 이러한 마음이 여자뿐이랴. 남자도 마찬가지다. 남자와 남자는 서로 뜻을 안다. 평생에 처음 본 사람이라도 금세 한자리에서 자다가 나온 것과 같이 남자는 남자의 뜻을 안다. 그러므로 시녀는 공주와 아사가의 뜻을 알고 의명은 원효의 뜻을 안다. 나이 어린 사사마도 원효의 뜻을 짐작한다.

어찌 사람의 마음뿐이랴. 짐승도 벌레도 귀신도 마음은 하나요, 뜻은 하나다. 밤 버러지 우는 소리가 잠 못 이루는 사람의 마음에 통하지 않느냐. 하고 싶어도 못하는 괴로움, 싫은 일을 해야 하는 괴로움, 그리운 이 못 만나고, 만나도 떠나는 서러움, 둘이서 한 물건을 앞에 놓고 서로 제 것을 만들려고 하는 괴로움, 사람의 괴로움이나, 새 짐승 버러지의 괴로움이나 다 같다. 한마음 한뜻에서 나온 것이나 천만 겁 전이나 후나 중생의 마음은 다 하나다.

그러므로 공주가 잘난 남자를 그리워하면 시녀도 그러한 것이다.

"지금 어긋난 한 생각으로 만 가지 형상이 나타나네."

사람들은 원효가 다른 중생과 같지 않기를 바라기는 바라면서 미더워하지 않았다.

시녀는 원효가 법력이 높은 선지식인 것을 믿는다. 그러나 원효도 입이 있으니 먹고 이빨이 있으니 물 것이라고 생각했다. 시녀의 생각은 맞았다. 설총을 낳지 않았는가. 그렇다면 이번에 또 둘째 설총을 낳지 말란 법이 어디 있는가. 아사가인들 설총을 낳지 말란 법이 어디 있으며 자신인들 설총을 못 낳으란 법은 어디 있나. 시녀는 이렇게 생각했다. 그렇게 생각하면 다 같은 사내지 별다른 사람이 아닌 것도 같았다.

시녀가 생각하기에 한 가지 이상한 것은 남들은 다 남편을 가져서 아기를 낳는데 자신은 언제까지나 남편이 없는 것이다. 남편과 한집에 사는 것은 더할 수 없는 낙일 것 같았다. 시녀도 무척 그러고 싶었으나 이렁그렁 삼십이 다 되었다.

아사가에게도 남편을 하나 주고 시녀인 자기에게도 남편을 하나

주고, 원효는 공주의 남편으로 영영 같이 살고 이 모양으로 되었으면 천하태평일 것 같았다. 그런데 세상은 그렇지 못했다. 요석궁 중에도 시녀와 같은 남편 없는 여자가 십여 명이나 있었고 대궐 안에는 수백 명이나 되었다. 모두 웬일일까, 왜들 그럴까 하고 시녀는 그것을 기막힌 의문으로 생각한다.

"역시 그랬군. 그러기에 아사가가 오늘 밤에 달아났지."

시녀는 이렇게 속으로 중얼거리면서 문을 열었다.

벌써 달은 지고 훤하게 먼동이 텄다. 시녀는 신발을 신고 뜰에 내려섰다. 시녀는 뜰에서 거니는 의명을 보았다. 그는 곁에 사람이 있는 줄도 모르고 발자국이라도 세듯이 어두움 속에서 오락가락하고 있었다.

"스님."

시녀는 의명의 곁으로 가까이 갔다.

시녀는 의명이 필시 아사가를 생각하고 이렇게 거니는 것이라고 생각했다. 의명은 벌써 가사 장삼을 입고 있었다. 혹시 뒤숭숭한 생각으로 잠을 못 이루어서 가사 장삼으로 예법에 맞는 몸가짐을 갖춘 것인지도 모른다고 시녀는 생각했다. 시녀는 의명의 속이 빤히 들여다 보인다고 믿는다. 원효도 제 마음과 다름이 없을진대 의명 따위야 하고 이렇게 생각한다. 그렇게 생각하면 의명은 대하기 어려운 중이 아니다.

"아사가 아가씨 어디 가신지 아셔요?"

시녀가 물었다.

"아사가 아가씨?"

의명의 음성은 분명히 놀란 음성이다.

"네, 아사가 아가씨가 어디 가시고 안 계셔요."

시녀는 근심으로 한숨을 쉬었다.

"언제요? 아사가 아가씨가 언제 어디를 갔어요?"

의명은 몹시 놀랐다. 의명도 시녀 모양으로 아사가의 마음을 상상 못 할 것은 아니었다.

"글쎄, 법회를 마치고 불 끈 지 얼마 안 되어서 문을 열고 나가시길래 소피 보러 가시는 줄 알고 잠이 들었는데 깨어보니 아직도 안 돌아오셨어요. 그래서 어떡하면 좋은가 하고 일어나 나왔습니다."

"허어, 이거 큰일났군요."

의명은 원효가 자는 방을 바라본다. 고요했다.

"어디 가셨을까요?"

시녀는 어둠 속에 의명을 쳐다본다. 의명의 몸이 자리를 못 잡은 듯이 움직였다.

의명이 원효의 침실 밖으로 갔다.

"스님. 노스님."

의명은 이렇게 부르고 귀를 기울였다. 방문 밖에는 원효의 커다란 피껍질 신과 공주의 조그마한 꽃당혜가 가지런히 놓여 있었다.

"왜?"

원효의 크고 무거운 음성이 들렸다.

"아사가가 어디 가고 없습니다."

의명은 한걸음 더 방문 밖에 다가섰다.

"아사가가?"

"예. 파재 후에 불 끄고 누웠다가 나갔는데 아직도 안 돌아왔다고 시녀 아가씨가 그럽니다."

곧 원효가 앞장 서고 의명과 사사마가 뒤를 따라서 아사가를 찾아 나섰다. 바로 달이 넘어간 뒤라 하늘은 새벽빛으로 훤하건만 땅은 칠흙같이 어두웠다.

원효는 잠깐 멈추고 생각하다가 가고 또 멈추어 생각하다가 갔다. 주위를 바라보고는 아사가의 심경을 생각했다.

아사가를 찾는 일행은 점점 골짜기로 깊이 들어갔다. 이제는 밤새 소리도 벌레 소리도 드물고 풀에는 이슬이 흠씬 내려서 원효의 장삼 자락을 후줄근하게 적셨다. 아닌 밤중에 이 외딴 골짜기로 혼자 올라갔을 아사가의 심경을 생각하면 원효나 의명이나 가슴이 아팠다.

"스님. 아사가가 아래로 내려갔으면 어찌합니까."

의명이 물었다.

"아니, 이리로 올라갔을 것이다."

원효는 아사가가 세상으로 내려갔을 것을 믿지 않았다. 원효에 대해 실망했으니 세상에 내려가서 다른 사람을 찾겠다, 이러할 아사가 아닌 줄을 원효는 믿는다. 아사가가 원효에게 실망했으면 그가 할 유일한 일은 산으로 높이 올라가는 것뿐이라고 원효는 믿는다.

불그레한 빛이 동쪽 하늘에 비치었다. 원효는 해가 뜨리라고 생각되는 붉은 하늘 쪽을 향해서 합장하고 대일(大日)여래의 주문을 염했다.

모든 법은 본래 생기지도 않았고
모든 행동이 곧 삼매이다.
크게 비어 있는 것이 보리심이요
버려 깨끗하게 함이 곧 열반이다.


모든 법은 본래 생기지도 않았고
본성이고를 떠났으니
청정하여 때에 더럽혀지지 않고
인과업보는 모두 공허하네


원효는 스승 없이 배운 사람이라 모두 경에서 보고 자기가 정한 법이었다. 해는 고대 신앙에서도 중심이 되거니와 불교에서 대일여래라는 어른은 분명 해를 표상히는 것이어서 신라 사람은 그 뜻을 얼른 이해할 수 있었다.

원효도 해를 숭배했다. 모든 빛의 근원, 열의 근원, 생명의 근원이라, 모든 것을 낳고 기르건만 그러는 체 없으니 이것이 무위(無爲)라고 원효는 생각한다. 해는 빛을 준다. 빛이 없으면 생명도 없을 것이다. 빛 없이도 생명이 있다면 그것은 얼마나 슬픈 생명일까. 그러나 우리는 그 빛의 밝음을 견디지 못하는 수가 있다. 너무 밝아서 우리의 눈이 부시어 보는 힘을 잃어버릴 수도 있다.

만일 해가 그 빛을 온통으로 우리에게 쏟아 주신다면 우리는 다 타버리고 말 것이다. 우리 몸은 너무 큰 빛을 감당하지 못한다. 그래서 해는 우리를 위해 빛을 조금씩 보내 준다. 멀리 높이 물러서 우리가 감당할 만한 정도의 빛을 보낸다. 마치 어린애에게는 밥을 많이 주지 않고 암죽을 조금씩 먹이는 어머니 모양으로.

그러나 그 빛이 현재의 우리에게 부족하진 않다. 그 빛으로 우리 생명이 유지되고 우리가 먹고 살 풀과 기타 우리가 보고 즐길 생물의 꽃을 피우고 알을 낳을 만하다.

해는 어머니다. '바바'는 어머니다. 해는 영원히 우리, 이 세계 중생의 어머니다. 해의 덕을 대표한 이가 사람들의 삶에 있어서는 어머니요, 아내요, 딸이요, 누이다. 그중에도 아름답고 마음 착한 여성은 가장 많이 해의 덕을 가진 이다. 그에게는 신과 같은 고유한 성질이 있다.

남자는 여자를 사모하는 것으로 일생의 일을 삼는다. 어머니로, 누이로, 사랑하는 이로, 아내로, 딸로 온 평생에 여성을 사모한다. 어머니의 사랑 품에서 자라서 아내의 사랑이란 품을 사모한다. 그러므로 남자가 아내를 구하는 열정은 그가 발하는 열정 중에 가장 큰 열정이다. 그는 능히 제 열정으로 제 목숨을 태워 버린다.

여성은 남성 앞에 연약한 모습으로 나툰다. 아름다운 모양으로 나툰다. 어머니는 젖먹이에게도 휘둘리는 듯 보인다.

해가 만물의 생명력의 원천이 되는 모양으로 여성은 인생을 낳는 어머니인 동시에 그에게 힘드는 일, 어려운 일을 이루게 하는 활동력을 준다. 이러하기 때문에 신라인은 여성숭배자였다. 원효에게도 이 피가 있었다.

여성은 간혹 남성을 멸망케 하는 독이요, 적의 모양으로 나타날 때가 있다. 그것은 남자가 여자를 모독하는 생각을 가지는 때다. 마치 물이 고마운 것이지마는 우리가 물을 적으로 생각하고 덤빌 때 물은 우리를 적으로 삼아서 삼켜 버리는 것과 같은 것이다.

그보다도 신을 사랑하는 자에게 신은 복을 주되 신을 모독하는 자에게 신은 무서운 복수자가 되는 것과 같다.

신라인은 여성을 안방에 모신다. 안방은 앙아방아로 최고신을 모신 데다. 어머니와 아내는 최고신을 모시는 제관이다. 그러므로 아무리 힘 있는 남자라도 여자와 다투지 못한다. 아무리 젊고 낮은 여자라도 남자는 그에게 하대하는 말을 하지 않는다.

신라의 제관은 대개가 여자였다. 가상아가 여자인 것은 말할 것도 없거니와 사당아를 제하고는 대개 여자가 신관이었다. 신라가 여성을 천히 여긴 것은 당나라의 풍물을 받아들인 후였다. 여성을 희롱하고 천히 여기게 되자 신라는 망한 것이다.

"아사가. 아사가."

동방을 향해서 합장하고 난 원효는 아사가를 불렀다. 그 우렁찬 소리는 새벽 산골짜기를 울렸다.

"아사가. 아사가."

산울림도 아사가를 불렀다. 아사가라는 것은 아침이 있는 곳, 즉 아침의 정기를 받은 사람이란 뜻이다. 여기서 아사가를 부르는 것은 천지의 새빛을 부르는 것과 같았다.

원효의 소리도 사라지고 산울림의 화답도 사라졌다. 원효는 이윽히 귀를 기울였으나 아무 대답도 없었다.

"아사가! 아~사~가!"

원효는 또 다시, 아까보다 더 큰 소리로 불렀다.

"아사가! 아~사~가!"

이번에는 산울림도 더 큰 소리로 화답했으나 아사가의 대답은 없었다. 동편 하늘의 붉음이 마치 아사가를 대신해서 대답하는 모양으로 더 환히 하늘을 물들였다. 지다 남은 별들이 반짝거렸다.

원효의 마음속에 아사가를 그리워하는 마음이 아침 볕 모양으로 북받쳐 올랐다. 만일 아사가가 이 앞에 나타난다면 두 팔로 안아서 쳐들 것 같았다.

"누나, 누나!"

사사마도 소년다운 고운 소리로 아사가를 불렀다.

원효는 사방을 돌아보다가 한 방향으로 빨리 걸어갔다. 원효는 그 방향에서 아사가의 빛이 발하고 향기가 풍겨 오는 것을 느꼈다. 아직 탐욕으로 더럽혀지지 않은 깨끗한 몸에서 빛이 발하지 않을 리가 없고 향기가 나지 않을 리가 없다. 끝닿는 데가 없는 허공에 뜬 해와 달의 빛이 원효의 눈에 보이듯이 아사가의 빛 또한 보였다.

그러나 신의 빛과 향기는 오직 맑은 마음을 가진 자에게만 보여지는 것이다. 우리는 평생 신의 빛 가운데 있으면서 그 빛을 보지 못하니 우리 악업의 보가 눈을 가려서 소경이 되게 한 것이요, 신의 향기를 맡지 못하는 것은 비린내에 코가 무지어진 것이다.

원효는 아사가의 마음에 질투가 스며든 것을 두려워한다. 그렇다면 그 깨끗함이 더러워진 것이다. 한 사람만은 천지간에 완전히 청정한 이를 보존하고 싶었다. 그 한 사람의 빛과 향기가 모든 중생의 질투로 끓는 마음을 식혀 줄 수 있는 것이다. 원효는 아사가의 청정함을 끝까지 보호하고 싶었다. 앙아당에서 말한 바와 같이 아사가는 한두 사람의 어머니가 되지 말고, 불세계 중생의 큰 어머니가 되기를 바랐다.

아사가의 청정함을 지키기 위하여 원효는 무슨 일을 해도 좋을 것 같았다. 칼을 들어서 살생을 하는 것도 꺼리지 않으려 했다. 오랜만에 꽃을 피우는 우담바라°도 싹이 나야 꽃을 볼 수 있다. 쑥대와 같은 잡초와 잡목은 한없이 싹이 나도 우담바라는 좀체로 피지 않는다.

---

● 불교 경전에 보이는 상상의 꽃. 불경에서 여래나 전륜성왕이 나타날 때만 핀다는 상상의 꽃이다.

하물며 죄로 더렵혀진 국토에서랴. 청정국토가 아니고는 필 수 없는 꽃이다.

모처럼 난 우담바라 싹을 밟아 버리면 어이하랴, 말려 버리면 어이하랴, 무심한 버러지의 밥이 되게 하면 어이하랴. 아사가는 신라의 우담바라라고 원효는 믿는다. 이 어린 싹을 지키는 농부가 자신이길 원효는 자처했다. 아무데 혼자 내어놓더라도 아무것도 범접 못하도록 길러야 한다고 원효는 믿는다. 그런데 아사가는 어찌 되었나.

원효는 이슬에 젖은 풀에 옷을 적시면서 걸었다. 비를 맞은 나뭇잎 모양으로 나뭇잎에서도 이슬방울이 떨어졌다. 졸리는 벌레소리가 끊일락 이을락 했다.

마침내 원효는 아사가의 발자국을 보았다. 그것은 사람의 발에 밟힌 듯한 누운 풀이었다. 죽기보다 더 쓰린 슬픔을 품은 사람이 아니면 뉘라서 밤에 여기를 지나리, 낮엔들 여기를 오리. 꺾인 풀은 아직 시들지 않았다. 원효는 그 발자국을 이윽히 들여다보고 말이 없었다. 반갑고 감정이 북받쳐서 가슴이 막히는 듯하기도 하거니와 또 이슬에 젖어서 쓰러진 아사가를 보는 것 같아서 슬펐다.

원효가 한 발을 내어딛고 한 발은 발뒤꿈치를 든 채로 걸음을 멈추고 땅바닥을 들여다보고 서있는 모양이 의명과 사사마의 마음을 찔렀다. 그들도 한걸음에 다가와서 발에 밟혀서 부러진 풀을 들여다보았다.

세 사람은 그 발자국이 계속한 데를 찾으려고 둘러보았으나 아직 어두웠다. 원효는 주위의 산 형세를 바라보고 아사가의 마음이 향했으리라고 생각되는 방향으로 다시 걸었다. 진펄이어서 풀은 더욱 깊고 나무숲이었다. 나무가 무성해서 앞을 바라보기가 힘들었다.

원효는 의명과 사사마에게 명해서 세 줄로 갈려서 이 숲속을 샅샅이 더듬어 뒤지면서 찾기로 했다.

"아사가. 아사가."

그리고 한 번 더 아사가를 불러보았다. 그러나 대답은 없었다. 원효의 마음에는 실망의 그림자가 내렸다. 이 숲속에 아사가가 있기는 있을 것 같으나 벌써 생명은 없을 것 같았다. 아무리 불러도 대답 없을 시체로 아사가가 눈앞에 나설 것 같았다.

원효는 벌레 소리에 귀를 기울이고 나뭇잎에서 떨어지는 이슬방울 소리에도 귀를 기울이면서 눈에 정신을 모아서 한 걸음 한 걸음 수풀 속으로 들어갔다.

"아사가!"

원효는 눈앞에 희끄무레한 모양을 보았다. 가로누운 사람인 것 같기도 하고 웅크리고 앉은 모양 같기도 했다.

"아사가!"

원효는 수풀을 뚫고 달리는 범의 형세로 그 부유스름한 곳을 향해서 돌진했다. 원효의 돌진하는 몸에 걸려서 나뭇가지가 흔들리고 꺾이느라고 우지끈 소리를 내었다.

"아사가!"

아사가다. 아사가는 한 팔에 낯을 대고 꾸부린 채 쓰러져 있었다.

"아사가!"

원효는 몸을 굽혀서 아사가를 안아들었다. 목과 사지가 기운 없이 축 늘어졌으나 코에는 숨이 있었다.

"아가가. 아사가."

원효는 잠든 아기를 깨우듯이 안은 채로 흔들었다. 이 소리에 의명과 사사마가 서로 신호를 주었다.

"어─이."

원효는 크게 소리쳤다.

"아사가를 찾았으니 아까 오던 길로 나오너라."

아사가의 옷은 이슬에 흠씬 젖고 몸은 시체 모양으로 차가웠다. 그래도 원효는 어두운 수풀 속에서 아사가를 찾았다. 원효는 수풀 밖에 나와서 아침햇살에 비치인 아사가의 자는 얼굴을 들여다보았다.

❁   ❁   ❁

"아사가. 아사가."

요석공주는 가끔 아사가의 귀에 입술이 닿으리만치 가까이 입을 대고 불렀다. 그러나 아직도 아사가는 정신이 들지 않았다.

공주의 행리에서 약을 내어서 공주는 정성스럽게 아사가에게 약을 먹였다. 향을 갈아서 공주의 젖을 짜서 개어서 먹였다. 그리고 아사가의 입술에 흘러내린 약을 공주는 가만히 애정을 가지고 훔치어 주었다.

아사가의 이번 일이 질투라 해도 공주의 생각에는 아름답고 귀여웠다. 입에 내어서 말은커녕 원효에 대한 사모하는 정을 낯색에도 내지 않으면서도 제 몸을 죽여 버리고 싶도록 간절히 생각하는 아사가의 참되고 뜨거운 정이 공주를 울린 것이다.

여자의 마음은 여자가 안다. 공주는 아사가의 간곡한 정을 속속들이 알아줄 것 같았다.

"아사가. 아사가."

공주는 설총에게 대한 것과 다름없는 애정으로 아사가의 등을 만지고 머리를 만졌다. 공주는 원효가 안아온 아사가를 받아서 손수 자기의 옷을 내어 갈아입히고 더운 물에 손발을 씻기기도 하는 것이 모두 자연하게 흘러나오는 정이었다.

아사가의 자는 얼굴에는 미움이나 원망의 티는 없었다. 편안히 자는 어린 아기의 표정이었다.

'이런 얼굴 속에 티끌만한 악인들 숨을 자리가 있으랴.'

공주는 아사가의 원효에게 대한 사랑에서 남녀의 정을 초월한 무엇을 보는 것 같았다. 저는 사나이로 원효를 보건만 아사가는 보살로 원효를 사모하는 것이 아닌가.

원효가 아사가를 두 팔에 안고 산에서 내려오는 것을 볼 때 공주의 마음에는 일시 큰 물결이 일어났으나 원효가 공주의 앞 지척에 왔을 때에 공주는 원효의 얼굴에서 전에 못 보던 것을 보았다. 그것은 빛이었다. 원효는 몸에서 전에 못 보던 빛을 발하고 있었다. 이 빛이 공주의 가슴에 일어나던 질투의 불을 꺼버린 것이었다.

아사가의 입술에 붉은 빛이 돌고 해쓱하던 두 볼에도 붉게 상기된 기운이 돌았다. 공주가 정성으로 갈아 먹인 반혼향*이 힘을 발한 것이다. 공주는 얼른 아사가의 입에 제 입을 대고 침을 흘려넣었다. 이것이 세 번째다. 만일 세 번 침을 흘려넣어서 살아나지 않으면 손가락을 끊어서 피를 흘려 넣어야 한다. 내 생명을 네게 갈라 준다는 뜻이다.

공주의 입에 닿는 아사가의 입은 이번에는 따뜻했다. 아사가의 입술이 움직였다.

"아사가. 아사가."

공주는 아사가의 두 볼에 손을 대어 가만히 흔들면서 낮은 소리로 불렀다.

아사가는 눈을 떴다. 그것은 자다가 깨는 어린애의 눈이었다.

"아사가, 살았다."

공주는 아사가의 볼에 제 볼을 부비며 울었다. 아사가는 공주의

---

* 返魂香. 영혼을 되돌리는 향료.

152

눈물이 뜨거움을 느꼈다. 아사가도 두 팔을 들어서 공주의 몸을 안았다.

"아사가."

"공주마마."

이렇게 두 사람은 말을 주고 받았다. 그 밖에는 말이 없었다.

바로 이날이다. 다 석양에 무애암—후에 고선사라고 불리게 된다—에 이상한 사람이 찾아왔다. 그는 수없이 뚫어진 누더기를 입은 거지였다.

"원효 있나!"

그는 뜰에 섰는 의명을 보고 반말로 물었다. 얼굴에는 때가 묻어 젊은지 늙은지 분별할 수 없을 지경이었다.

"예. 계시오. 누구시오니까."

의명은 원효대사를 아이 이름 부르듯 하는 이 거지가 대체 무엇인가 하면서 공손하게 대답했다.

"이리 좀 나오라고 일러라."

그 거지의 음성에는 위엄이 있었다.

의명의 말을 듣고 원효가 방에서 나왔다. 원효는 신을 신고 그 거지의 곁으로 와서 합장하고 배례했으나 그 거지는 답례를 하지 않았다.

"우리 경 싣고 오던 암소가 죽었어. 자네 같이 가서 장사를 치르지 않으려나."

거지는 원효를 보고 말했다. 원효가 무슨 뜻인지 몰라 주저하는 것을 보고 그 거지는 웃으며 말했다.

"자네는 귀인과 미색과 그만치 가까이했으니 이제는 빈천하고 누추한 것을 볼 때도 되었지. 여기서 할 일은 벌써 다 끝나지 않았나."

원효는 곧 들어와서 행장을 차렸다.

"어디로 가시는데, 언제 오십니까."

공주가 물었다.

"가는 데도 모르고 올 날도 모르오."

원효는 이렇게 답하고 그 거지를 따라서 암자를 나섰다.

"이렇게 날이 저물었는데 저녁이라도 잡숫고."

의명이 따라나왔다.

"해가 지면 달이 뜨지 않나."

거지가 대답했다.

"언제 돌아오십니까?"

의명은 염려되는 듯이 물었다.

"허어, 가는 것도 없고 돌아오는 것도 없고, 머무는 것도 없다는 말도 몰라?"

역시 거지가 대답했다.

"소승도 모시고 가겠습니다."

"다리가 아파서 못 따라올걸."

의명의 말에 거지는 이렇게 말하고 원효에게는 말할 새도 주지 않았다. 거지와 원효는 나는 듯이 산을 내려갔다. 의명은 얼마를 따라가 보았으나 과연 따를 수가 없었다.

　원효는 거지를 따라 밤새도록 걸었다. 원효도 자기 걸음이 평소보다 몇 갑절 빨라짐을 깨달았으나 거지를 따르기는 힘이 들었다.

　새벽에 원효는 서울에 다다른 것을 깨달았다. 만선북리라는 동네 조그마한 집으로 원효는 끌려 들어갔다. 거기에는 거지가 너댓 사람 모여 있었다. 그 거지들은 하나도 성한 사람이 없었다. 어떤 이는 눈이 애꾸요, 어떤 이는 팔이 성치 못하고, 그렇지 않으면 꼽추나 앉은뱅이였다. 늙은이도 있고 젊은이도 있었다.

　원효는 손을 들어 합장해서 여러 거지에게 예를 했으나 거지들은 빙그레 웃거나 고개를 끄덕할 뿐이요, 답례하는 이가 없었다.

　"자, 이리 들어오라구. 우리 어머니 시신이 여기 있으니 들어와서 수계*나 하고 경이나 읊어 달라구."

　거지가 말했다.

　이 거지의 이름은 바마 보고다. 빨리 부르면 뱀복이가 된다. '보고'는 '바가'와 같은 말로 '바'의 아들, 즉 남자를 아름답게 높여서 부르는 말이다(신라에서 남자의 이름에 '사가'를 붙인다. '사'는 신의 아들이라는 뜻).

　전설에 의하면 뱀복이는 과부의 몸에서 난 아들로 열두 살이 되도록 일어나지도 못하고 말도 못해서 뱀복이라고 부르게 되었다고한다. 뱀복이를 낳은 과부는 오래 병으로 누워서 낫지도 않고 죽지도

---

* 授戒. 부처의 가르침을 받드는 사람에게 지켜야 할 계율을 주는 일. 불제자가 되기 위한 의식이다.

않고 뱀복이도 그렇게 몸을 쓰지 못하는 것을 거지들이 모여 먹여살리다가 뱀복이가 어른이 되자 어느덧 거지 두목이 되어 뱀을 잡아서 파는 것으로 업을 삼았으니 후세에 땅꾼의 조상이 된 것이다.

천여 년이나 내려오는 상아강아(진한)로부터 수도인 신라 서울에는 뱀과 구렁이가 성해서 가끔 사람을 해하는 일이 있었다.

그뿐 아니라 뱀을 사라신이라 하고, 혹은 바마신이라 해서 그것을 건드리면 큰 벌을 받고 잘 위하면 복을 받는다는 미신도 있으므로 백성들은 감히 뱀에게 해코지를 하지 않았다. 이 때문에 뱀이 성할 대로 성했다.

뱀복이는 부하 땅꾼을 데리고 서울에 끓는 뱀을 잡아서 먹기도 하고 보약으로 팔기도 했다.

뱀이 난동하는 집에서는 뱀복이를 청했다. 그러면 뱀복이는 그 집에 가서 피리를 불었다. 뱀복이의 피리 소리를 들으면 뱀들이 있는 대로 나와서 뱀복이가 주는 술을 양껏 먹고 취해 넘어졌다. 그러면 뱀복이는 이 뱀들을 허리에 감고 어깨에 메고 두 손에 들고 집으로 돌아왔다. 뱀복이가 뱀을 잡기 시작한 뒤로는 서울에 뱀이 줄었다.

전하는 말에는 뱀복이를 보면 뱀이 고개를 들어 뱀복이가 손을 내밀어서 제 모가지를 잡기를 기다렸다고 한다. 사람들은 뱀복이가 당아신을 모시기 때문에 뱀이 범접을 못한다고 했다.

원효는 방에 들어서서 놀랐다. 방바닥에 깔아 놓은 자리가 온통 뱀의 껍질로 엮어 놓은 것이었다. 원효는 그것을 밟기가 무시무시했으나 뱀복이는 태연했다. 금세 여기저기서 뱀들이 입을 벌리고 덤비어들 것만 같았다.

"죽은 뱀도 무서운가."

뱀복이는 원효를 보고 눈을 흘겼다. 그 눈에도 뱀의 눈과 같은 빛이 있는 것 같았다.

원효는 제 마음속에 아직도 무서움이 남은 것을 깨달았다. 아직 멀었구나 하고 속으로 한탄했다.

시체에는 그래도 베 홑이불이 덮여 있었다. 파리가 웅웅하고 시체에서 날아올랐다.

"어머니. 원효대사가 오셨소."

뱀복은 무릎을 꿇고 시체를 향해 산 사람에게 말하듯이 말했다.

"이이가 내 어머니야. 옛날 우리 둘이 경을 가져올 때 그 경을 싣고 오던 암소야. 검은 암소 아닌가. 경을 실은 공덕으로 사람의 몸은 타고났으나 닦은 복도 덕도 없으니 평생에 빈궁하고 천해 매맞고 굶어 죽을 팔자라 내 잠시 그의 아들로 온 것이야. 그런데 임종에 원효대사의 계를 받으면 자기가 제도를 받겠노라고 그러기에 자네를 청해온 걸세. 아마 임종 시에 슬기 구멍이 열려서 희미하게나마 자신의 운명을 본 모양이야. 그렇지만 생전에 계를 받을 복은 없어서 이제 겨우 사후 수계를 하는 것일세."

거지로서 원효대사에게 계를 받는다는 것은 생각하기 어려운 일이었다.

"그럽시다."

원효는 수계하는 법문을 한 뒤에 시체를 향해 노래를 불렀다.


나지 말진저, 죽기 괴로워라.

죽지 말진저, 나기 괴로워라.


"응, 웬 말이 그리 많어. 죽고 나기 괴로워라면 고만이지."

뱀복이 듣고 있다가 원효의 노래를 타박했다.

법문이 끝나자 밖에 모였던 거지들은 모조리 허리에서 굵은 뱀 한 마리씩을 꺼내어, 꿈틀꿈틀하는 것을 껍질을 벗기고 회를 쳐서 접시에 담아 소반에 받쳐서 시체 앞에 놓았다. 그중 늙은 앉은뱅이 거지가 무르팍 걸음으로 시체 앞에 와서 질병을 들어서 술 한 잔을 듬뿍 부어 놓고 신께 아뢰었다..


잡수시오, 잡수시오. 마지막 잡수시오.

멀고 먼 저승길을 배고프고 어이 가리.

칠십 평생 치른 고생, 깨고 나니 꿈일러라.

꿈이야 꿈이라마는 괴롭기도 괴로운지고.

나고 죽기 그만하고 극락이나 구경가오.

아야. 아미타불님 이 넋 맞아 가소서.

그 소리가 어느 대사의 법문보다 낫다고 원효는 감탄했다.

"자. 내 뒷채를 잡을 테니 대사가 앞채를 잡으소. 인로왕보살*이 되소."

뱀복이가 명령조로 말했다. 원효는 그가 하라는 대로 순순히 따랐다. 맞잡이 들것에 시체를 담아서 원효가 앞채를 들고 뱀복이가 뒷채를 들고 거리로 나섰다. 하나 둘 거지가 따라서고 구경꾼 아이들이 따라서고 아이들을 따르는 개가 따르고, 이 모양으로 장례가 진행될수록 사람이 늘었다.

"원효대사다. 원효대사다."

원효를 알아보는 이가 있어서 짜아하고 소문이 났다.

원효대사가 땅꾼 어미 행상에 앞채를 들었다는 것은 일반 사람에게도 놀라운 일이었으나 승려 간에는 더욱 큰 비난거리가 되었다. 이것은 승려의 체면을 더럽히는 것이라고 해서 원효를 비방했다. 이 비방을 듣고 달려온 것은 원효의 옛날 제자 심상이었다.

심상은 활리산 기슭에서 행상을 만났다. 이상한 행상이었다. 시체를 베 홑이불 하나에 싸서 들것에 담고 원효대사와 뱀복이가 맞들었는데, 거지와 땅꾼패 수백 명이 호송하는 것이다. 신라가 생긴 이래 일찍이 이러한 장례는 보지를 못했다.

심상은 상여 옆을 지나서 원효 곁으로 갔다.

---

* 引路王菩薩. 죽은 이를 극락으로 인도하는 보살.

"스님."

"오. 어찌 왔느냐?"

"스님. 큰일났습니다."

심상은 다른 거지들이 듣기를 꺼리는 듯 말을 낮추었다.

"무슨 큰일?"

"분황사에서 대중이 들고 일어나서 이번에는 스님을 가만두지 않겠다고 합니다. 황룡사랑 흥륜사, 장안 큰절이란 큰절에 모두 통문을 돌렸답니다. 땅꾼 땅쟁이 어미 상두꾼까지 된 파계승 원효를 없애버리자고. 이번에는 가만둘 수 없다고. 아마 이리로 몰려올 것입니다."

"그래, 다들 오래라."

"오면 어찌하오?"

"저희 어미 장례에 안 오겠느냐. 와서 흙 한 가래라도 담아 부어야지."

"저희 어미가 누구오니까."

"지금 이 장례가 너희 어머니 장례란 말이다."

원효의 이 말에 심상은 깜짝 놀랐다. 그리고 석가여래께서 길가에 구르는 해골을 보고 전생 부모의 해골이라고 절하셨다는 말을 생각했다. 그러니 심상의 분한 마음은 가라앉았지마는 장차 몰려올 젊은 중들의 행패를 어떻게 막아낼까 걱정이었다. 그러나 원효의 눈치를 보니 태연자약했다. 이마에서 구슬땀이 흐르고 땀이 가사에까지 내어배었다.

"스님, 가사 장삼은 벗으시지요."

심상이 딱해서 한 채를 손으로 받쳤다.

"부처님 상여 모시는 데 가사 장삼을 안 입을까."

심상은 더 할 말이 없었다.

"여기야 여기."

뱀복이가 우뚝 섰다. 원효도 섰다. 시체를 내려놓았다. 거지들은 메고 들고 온 가래로 무덤터에 둘러섰다.

"두 사람 들어가게 파라."

뱀복은 이렇게 명했다.

"둘이라니?"

한 거지가 놀란 듯이 반문했다.

"우리 어머니가 평생에 나를 떠나기를 싫어하셨으니 내가 모시고 가야지."

뱀복이는 태연하게 이렇게 말하면서 홑이불귀를 들어서 어머니의 얼굴을 들여다보았다.

거지들은 명한 대로 구덩이를 팠다.

구덩이가 다 되어서 장차 하관을 하려 할 때, 수백 명의 중들이 저마다 몽둥이를 들고 몰려왔다.

"잠깐 기다려라. 저 제관들이 다 오거든 하관을 하자."

원효가 이렇게 말했다. 중들이 물밀 듯 달려왔다.

원효가 두 손을 들어서 합장하자 중들도 일제히 몽둥이를 던지고 합장했다. 그러나 다음 순간 중들은 분한 생각이 나서 모두 몽둥이를 집어들었다. 그중 한 중이 썩 나섰다.

"원효대사. 아니 파계승 원효스님."

원효의 앞에 다가서는 것을 또 한 중이 가로막았다.

"원효대사는 무엇이고 원효스님은 무엇이냐. 이미 요석공주와 행음을 했으니 음란하지 말라는 계를 범했고, 또 뱀을 죽였으니 살생계를 범했다. 이제 또 가사 장삼을 입고 땅꾼의 어미 상여를……."

이렇게 말할 때 거지 하나가 쭉 나서며 대들었다.

"무엇이? 지금 하던 말 또 한 번 해 보아라."

"오, 네가 천한 거지로서 감히 사문을 욕보이느냐."

"사문? 사문이면 남을 업신여기는 거만한 마음이 없어야 하거늘. 듣거라, 너희야말로 중생을 미워하고 나보다 나은 자를 시기하니 살생계를 범했고, 닦으라는 도는 안 닦고 높은 집에 누워서 중생의 수고로 된 밥과 옷을 값없이 먹으니 이는 도적질 말라는 계를 범했고, 겉에는 가사 장삼으로 썼으나 속에는 음욕이 가득해 지나가는 여인을 보면 마음으로 못할 일이 없으니 음란하지 말라는 계를 범했고, 뒷구멍으로는 속인이 하는 일을 다 하면서 가장 사문인 체하니 이는 세상을 속이는 것이라 거짓말 말라는 계를 범했고, 이미 인과를 잊고 탐욕으로 업을 삼으니 음주하지 말라는 계를 범한 놈들이라. 대목에 때려죽여 마땅한 악당이거늘 사문이 무슨 사문이란 말이냐.

너희가 우리를 거지라 하고 땅꾼이라 하거니와, 우리는 남이 버리는 것을 먹고 싫어하는 뱀을 잡아 생활하는 사람들이라 너희보다 떳떳하다. 악업을 짓지 않고 불법을 따르고, 정당하게 생업을 지키는 사람들이다. 너희가 하는 짓이 괘씸한 것으로 보면 당장에 박살을 낼 것이로되 이제 불사가 있으니 용서하는 것이다. 조용히 하고 합장 염불이나 해라."

이 말에 중들은 말이 막히는데다가 모인 거지들의 살기가 등등한 눈치를 보고는 모두들 주춤했다. 더구나 버러지같이 생각했던 거지의 입에서 이러한 설법을 들을 줄 몰라서 놀라지 않을 수 없었다.

"자, 때가 되었소. 다들 잘 있으시오. 이생에 여러 동무들께 신세도 많이 졌소. 미륵부처 오신 후에 다시 만납시다."

성난 중들이 주춤하는 틈을 타서 뱀복이는 거지들에게 작별인사를 한 후에 몸을 돌려 중들을 향했다.

"여러 스님네들, 내 어머니 장례에 이렇게 모여 주신 것도 다 묵은 인연이오. 옛날 가섭부처 오셨을 적에 우리 모두 동문수학했으니, 그때에도 내가 먼저 죽고 원효대사가 뒤에 남아 여러 스님네를 가르치셨거니와, 이제 또 석가모니부처 오신 후에 우리 이렇게 다시 만났소."


사람의 몸을 타고 나기 어렵고 부처님 법을 만나기 어려워라.
인생 백년이 부싯불 같아서 보이는 듯 스러지니
불자야, 불자야. 바쁜지고 바쁜지고. 시각이 바쁜지고.

이러쿵저러쿵 남의 시비하고 싸울 사이 있던가.


뱀복이는 한층 소리를 높여 호령했다.

"불자야, 모두 제 발부리를 보앗!"

이 소리에 저마다 제 발부리를 보니 난데없는 독사가 대가리를 반짝 들고 혀를 날름거리며 한 사람에 한 마리씩 대들었다.

"이크!"

일제히 놀란 중들이 소리를 지르며 뒤로 물러섰다.

이 광경을 보고 뱀복이가 껄껄 웃으며 말했다.

"업보가 그대들을 따름이 저 독사와 같도다. 깨어 있을진저."

곧 사람들 앞에 있던 뱀들이 사라졌다.

뱀복이는 어머니의 시체 앞에 서서 대중을 바라보고 노래를 읊었다.


옛날에 석가보니불은

두 사라나무 사이에서 열반에 드셨거니와

이제 그와 같은 사람이 있어

연화장 넓은 세계에 들어가려 하노라.


어머니의 시체를 들쳐 업고 뱀복이는 구덩이 속으로 들어갔다.

이에 대해 삼국유사에는, "말을 마치고 띠풀의 줄기를 뽑으니 그 밑에 밝고 맑은 세계가 있는데 칠보로 장식한 난간의 누각이 장엄하여 인간 세상은 아닌 것 같았다. 뱀복이 주검을 메고 안으로 들어가니 갑자기 그 땅이 닫혀버렸다. 이를 보고 원효는 그대로 돌아왔다."라고 적혀 있다. 이 말대로 하면 시체를 묻기 위해 구덩이를 판 것이 아니라 뱀복이가 잔디 한 포기를 잡아 빼니 그 밑에 훌륭한 세계가 있고 좋은 집이 있어서 시체를 지고 그곳으로 들어간 것이요, 뱀복이를 위해서 후세 사람들이 지은 도량사에서 매년 3월 14일에 점찰회(古察會)를 행했다 한다. 그러나 3월 15일은 뱀복이에 관계된 날이라서가 아니라 고승 진표대사의 득도일인 때문이다. 진표대사는 변산 바위 절벽에 있는 불사의방에서 미륵보살에게 점찰경을 받았다고 한다.

장례가 끝난 뒤에 거지들은 원효대사 앞에 꿇어앉았다.

"제발 우리에게 법을 설해 주시옵소서. 우리 무리도 또한 죽을 날이 멀지 않사오니 어찌하오면 나쁜 길에 빠지지 않을지, 또 남은 세상을 어떻게 살아갈지 가르쳐 주시옵소서.

우리 무리는 뱀복이를 따라서 지금까지 살았으나 뱀복이가 일찍 우리에게 법을 설한 일이 없고, 오늘 이곳에서 한 번도 본 적이 없는 여러 가지 일을 보니 한편 두렵고 한편 놀라움을 금치 못하나이다. 원하옵나니 자비를 베푸셔서 참 도를 밝혀 일러 주시옵소서."

그중 늙은 거지 하나가 일어나 이렇게 말하고 돌맹이를 들어 제 머리를 때리니 다른 거지도 따라해 머리에서 피가 흘러 땅에 떨어졌다. 원효는 일찍 이렇게 간절한 정성으로 도를 구하는 자를 보지 못했

다. 돌로 머리를 깨뜨리고 높은 데서 떨어져 팔다리를 분질러서 구
악을 참회하는 법을 원효는 말로 듣고 책에서 보았으나 이렇게 목도
하기는 처음이다.

　피와 눈물을 흘리는 거지의 무리를 보던 중들도 알 수 없는 힘에
어깨를 덮어눌리는 듯 무릎을 꿇었다.

# 하늘을 떠받칠 기둥을 깎으리라

원효는 불보살의 위신력이 이 자리에 도를 얻는 터를 나투신 것을 깨달았다.

첫 가을 산 옆 들국화 피인 곳, 맑은 바람 불고 저녁 햇빛 비치었으니 청정한 도량이요, 4백여 명 대중이 피와 눈물을 흘리고 무릎을 꿇었으니 정히 법을 설할 때다.

원효는 허공을 향해 합장하고 모든 불보살을 염하여 큰 힘을 내리기를 빌었다.

원효는 뱀복의 무덤 앞에 앉아 입을 열었다.

"보살이 이미 와 법을 설하시고 가셨으니 내 또 무엇을 설하랴. 다들 잡념 망상을 끊고 가만히 제 마음을 들여다보면 모든 법이 다 갖추어 있어서 배울 것도 없고 얻을 것도 없음을 알 것이다. 그러나 여러 불보살도 중생이 청할 때는 법을 설하셨으니 이 몸도 한 노래를 불러서 여러 불제자의 마음을 깨우리라."

이렇게 말의 첫머리를 떼고 노래를 불렀다.


산하대지와 사생고락이 내 마음의 조작이라.
콩 심어 콩이 되고 팥 뿌려 팥 거두니
인과응보가 내 뒤 따르는 양
몸 가는 데 그림자요 소리에 울림이라.
업보로 끄는 힘이 황소보다 더 세어라.
눈 깜박하는 결에 마음에 이는 생각
아뿔싸 천만 겁에 사생고락 씨가 되니
어허 두려운지고 인과응보 두려워라.


그러나 인과일래 범부도 성인 되네
천지가 넓다 해도 선을 위해 있사오니
터럭같이 작은 선도 잃어짐이 없을러라.
방울방울 물이 모여 큰 바다를 이루듯이
날마다 작은 공덕 쌓아 큰 공덕 되니
하잘것 없는 몸이 무상 보리 이루는 법

여덟 가지 바른길을 밟아 적선함이로다.
어허 고마운지고 인과응보 고마워라.


석가여래 아니시면 이 좋은 법 어이 알리.
삼천대천세계 바늘 끝만 한 곳도 빈 데 없이
목숨을 버리시며 겪으신 난행고행
나를 위하심일세.
악도에 떨어질 몸 무궁한 기쁨 얻는 법을
정녕히 설하시니 팔만 사천 법문이라.
문 따라 들어가면
백무일실(百無一失)하게 도피 안 하오리라.
어허 무량할손 부처님의 은혜로다.


팔만대장경이 모두 다 불법이라 경중이 있을쏘냐.
어느 경 하나라도 수지독송하는 중생
반드시 악취(惡趣) 떠나 불지(佛地)에 들어가리.
일념수희(一念隨喜)한 공덕도 만 겁 적막 깨뜨리고
사구게(四句偈)를 믿는 신심(信心) 삼계에 대법사라.
경권(經卷) 있는 곳이 부처님 계신 데요
경을 읽는 중생 부처님의 사자(使者)로다.
어허 중생들아 경을 받아 읽었으라.

절이 없을진댄 불법 어디 머무르며

남녀승 아니런들 뉘 있어 법 전하리.

그러니 절 짓고 극락세계 모든 보살을 공양했어라.


**원효**는 한 절마다 소리를 높여서 끝 두 귀를 세 번 부르고, 잠시 쉬
고는 또 계속한다.


헐벗고 배고픈 이, 옷과 밥을 주었어라.

앓는 이 편안함을 꾀하고 약한 이 도와주니

모두 보시행(布施行)이로다.

재물이 없다 한들 몸조차 없을 건가

이 몸 타고나기 도 닦자는 근본이니

도 위해 쓰이고 버림이 진정 소원이 아닌가.

제불 인위시(諸佛因爲時)에 국성처자(國城妻子) 보시하니

이 몸의 두목신체(頭目身體) 보시 않고 어이하리.

몸과 목숨 바칠진대 더 큰 보시 있을쏘냐.


물살도음(勿殺盜淫)하는 일을 지계(持戒)라 일렀고

남 미워 아니함을 인욕(忍辱)이라 불렀으며

정업정명(正業正命) 근행함을 정진이라 하시옵고

마음 굳게 잡아 잡념 망상 다 떼어내고

가을 하늘 맑은 듯이 무애삼매 닦는 법을
선정이라 하거니와
모두가 마하반야바라밀의 길이로다.


만행(萬行) 어느 것이 육도(六度) 아님 있으랴만
제 힘에 믿는 행을 힘 다하여 닦았어라.
팔만 사천 법문 어느 문 아니리
신심 굳게 가는 중생 궁극엔 성불하오리다.


어버이 크신 은혜 모르는 이 있으랴만
스승의 고마우심 아는 이 그 뉘런고.
부처님이 석가여래이시고 보살님네 대사로다
한 가지를 배웠어도 스승 공경했어라.


나라님 아니시면 어느 땅에 발 붙이리
효도인들 어이 하며 불법인들 닦을쏘냐.
그러니 군사부(君師父)는 일체라고 일렀도다.
임금께 충성할 제 목숨을 아낄쏘냐.
효도를 하는 길에 도 닦음 으뜸이라
아들딸이 쌓은 공덕 다생 부모 제도하네.

먹고 입고 쓰는 것이 모두 중생 수고로다.

입에 드는 밥 한 알을 절하고 먹었어라

사중은* 못 갚으면 극락을 바랄쏘냐.

군사부 중생은을 잠시나마 잊을세라

한 숨 두 숨 쉬는 숨이 은혜 갚는 맹세로다.


성인은 그 누구며 범부는 그 누구냐.

유정(有情) 무정(無情)이 개유불성(皆有佛性)이라.

한마음으로 나툰 중생 부처 아닌 이 어디 있나.

헤맬 제 범부러니 깨달으니 부처로다.

지옥 천당이 내 마음의 지은 바라.

삼독(三毒) 오욕(五慾)벗어나서 무상보리 닦을진댄

생사 윤회 끊었거니 악도를 두려워할쏘냐.


세상에 박복한 이 누구 두고 이름인가.

불법을 못 듣는 이 그를 두고 이름이라.

다생 악업장이 되어 이 목을 가리우니

불법 속에 살면서도 못 보고 못 듣는다.

업장을 떼는 법이 예불 참회 고작이라

---

* 사중은(四重恩); 부모와 대중과 임금과 스승(불보살)에 입은 은혜를 일컫는 용어.

섭률의(攝律儀) 섭선법(攝善法)이 업장을 녹이더라.
철통 같은 묵은 업장 하루 아침에 터지는 날
광명일월 넓은 법계 자유자재 내리는구나.


**듣는 사람은 고요하다. 원효의 음성이 더욱 높아진다.**


불도를 닦는 사람 무엇으로 알아내노.
얼굴에 빛이 나고 몸에서 향내 나네.
마디마디 기쁨 주고 걸음걸음 꽃 피어라.


자비심을 품었으니 노염 미움 있을쏘냐.
청정행을 닦았으니 거짓을 끊었어라.
오욕 번뇌 멸한 사람 모든 하늘이 공경하는데
요망하고 간사스런 악귀 무리 거들떠나 볼 것이냐.


송경 염불하는 중생, 선신이 옹호하니
물에 들어 안 빠지고 불에도 아니 탄다.
한 중생 초발심(初發心)에 법계가 진동하고
은밀한 작은 행도 하늘에 적히도다.


불법을 닦는 집이 그 모양이 어떠한고.

큰소리 성난 모양 꿈엔들 보일 건가.
신명이 도우시고 불보살이 지키시니
자손 창성하고 부귀공명하리라.

불법을 닦는 나라 그 모양이 어떠한고.
백성은 다 충신이요 아들딸은 효자로다.
악귀가 물러가고 선신이 모여드니
비도 좋고 바람도 좋아 국태민안하다.

선업 닦은 중생들이 바라서 이 나라에 태어나니
모든 착한 사람들이 한 곳에서 만나는구나.
산 모양, 들 모양도 얼굴이 변하고
날짐승 길버러지 악심을 떼었으니
현세가 극락이라, 이 아니 보국(報國)이냐.
어허 기쁜지고 지화자 좋을씨고
법고 둥둥 울려 한바탕 춤을 추자.

노래를 끝내고 원효가 춤을 추니 모인 대중이 모두 일어나 춤을 추었다.
"니누나누 닐리리."
입장단을 치는 이도 있었다.

"자, 이제 다들 갑시다. 오늘 뱀복이 모자 장례가 기연이 되어서 이곳에 한바탕 도량이 나타났으니 모두 불보살의 대원력이요, 대위신력이라. 이제 불은에 보답하는 뜻으로 우리 소리를 모아서 염불하며 행진합시다. 나무아미타불."

한바탕 춤이 끝난 뒤에 원효는 염불하며 앞장섰다.

"나무아미타불."

거지들이 원효 뒤를 뒤따르며 화답했다. 중들도 거지의 뒤를 따랐다.

원효는 서울 성중으로 대중을 끌고 들어섰다. 4백 명 대중이 나무아미타불을 합장하는 소리가 성중을 흔들었다. 원효는 대중을 끌고 흥륜사, 분황사 같은 큰 절과 호구 즐비한 시가로 순회했다. 사람들은 이 희한한 광경을 보려고 모두들 길옆에 나섰다. 어떤 사람은 같이 염불을 하며 행렬에 들기도 했으나 어떤 사람은 원효가 불교를 더럽히는 것이라고 했다. 사람을 만나는 대로 원효를 악담했다. 그러하기 때문에 중들 중에는 슬몃슬몃 이 행렬에서 빠져나가는 자도 있었다.

팔백여든 절에서 저녁 쇠북이 일제히 울기 시작했다. 하루동안 고달프던 중생이 편안히 쉬라는 쇠북이다. 원효가 걸음을 멈추고 합장하자 일동도 그와 같이 했다.

○　○　○

원효가 뱀복의 집에 머무른 지가 벌써 반년이 넘어 가을과 겨울이 지나고 봄이 돌아왔다. 뱀복이가 죽자 원효는 거지의 두목이 되었다. 거지들은 뱀복의 말을 듣던 모양으로 원효의 말을 잘 들었다. 거지로서는 죽기 다음의 어려운 일까지도 원효가 정해 주는 일이면 했다.

거지의 근본 되는 병은 일하기 싫음이다. 즉, 게으름이다. 거지 중에도 여러 가지로 서로 같지 않은 층과 등급이 있거니와 그중에도 머렁이라는 거지는 몸을 꼼짝하기를 싫어했다. 그는 머리가 누르스름하고 키가 늘씬하고 팔다리가 제각기 노는 것이 얼른 보아도 게으름뱅이로 생겼으나 머리를 사용함에는 결코 부족함이 없었다. 그의 말에는 조리가 있고 또 슬기도 있어서 이따금 비범한 생각도 했다. 그러나 그는 더할 수 없이 게을러서 누가 발길로 차기 전에는 언제까지나 누워 자고 얼굴에 파리나 모기가 붙어도 날릴 생각을 하지 않았다.

그는 본래 집도 있고 처자도 있고 분별도 낮은 사람은 아니었으나 게으름이 병이 되어서 집을 나와 거지가 된 것이다.

"밥 얻으러 가기는 싫지 않어?"

이렇게 물으면 그는 빙그레 웃었다. 말도 하기 싫은 모양이어서 여간해서는 말을 하지 않았다.

"턱밑에 놓은 밥도 먹기 싫은데 주기 싫다는 밥 벌러 가기가 어찌 좋담."

기분이 좋은 때면 머렁이는 이렇게 대답하는 것이다. 그러나 그는 글자를 배운 것이 있어서 뱀복이 문하에서는 글 받아 적는 일을 맡아 하고 평생 집을 보고 있었다. 혹시 동냥을 나가면 한 끼 얻을 것을 얻으면 돌아왔다. 욕심이 없는 것이 아니라 얻으러 다니기가 싫은 것이다.

원효는 이런 게으름뱅이를 처음 보았다.

"너, 그 게으름을 깨뜨리지 않으면 내생에는 사람의 몸을 잃을까 걱정이다."

이렇게 훈계를 해보았으나 머렁이는 큰 구렁이나 큰 바위를 생각하고 빙그레 웃는다.

원효는 머렁이에게 방과 뜰을 쓸게 하고 하루에 천 번 관세음보살을 부르게 했다. 머렁이는 시키는 대로 했으나 그것이 무척 힘들어 했다. 한번 쓸어도 안 쓸려서 두 번 손이 갈 것이면 그대로 두었다. 원효는 아무 말 없이 손수 그것을 다시 쓸었다. 그러면 머렁이는 대단히 미안한 모습을 보였다. 방과 마당 쓸기보다도 염불 천 번 하는 것을 훨씬 더 어려워 했다. 열흘이면 천 번을 채우기는 하루나 이틀이 될락 말락 했다.

"그걸 못 채워?"

원효가 소리를 지르면 머렁이는 그저 빙그레 웃었다.

"똑바로 앉았기가 어려워서."

"누워서라도 천 번을 채워."

그러나 누워서 염불을 하기는 미안한 모양이어서 비비 꼬면서도 똑바로 앉아서 천 번을 채우게 된 것이 한 달이 넘어서였다.

이렇게 되면서부터 머렁이는 느린 행동이 줄었다. 아침이면 일어나고 제가 할 일을 하게 되었다. 방이나 마당을 쓰는 것도 차차 재미를 붙여서 점점 깨끗하게 문밖까지도 쓸게 되었다.

원효는 모든 거지에게 게으른 버릇이 있음을 발견했지만 동시에 게으름 때문에 거지가 되는 원인이 아닌 것도 알았다. 거기에는 두 가지 중요한 원인이 있었다. 하나는 일할 거리가 없는 것이요, 둘은 일을 한다고 잘 살아지지 않고 도리어 세상에는 일 안 하고 넉넉히 사는 사람도 있었다.

"농사를 짓자니 바탕이 있어야지요."

이것이 첫째 원인이요.

"그까짓 거 뼈가 휘도록 일을 해도 배가 고프기는 마찬가진 걸요."

이것은 둘째 원인이었다.

이러한 동기로 한번 거지 노릇을 시작하면 염치심을 잃어버려서 그대로 평생을 보내는 것이다.

다부지라는 거지는 몸도 단단히 생겼거니와 기운이 있고 또 무슨 일이나 하려고 들면 잘했다.

"그깐놈 거, 힘드는 일을 왜 해요. 우리 아버지는 평생 쉴 새 없이 일을 하고도 죽을 때는 거적송장밖에 안 됐는 걸."

다부지는 밥을 벌어먹을지언정 우는 소리로 남의 동정을 구할 줄 몰랐다. 거지의 무기가 사람들의 자비심을 움직임에 있는 줄을 다부지도 모르는 바가 아니었으나 그는 이런 일은 더럽다고 생각했다.

그래서 누구 집 문전에 가면 집이 떠나갈 듯이 큰소리를 냈다.

"거지 밥 얻으러 왔소!"

"이놈. 사지가 멀쩡한 놈이 일을 안 하고 동냥질이야?"

어떤 주인이 나무랄 양이면 그는 눈을 홉뜨고 대들었다.

"여보. 왜 악담하오? 사지가 멀쩡하길래 밥을 얻으러 다니지 않소? 그러면 누워 뭉개는 병신이 되란 말요? 거지 조상 안 둔 부자 없다 하오. 당신 집 자손이 거지가 되고 내 자손이 부자가 되어서 당신 집 자손이 내 문전에 걸식을 올 때 내 자손이 만일 그런 악담을 한다면 내가 귀신이 되어서라도 다릿마댕이를 분질러주겠소."

이렇게 하여 기어이 밥을 얻고야 말았다. 만일 그래도 밥을 주지 않으면 문전에 앉거나 누워서 하루 종일 큰소리를 지르곤 했다. 그러므로 다부지를 아는 집에서는 다부지 음성이 들리기만 하면 진저리치며 얼른 밥을 내다 주었다.

원효는 다부지에게 아이 둘을 맡겼다. 그 둘을 벌어 먹이란 것이다. 다부지는 신이 나서 밥을 얻어다가는 아이들을 먹이고 또 누더기를 얻어다가 제 손으로 꿰매어서 두 아이를 입혔다.

다음에는 나비라는 거지가 있었다. 이 사람은 얼굴이 멀끔하고 얼른 보면 점잖은 집 서방님 같았다. 그는 거짓말을 잘 해서 참말은 한마디도 하지 않으려 했다. 거짓말을 해서 사람이 속는 것을 기뻐했다. 원효에게도 번번이 거짓말을 했다. 한번은 나비가 멀쩡한 거짓말을 하는 기회를 타서 원효는 막대기로 나비의 정수리를 갈겼다.

"아야!"

나비가 소리를 지르고 손을 머리에 대었다.

"아프냐?"

"에헤헤. 누구를 떠보려고 그러시우? 아프기는 그까짓 게 무엇이 아프오."

나비는 얼른 머리를 만지던 손을 치우며 능청을 떨었다. 원효는 그 말이 채 끝나기 전에 번개같이 또 한 대를 갈겼다.

"아야."

이번에는 나비의 눈에 불이 번쩍 난 모양이었다.

"인제 아프냐?"

원효는 성난 얼굴로 물었다.

"아이구."

나비는 원효를 흘겨보았다. 그래도 아프단 말은 하지 않았다.

나비라는 이름은 그가 흉내를 잘 내는 데서 왔다. 그는 어떤 날은 애꾸 행세를 하고 어떤 데서는 절뚝발이 모양을 하고 또 어떤 경우에는 벙어리가 되었다. 그래서는 저편의 자비심을 움직여서 물건을 얻어내는 것이다. 그 흉내를 내는 모양이 하도 천연스러워서 아무도 그가 지어 한다고 생각할 수가 없었다. 그뿐 아니라, 그가 한바탕 신세타령을 하는 어조도 어떤 때는 어눌한 사람 모양을 하고 어떤 때에는 순박하고 못난 모양을 하고, 또 어떤 때는 아주 도 닦는 방아 모양을 하여 언변이 썩 좋았다.

그는 무엇을 하더라도 밥벌이를 할 만하건만 거지로 돌아다니면서 사람을 속이는 것을 무척 재미있어 했다. 동무들 간에도 아무도 그의 말을 믿는 이가 없었다. 한번은 무엇을 먹고 갑자기 체해서 가슴이 막혀 토하지도 못하고 대소변도 못 보면서 배가 아프다고 대굴대굴 구르는 것을 한 방에 있는 동무들이 또 거짓말을 하는 줄로 알고 무시하여 온종일 배를 곯은 적이 있었다. 그래도 그것쯤으로 거짓을 뗄 위인이 아니었다.

원효는 번번이 나비에게 속았다. 나비가 하는 말을 그대로 믿었다. 처음에 나비는 원효가 계속 속는 것을 재미있게 알았으나, 차차 원효가 속는 것이 어리석어서 속는 것이 아니라 자기의 말을 그대로 믿어서 속는 것인 줄을 알고는 슬그머니 미안한 생각이 들었다. 그래서 원효에게 무슨 거짓말을 하고 나서는 얼른 뒤를 이어서 말하곤 했다.

"아니야요, 스님. 지금 제가 한 말은 거짓말이야요."

다음에는 수리라고 부르는 사람이 있었다.

이 사람은 몸이 가냘프고 살이 희고 손이 붓끝 같아서 마치 귀인 같았다. 그를 수리라고 부르는 까닭은 남이 가진 것을 수리가 병아리를 채는 것 모양으로 번개같이 채고 시치미를 떼면 아무도 그가 훔친 줄을 모르기 때문이다.

그는 사람이 많이 나오는 구경터 같은 데로 슬슬 돌면서 여자의 머리 장식이며 패물이며 남자의 몸에 지닌 것이며 가게에 벌여 놓은 물건이며 이런 것을 훔쳤다. 그러나 그렇다고 그는 재물에 욕심이 있는 것 같지도 않아서 훔친 것은 제가 몸에 지니는 것 외에는 누군가에게 주었다. 동무들의 말을 듣기로는 사귀는 여자를 준다고 했고, 또 가난한 사람을 준다고도 했다.

그가 뱀을 잘 잡는 것도 눈치와 솜씨가 빠르기 때문이었다. 그의 손이 번뜻하면 벌써 뱀의 모가지는 그의 손에 잡혀 있었다.

수리는 부하가 많았다. 아이들, 여편네. 수리가 어떤 골목에 나서면 끄나풀들이 그를 옹위했다.

그 밖에도 거지 중에는 여러 가지 재주를 가진 자가 많았다. 가령 코풍류라는 이름을 가진 자는 콧소리로 갖은 풍류를 다해 사람을 웃겼고, 꼽추는 꼽추춤으로 이름이 나고, 어떤 놈은 코와 눈과 입과 귀까지 실룩거리며 흉물을 부려서 사람을 웃기고, 어떤 이는 휘파람을 썩 잘 불고, 어떤 이는 곤두박질 재주넘기를 잘하고, 또 어떤 놈은 맴을 잘 돌아서 구경꾼이 어지러워 떨릴 지경이었다.

이런 것은 다 공부 들인 재주이거니와 생기기를 남과 다르게 생겨서 그것을 밑천으로 거지 노릇을 하는 이도 있었다. 가령 나이는 사십이 넘어 수염까지 났으면서도 키는 댓 살 먹은 아이밖에 안 되는 사내라든지, 코가 없는 계집이라든지, 팔이 둘이 다 떨어지고 다리만 있어서 발에 붓을 들고 그림을 그리는 것이라든지, 앞뒤 곱사등이라든지, 걸음을 걸으면서 사지를 덜덜 흔들어 떠는 것이라든지, 목이 비뚤어져서 길을 가자면 모로 걷는 이라든지, 수염 난 여편네라든지, 가지각색이 많았다. 이런 사람들은 특별한 재주가 없어도 물건을 얻을 수가 있었다.

아무려나 원효의 부하가 된 2백여 명 식구들은 다 한 구석 특별한 데가 있는 사람들이었다. 아침에 동냥을 떠날 때는 모두 진흙과 검정으로 낯바닥에 도깨비 모습을 그려서 저마다 사람의 주의를 끌도록 화장했고 또 집을 떠나기 전에는 오늘 부릴 재주 연습을 했다. 그리고는 서로 비평도 하고 웃기도 했다.

그들이 이 모양으로 차리고 잠시 양지 쪽에 멀거니 앉은 것은 오늘 어디로 갈까, 무슨 재주를 피울까를 생각하는 것이다. 그러다가 어슬렁어슬렁 저잣거리로 향하고 나갈 때는 그래도 제각기 무슨 희망을 가진 양 싶어서 걸음이 가뿐가뿐했다.

거지들이 다 떠나면 원효는 머렁이를 집에 두고 비 한 자루, 걸레 하나를 들고 바리때를 바랑에 넣어 지고 집을 나선다. 원효는 지저분한 집을 찾아서는 우선 문전을 쓸고 기둥을 닦고 그러고는 외친다.

"마당 쓸어 드리러 왔소. 수쳇구멍, 똥둑간, 무엇이나 깨끗이 치워 드리리다."

처음에는 이것이 어떤 사람인가 하고 경계하는 이도 있었으나 차차 안심해 안마당으로 불러들인다. 그러면 원효는 장삼을 벗어 놓고 쓸고 훔치고 하여 집안을 깨끗이 한 뒤에 물을 얻어 손발을 씻고는 바랑을 지고 합장해 주인께 인사하고 나온다.

이것이 시작이 되어서 원효의 밑에 있는 거지들도 차차 원효를 배우게 되었다.

"모든 궂은 일은 다 해드립니다."

거지들은 큰길에서 갈라져 빗나간 길, 성중에 이렇게 광고를 했다. 그러면 사람을 원효에게 보내서 어디어디를 어떻게 치워 달라는 주문을 하는 이도 생겼다. 일을 하고 나면 밥도 주고 쌀도 주었다.

일이 없는 날은 원효는 거지들을 거느리고 개천이며 시가를 깨끗이 하고, 혹은 길 무너진 데를 고치고 혹은 눈을 치우는 일도 했다.

원효는 거지 중에 늙은이, 아이, 여자, 몸이 성치 못한 이는 밖에 나가지 않고 집에 머물게 했다. 그리고는 성한 사람들이 벌어다가 이들을 먹이게 했다. 집에 머무는 이들에게는 헝겊이나 누더기를 주워오면 그것을 빨아 모아서 옷을 만드는 등 집에 앉아서 할 일을 마련해주었다. 오래 묵은 게으른 습관은 좀체로 떨어지지 않았으나 자기들을 편안히 앉혀 두고 남들이 벌어다가 먹여 준다는 것에 감동이 되어서 맡은 일을 하게 되었다.

궂은일을 맡아 하게 된 뒤로부터 세상 사람들의 거지에 대한 대접이 좋아졌다. 제 편에서 청한 사람이기 때문이다. 오라지 않은 데 가던 거지가 청하는 곳에 가게 된다는 것은 큰 변화였다.

어떤 때는 큰 집을 짓는 사람들이 터를 다져 달라고 청하기도 했다. 원효는 북을 매달고 치며 염불을 먹이며 달구를 했다. 이런 일에는 나비가 선소리꾼이 되었다. 그는 갖은 덕담으로 집주인을 기쁘게 했다. 원효는 나비와 함께 이런 때 쓰는 덕담을 지었다. 재미있는 중에도 진리를 풍겨서 듣는 자에게 교훈이 되게 하자는 것이다.

원효가 서울에 머무르게 된 뒤에 대안대사가 가끔 원효를 찾은 것은 말할 것도 없었다.

　"스님. 삼모한테 한 번 더 안 가려오?"

　대안대사가 농을 할 때면 원효는 요석공주와의 관계가 두고두고 마음에 걸렸다.

　"허. 걸음 걸으면 다리 아픈 게지."

　대안이 말했다. 향락을 즐기면 그 벌을 받는다는 뜻이다.

　원효는 요석공주가 자기를 찾아온 것을 내버리고 왔다는 말과 또 아사가의 말도 했다.

　"그래 보고 싶지 않소?"

　대안은 싱글벙글 웃었다.

　"보고 싶으니 걱정입니다."

　원효도 대답하고 웃었다.

　"그렇거든 성불을 몇 겁 연기하면 되지 않소. 보고 싶으면 실컷 보고 몇 생사(生死) 더 하시오."

　대안은 원효를 놀렸다.

　거지들도 대안대사를 모르는 이는 없었다. 그들은 대안을 익살맞은 늙은 중이요, 자기네와 같은 거지라고 생각했던 것이다. 어떤 때에는 대안대사가 원효를 찾아오면 이렇게 불보살에 대한 예로 인사를 했다.

"적게 앓고 적게 걱정하시고* 교화나 잘 되시오."

대안대사는 가끔 거지들과 함께 자고 함께 돌아다녔다. 거지들은 대안대사를 크게 환영해서 저희가 얻어온 밥과 반찬을 대사에게 주었다. 어떤 때에는 대안이 술을 좋아한다 하여 술지게미를 얻어다 주기도 했다. 그러면 대안은 술지게미를 손으로 먹으며 맛이 좋다고 흥에 겨워했다.

"허허. 이 늙은이는 거지 위에 거지가 아닌가."

대안은 밥 얻어먹는 값을 해야 한다며 여러 거지들이 떼를 지어서 하는 일터에 가서는 방울을 흔들며 덩실덩실 춤을 추고, 혹은 그 우렁찬 소리로 염불했다. 대안대사의 염불 소리는 어느 구석에서 부르더라도 어느 구석까지도 들린다고 소문이 났다.

그것은 대안대사의 목소리가 우렁차다는 뜻도 되거니와 대사가 아침이나 저녁이나 정처 없이 돌아다니면서 염불을 하는 까닭도 된다. 대안대사는 지척지척 걸어가다가 어디서든지 흥이 나면 한바탕 염불했다. 게다가 원효의 거지떼가 염불을 하고 돌아다니기 때문에 사로성 안은 염불 소리가 끊기는 날이 없어서 어른이나 아이나 염불을 따라했다. 장난삼아 흉내로 부르더라도 염불을 하지 않는 이가 없었다.

"나무아미타불을 한 번만 불러도 모두 불도를 이루리라."

이 때문에 큰 절들에서 점잖게 있는 중들이 대안과 원효에게 대

---

* 少欲知足 少病少惱. 적은 것으로 넉넉할 줄 알며, 적게 앓고 적게 걱정하라.

해 시기와 불평을 가지게 되었다. 더구나 원효가 거지의 두목이 되었다는 것은 승려 간에는 큰 문제가 되었다. 왕이 시왕경 법회를 크게 행할 때 중들이 결속하여 원효가 강사가 되는 것을 반대할 지경이었다.

왕이 황룡사에서 시왕경 법회, 금광명경 법회를 베푼 것도 모두 백제, 고구려를 정복하기 위함이었다. 첫째로 불보살의 가호를 빌고, 둘째로 국내의 선신을 안위하고, 셋째로 전몰 장졸들의 명복을 빌고, 아울러 국민의 애국심을 떨쳐 일어나게 하기 위함이었다.

이때 법회를 하면 반드시 전몰 장졸의 명복을 빈다. 왕의 바람은 시왕경이나 금광명경의 설법을 원효에게 청하고 싶었으나, 자장을 비롯하여 혜통 등 높은 중들이 일제히 원효를 반대하여 왕도 우기지 못했다. 그들은 왕의 앞에서 감히 원효를 파계승이라고는 못했으나 땅꾼의 두목이 되어서 살생으로 업을 삼는다는 것과 젊은 중들과 일반 민심이 원효를 즐겨하지 않는다는 말로 원효가 법사 되기를 반대했다. 또 어떤 이는 원효는 이미 중이 아니요 한 속인이니 절에서 사부 대중을 향해서 법을 설할 수가 없다고 했다. 강원에서 원효의 저서를 배척한 데도 있었다.

원효가 시골에 숨어 있을 때는 좀 덜하더니 그가 성중에 들어와서 날마다 거지 떼를 데리고 장안 대로상으로 활보하니 본래 원효를 시기하던 승려들에게 더욱 거슬린 것이다. 그러나 원효는 그들이 지르밟아 버리기에는 너무나 큰 힘이었다. 장안 거지가 모두 원효의 부하라는 것이 무섭기도 했다. 세상에서는 그 거지 떼 중에는 별별 사람이 다 있는 줄 생각하고 있었다.

나중에는 원효가 도적 떼의 두목이 되었다는 소문이 났다. 그런데 그것은 결코 근거 없는 소문이 아니었다. 근래에 장안에는 괴상한 도적이 횡행했다.

"내 뉜 줄 알려거든 효 스님께 물으라."

큰 집에 들어가서 물건을 훔친 도둑들이 이러한 글귀를 벽에 남겨 놓고 갔다. 이런 일이 한두 번이 아니었다. 그러나 관가에서는 공주 부마인 원효대사를 건드릴 수는 없었고 다만 상사에게 이런 일을 보고만 했다.

이 말이 마침내 대각간 유신의 귀에 들어가서 유신은 이 말을 왕께 보고했다.

"원효대사를 해치려는 자의 짓이겠지."

왕이 웃으면서 말했다.

하루는 대안대사가 원효대사를 찾아와서 이 말을 전하며 웃었다.

"스님은 이젠 도적의 두목이 되었소."

원효도 나비와 기타 부하들로부터 이런 말은 듣고 있었다.

"이것이 필시 무슨 까닭이 있나 보오."

대안도 원효에게 이렇게 말했다.

"그 도적들을 한번 만나 보았으면 좋겠소. 그중에는 인물다운 인물이 있을는지도 몰라."

원효는 대안에게 이렇게 대답했다.

이 도적들이 들어간 집은 대개 백성의 원망을 받는 집이었다. 관원이 되어서 백성의 금품을 억지로 뜯었다든가, 장사를 하되 고객을 속여서 부정하게 돈을 모았다든가, 인심이 박해서 동네에서 인심을 잃었다든가, 이러한 부자집이 도적을 맞았다.

원효도 제 이름을 팔고 돌아다니는 도적을 궁금하게 생각하고 있는 때에 의명이 원효를 찾아왔다. 의명의 말에 의하면 요석공주와 아사가 남매가 원효가 돌아오기를 고대하다가 가을이 지나고 겨울이 지나도 소식이 없으므로 무애암을 떠나서 서울로 오던 길에 도적 떼에게 붙들려 갔다는 것이다.

"어디서 붙들렸나?"

"무애암 동구에 나오다가 붙들렸소."

"호위하는 사람은 없었느냐?"

"요석궁 대사가 군사 둘을 데리고 싸우다 죽었소."

"무엇으로 싸워?"

"칼로."

원효는 요석궁 대사의 검수를 아는 터라 그를 죽일 만하면 비범한 솜씨라고 생각했다.

"몇 명이나?"

"스무 명이나 되었소."

"너는 어째 안 잡혀갔느냐."

"처음에는 소승도 결박을 지웠으나 도적 두목이 소승의 결박을 끄르며 너는 빨리 원효대사에게 가서 바람복이가 공주와 아기와 아사가 남매를 잡아가더라고 이르라 그랬소."

원효는 의명에게 도적 두목이란 사람의 모습을 물었다. 육십 정도의 나이에 수염이 많이 나고 얼굴은 희고 키는 자그마하고 푸른 방아라를 입었는데, 풀잎으로 결은 방갓을 써서 점잖은 방아도사 같더라고 의명이 설명했다.

"그런데 칼은 잘 쓴단 말이지?"

원효는 이렇게 물었다.

"처음에는 자기는 뒤에 서고 젊은 부하들이 대사와 싸우더니 대사의 칼에 부하들이 죽고 다른 사람들이 밀리자 그리 길지도 않은 칼을 빼어들고 대사를 놀리는 듯 슬쩍슬쩍 싸우는 것이 사뭇 날던걸요. '이제 고만 항복해라. 내 칼에 네 피를 묻히기가 싫다.' 그 두목이 칼을 거두고 이렇게 말하는 것을 대사가 안 듣고 싸움을 돋우다가 어느 틈에 맞았는지 대사는 바른편 어깨에서 왼편 옆구리까지 엇비슷하게 두 동강이 나고 말았소."

의명은 그때 상황을 추억하고 얼굴을 씰룩씰룩했다

"그래, 너는 떨고 있었구나."

원효의 말에 의명은 무안한 듯 고개를 숙였다.

"내려가서 뜰이나 쓸어라."

원효의 명을 받고 의명은 가사 장삼을 벗어 걸고 비를 들고 뜰로 내려갔다.

원효는 사람을 시켜서 뱀 한 마리를 의명의 발 밑에 던지게 했다. 뱀은 의명을 향해서 고개를 번쩍 들었다. 의명은 비를 던지고 악 소리를 치며 뒤로 물러섰다. 원효가 소리쳤다.

"대가리를 잡아라."

의명은 죽어라고 손을 내어밀고 뱀을 따라갔다. 구석에 몰린 뱀은 의명을 향해 덤벼들었다. 의명은 뱀의 목을 잡았다. 뱀은 의명의 팔에 어느덧 감겨 버렸다. 뱀의 꼬리가 소리를 내고 떨었다.

마침내 뱀은 숨이 막혀서 축 늘어지고 말았다. 원효는 웃고 고개를 끄덕끄덕했다. 의명은 원효의 앞에 절하고 울었다.

"무엇을 보았느냐?"

"스님 은혜가 수미산 같소."

의명의 눈에서는 눈물이 흘렀다. 무엇을 무서워했는가. 대체 무엇을 아껴서 무서워했는가. 의명은 몸을 결박했던 쇠줄이 끊어진 듯함을 느꼈다. 세상에 무서운 것이 하나도 없었다. 자유자재인 것 같았다.

원효는 의명에게 보은사를 맡기고 바람복이를 찾아 떠났다.

바람복이는 바람이라고 통칭하여 전국에 유명한 도적이었다. 태백산 이하로 모든 큰 산이 다 그의 소굴이어서 그의 거처를 아는 자가 없었다.

바람의 끄나풀은 사로성 중에도 많이 있는 모양이나, 그들이 누구인지 백성들은 알 수 없었다.

원효는 무턱대고 떠났다. 그러나 원효에게는 자신이 있었다. 바람이가 공주 일행을 잡아가면서 의명을 놓아 보내 원효에게 말을 전한 것은 필시 원효를 만나려 하는 것일 터이다. 그렇다면 원효가 돌아다니다 보면 바람의 끄나풀을 만날 것이다.

원효는 예전 방랑할 때 모양으로 허리에 뒤웅박을 주렁주렁 달고 이번에는 소성거사(小性居士)라고 칭하고 일선주 쪽으로 걸었다.

바람이가 공주 일행을 잡아가지고 가면 멀리는 가지 않았으리라고 생각했다. 그래서 원효는 봄바람에 새소리를 들으며 아비야 고을 지경에 다다라 옥미원에서 주막에 들었다. 원효는 서울을 떠나서부터 날마다 한두 사람 동행을 만났다. 그들은 다 원효 모양으로 차린 거렁뱅이로 봄철을 타서 산천 구경을 다니는 사람이었다. 다들 풍류도 알고 글도 알아서 경치 좋은 곳을 만나면 소리도 하고 시도 짓고 춤도 추었다. 그러다가 하루 만에도 갈리고 이틀 만에도 갈렸다.

원효가 옥미원에 드는 날도 거렁뱅이 하나와 동행했다. 그는 버들잎 피리를 썩 잘 불어서 버들잎 하나로 능히 70여 곡을 불었다. 원효는 그 가락에 맞추어서 노래도 부르고 춤도 추었다. 그동안 원효가 만났던 중 가장 재미있는 사람이었다. 그는 과연 비범한 풍류객이었다.

이사람은 나이도 원효와 서로 비슷해서 하루 동안에 허물없는 친구가 되었다. 그러나 물론 원효는 제 이름을 말하지 않았고 그 사람도 마찬가지로 이름을 묻지도 않았다.

옥미원에 자기를 청한 것과, 또 이 집을 숙소로 정한 것도 그 피리
쟁이였다. 주막에 들어서 두 사람은 술을 먹고 늦도록 놀았다. 주인
집에 있는 피리를 빌려서 피리쟁이는 피리를 불고 원효는 거문고를
타고 늘어지게 놀았다.

"이것이 다 인생의 성사가 아닌가."

피리쟁이가 피리를 놓으면서 이렇게 말했다.

"그렇고말고."

원효는 피리쟁이에게 일종의 압력을 느끼면서 이렇게 대답했다.

"자, 우리 먼저 잠드는 사람이 밥값 내기로 하세."

피리쟁이는 이런 소리를 했다.

"나중 잠드는 사람이 먼저 잠드는 사람의 짐을 지고 가기라고."

원효는 이렇게 말했다. 피리쟁이는 눈이 한번 번쩍 빛나더니 하하
하고 소리를 내고 웃었다.

원효는 목침을 당기어서 베고 누웠다. 원효가 취한 김에 한잠을 잘
자고 깨어 보니 피리쟁이도 없고 원효의 짐도 없었다.

원효는 웃었다. 밝은 뒤에보니 창에 글이 씌어 있었다.

"내가 누구인 줄 알려거든 효 스님께 물어라. 풀피리 한 가락에 봉
황과 용이 날아드네."

원효는 조반을 얻어먹고 옥미원을 떠나 비봉산 용천사로 향했다.

원효가 용천사 동구에 들어선 때는 벌써 석양이어서 저녁 종소리
가 은은히 울려왔다. 머리에 수건을 질끈 동이고 쌀인가 싶은 짐을

진 사람들이 절을 향하여 올라가는 이도 있고 빈 지게를 지고 내려오는 이도 있었다. 얼른 보아도 이 절이 큰절이요, 대중이 많은 것을 알 수 있었다.

원효는 시냇가에 앉아 세수하고 발을 씻고 시내를 따라 올라 갔다.

판도방 밖에는 짚세기가 스무남은 켤레나 놓여 있고 사방에 저녁 공양의 쇳소리가 들렸다. 원효는 우선 판도방을 쓱 들여다보았다. 모두 광대뼈가 나오고 이마가 좁고 눈망울 톡톡 불거진 무리가 둘러앉아서 윷을 놀고 있었다. 원효가 들여다보는 것을 보고 모두 눈을 원효 쪽으로 향했다. 원효는 그 눈들이 불량한 것이 곧 도적의 떼라고 생각했다.

"누구를 찾으시오."

그중 늙수그레한 자가 물었다. 다른 자들은 윷놀이를 계속했다.

"구경 다니는 거렁뱅이가 찾을 사람이 어디 있소. 날이 저물고 시장도 하니 밥이나 한 술 얻어먹고 드새고나 가볼까 하고 그러오."

원효는 엉덩이를 방으로 들여대고 문지방에 걸터앉아서 신을 끌렀다.

원효가 신을 벗고 들어가려 할 때 엉덩이를 문으로 향해 원효가 못 들어오도록 막는 자가 있었다. 원효는 그것을 못 보는 듯이 무릎으로 그 사람을 밀고 들어갔다. 그 사람은 원효의 무릎에 채여서 앞으로 고꾸라졌다.

"왜 사람을 차노?"

그놈이 벌떡 일어나 원효에게 대들었다.

"왜 내 앞을 막았노?"

원효는 이렇게 대꾸했다. 그 사람은 원효를 때리려고 팔을 둘러메었으나 원효는 내려오는 그 팔목을 붙들어서 그 사람의 따귀를 붙였다.

"왜 사람을 때리노?"

그 사람은 또 대들었다.

"내가 때렸나. 제 손으로 저를 때리지 않았나?"

원효의 눈에서 불이 번쩍 났다. 모두 욱 일어났다.

"다들 앉으소. 일어나면 어찌할라꼬? 윷이나 노세."

원효는 혼자 앉아서 윷판을 옆으로 당기어 놓고 윷가락을 들어서 천장에 닿도록 던지고 벌떡 일어나 두 무릎을 턱 치며 벼락같이 소리를 질렀다.

"윷이냐, 모냐."

다들 원효의 기운에 눌려 멀거니 보고 있었다.

원효는 혼자서 서너 번 윷가락을 던지더니 뺨 맞은 작자의 팔목을 끌어앉혔다.

"아따 앉아라. 윷이나 놀자. 사내가 무얼 그만 일로 그러노."

원효는 윷가락 둘을 그에게 주며,

"자, 놀아라. 쟁두하자."

그 사람은 반항할 수 없는 듯이 윷가락을 던졌다. 도다. 원효가 던진 것은 윷이다.

"내가 먼저 논다."

원효는 기운차게 윷가락을 던졌다. 천정에 올랐던 가락이 방바닥에 있던 가락을 때려서 큰소리를 내고 모가 되었다. 다음은 개다.

"모개넣어라."

뺨 맞은 친구는 비로소 기운이 난 듯이 윷가락을 던졌다.

"모야."

일동이 소리를 질렀다. 분명히 일동은 원효를 적으로 하는 것이었다.

원효가 던진 것이 모가 진 것을 걷어치우면서 한 친구가 나앉았다. 몹시 광대뼈가 내밀고 눈이 여덟 팔 자를 뒤집어놓은 듯이 눈초리가 위로 올라가서 매우 간판이 사나운 자였다.

"여보, 이 친구."

그 광대뼈는 윷가락을 걷어쥔 채로 원효의 앞으로 바싹 다가앉으며 말했다.

"기왕 윷을 놀 바에는 내기를 합시다."

"무슨 내기를 하자는 것이오?"

원효는 물었다.

"당신이 이기면 저녁밥을 먹고 지면 당신이 굶기로 합시다."

광대뼈의 말에 일동이 호응했다.

"그거 좋다."

그리고 원효의 입에서 무슨 말이 나오나 하고 쭈그리고들 앉아서 기다렸다.

"그거 안 될 말이오."

원효는 딱 잡아떼었다.

"왜 안 된단 말이오."

광대뼈가 눈을 부라렸다.

"내기란 피차에 같아야 하는 게지. 지금 말대로 하면 나만 손해를 보아서 분하고 아깝지 않소. 그럼 이렇게 합시다. 내가 지면 내가 오늘 저녁밥을 굶고 당신네가 지면 당신네가 굶기로. 어떻소."

원효의 제의에 여러 사람은 서로 돌아보았다.

"아따, 그럽시다."

이번에는 새까만 땅딸보가 나앉았다. 그는 옆의 사람들에게 눈을 끔적했다. 원효가 지면 밥을 굶기고 저희들이 지더라도 밥은 먹자는 뜻이었다.

"그래라."

일동이 승낙했다.

땅딸보는 윷판을 들어서 윷말을 다 떨어버리고 광대뼈의 손에서 윷가락을 빼앗아서 두 짝을 원효에게 주었다.

"말은 내가 쓴다."

말라깽이가 광대뼈를 밀고 나앉았다. 이 말라깽이는 살은 없을망정 뼈가 온통 쇠로 된 듯이 단단해 보였다. 원효는 비록 사나운 빛은

있지만 기운찬 이 무리들이 마음에 들었다. 그래서 속으로 은근히
유쾌했다.

원효가 먼저 놀아서 도에 붙었다. 땅딸보가 걸에 붙었다. 원효가
모개를 쳐서 땅딸보의 것을 잡아 가지고 연거푸 네번 모 걸을 쳐서
석 동무니*를 구워 빼고 막동*을 꽂을 걸에 보내었다. 말라깽이는 말
판 쓰는 데 농간을 부리려 했으나 그럴 새가 없었다. 땅딸보는 이를
악물고 쭈그리고 앉아서 윷가락을 모아 들고 잔뜩 꼬났다.

"다섯 모 한 걸!"

누가 뒤에서 이렇게 응원을 했다. 땅딸보는 악 소리를 치며 윷가락
을 던졌다.

"모야!"

함성이 났다. 또 던졌다.

"모야!"

사람들은 모두 씨근씨근했다.

그러나 다음 것은 도였다. 땅딸보는 기가 막히는 듯이 윷가락을 내
어던졌다. 두 모로 속모로 가서 원효의 말이 돌아오는 것을 지키게
하고 한 도를 달아서 뒤로 따를 근거를 만들었다.

원효의 막동사니는 두 모 개면 나는 것이다 윷가락은 원효의 손에

---

● 말을 세 개 겹쳐서 움직이는 것.

● 마지막 말.

들렸다.

　다소의 파란은 있었으나 결국 윷은 원효가 이겼다. 일동은 이를 악물고 원효를 노려보았다.

　"삼판 양승이다. 두 번 더 놀아라."

　광대뼈가 윷가락을 걷어잡으며 나앉았다.

　"아니다. 대장부가 일구이언하겠느냐, 내가 졌다."

　땅딸보가 물러앉았다.

　밥이 들어왔다. 큰 함지박에 김이 무럭무럭 나는 흰 밥이 가득 차 있고, 또 시꺼면 질버치에는 국이 아직도 설설 끓는 소리를 내고 있었다. 방안에는 밥과 국의 향기가 가득 찼다

　사람들은 자동적으로 선반에서 제 바리때를 꺼내서 앞에 놓았다. 처음에는 큰 물동이가 돌면서 사람마다 물을 한 그릇씩 받았다. 다음에는 큰 주걱으로 밥을 이리 재고 저리 재어서 한 주걱 떠 바리에 담으면 밥 향기가 코를 찔렀다. 국도 그러했다. 커다란 나무 국자로 듬뿍 국을 떠서는 국그릇에 붓는다. 그러면 나물국 향기가 물씬하고 코를 받쳤다.

　원효의 앞에는 바리때가 없었다. 원효의 것은 어젯밤에 풀피리가 훔쳐간 것이다.

　"바리때도 없소?"

　밥을 돌리는 중은 이렇게 말했다.

　"내 바리때는 내 상좌가 지고 벌써 용천사에 왔는걸."

원효는 천연스럽게 이렇게 대답했다.

"아무리 거렁뱅이기로 밥그릇도 안 가지고 다닌단 말요? 체!"

밥 푸는 사람은 원효를 훑어보더니 손을 내밀었다.

"그 허리에 주렁주렁 단 뒤웅박이라도 내놓으시오. 아무리 거렁뱅이라도 밥은 먹어야 살지 않겠소?"

"이녁 먹을 것이나 푸고는 그 밥 함지와 국 버치를 내 앞에 놓으오. 물동이도 내 앞에 놓고."

원효는 이렇게 말했다.

"그것은 왜요?"

밥 돌리던 중이 눈이 둥그래지며 들고 가려던 밥함지를 원효의 앞에 놓았다.

"내가 아까 이 사람들과 밥 굶기 내기 윷을 놀았소. 이기는 사람만 먹고 지는 사람은 안 먹기로. 그런데 내가 이기고 이 사람들이 졌단 말이오. 그러니까 밥 먹을 사람은 나 하나밖에 없고, 저 친구들은 냄새나 맡고 물이나 마시게 되었소. 보아허니, 이 양반들은 다 천하에 호걸들이신 모양인데 대장부가 한입으로 두말을 할 리가 없겠지. 여보, 그 국그릇도 여기 놓으시오. 물동이는 여기 놓고."

원효는 손으로 놓을 자리를 가리켰다.

국그릇을 가진 중은 원효가 놓으라는 자리에 국그릇을 놓았다. 그러나 물동이 든 중은 놓을까 말까 하는 모양으로 좌중을 돌아보았다. 좌중은 눈만 부라리고 말이 없었다.

"왜 안 놓소? 어서 놓으라면 놓아."

원효가 호령했다. 조용하던 방이 쩡쩡 울리도록 큰소리였다. 그 중은 얼결에 물동이를 내려놓았다.

"삼보께 공양하나이다. 중생아, 다 배부를지어다."

원효는 밥 함지를 머리에 떠받들었다. 그리고 두 마디를 외우고 나서 혼잣말을 했다.

"어허, 내가 오늘 무슨 공덕을 쌓았길래 이 밥을 받나. 부처님께서는 중생을 위하시어 무량겁을 애쓰시면서도 하루 한 때밖에 밥을 안 자셨거늘, 나는 무엇을 했길래 아침 낮에 밥을 배불리 먹나. 어허 두려운지고. 이 쌀 한 알이 밥이 되어 내 입에 들어오기까지 중생의 수고는 얼마나 하며 하늘과 땅의 수고는 얼마나 한가. 일하지 않고 밥을 먹는 것은 중생의 피를 빨아먹는 것과 같다. 도적이다, 도적이다, 나는 도적이다. 밀 한 이삭 주인 모르게 먹은 죄로 소가 되어 그 빚을 갚았다고 하는데, 이 밥 한 그릇 값없이 먹은 죄는 얼마나 할까. 아무서워라, 무서워."

원효는 눈앞에 무서운 것이 보이는 듯이 몸을 떨었다.

좌중은 멀거니 원효가 하는 양을 보고 있었다. 앞에 밥그릇에서 김이 오르고 밥의 향기가 나는 것도 잊은 것 같았다.

원효는 잠시 말이 없다가 다시 입을 열어 소리를 한다.

"이룬 공 없이 중생의 수고를 먹어 천 겁에 중생의 몸을 받느니보다 차라리 굶어 이 몸이 죽으리라."

이렇게 두 번을 불렀다. 그 소리에 죄중은 황홀했다.

그들은 평생에 이러한 소리를 들은 일이 없었고 또 그런 것을 생각한 일도 없었다. 욕심은 많고 일하기는 싫으니 힘 안 들이고 욕심을 채울 욕심으로 도적이 된 것이었다. 원효가 혼자 중얼거리는 소리는 마디마디 일동의 폐간을 찔렀다.

원효는 다시 혼잣말을 계속했다.

"내가 밥먹을 아무 공덕도 없는 것을 생각하니 이 구수한 밥내를 맡는 것도 가슴을 에는 것 같구나. 작년 흉년으로 쉴 새 없이 일하는 농부들도 풀뿌리를 삶아서 연명하고 있는 터에 이 하얀 밥이 황송하다."

원효는 밥 함지를 번쩍 들고 문 밖에 대고 말했다.

"굶주리는 중생들아, 밥내라도 맡으시오."

밥그릇의 김은 굶주리는 중생을 향해 떠나는 듯이 모락모락 공중으로 올랐다. 원효는 밥 함지를 놓고 다음에 국그릇을 번쩍 들었다.

"자 국내도 맡으시오."

국을 제자리에 놓은 뒤에 손으로 밥 한 주먹을 움켜들고 말했다.

"마음 같아서는 이 밥을 안 먹고 굶어 죽고 싶소마는 목숨이 모질어서 이 밥을 먹겠소. 내가 온종일 먼 길을 와서 몹시 시장해. 그러나 내 여러분께 맹세하오. 이 밥이 내 뱃속에 들어가서 삭는 동안에 나는 내 마음속에 있는 모든 악한 마음을 삭여 버리고 내일 아침 해 뜰 때부터는 중생을 위해서 무슨 일이나 하는 사람이 되려 하오.

만일 이 말이 거짓말이 되어서 이 밥을 먹고도 중생의 것을 훔쳐먹는 사람이 된다면 내 먹는 밥이 알알이 송곳이 되어 영겁에 내 몸을 꼭꼭 찌르고 꺼지지 않는 불길이 되어서 무간지옥에서 이름을 태울 것이오. 내 맹세를 제불보살과 천지신명과, 또 이 자리에 계신 여러 호걸들이 증명하시오."

원효는 말을 마치고 손에 든 밥을 입에 넣고 맛있게 우물우물 먹었다. 그리고 국 버치를 번쩍 들어서 마시고 이렇게 몇 차례 했다.

"고마워라. 배가 불룩하니 새 기운이 나오."

물동이를 들어서 벌컥벌컥 들이키고 원효는 만족한 듯 입맛을 쩍쩍 다시었다. 그제야 사람들은 제 정신이 들어서 제 밥그릇을 내려다보았다.

원래 몸집이 큰 광대뼈는 원효의 곁에 앉아서 침만 삼키고, 말라깽이는 무슨 궁리를 하는지 눈을 깜작깜작하고 있으나 땅딸보만은 까딱하지 않고 입을 꼭 다물고 있었다. 그는 대장부의 일언을 지킨다는 결심이다. 다른 사람들은 눈을 힐끗힐끗 서로 눈치만 보고 있었다. 누구든지 먼저 먹는 사람만 있으면 저도 따라 먹자는 것이다. 밥과 국을 돌리던 중들은 이 야릇한 광경을 물끄러미 보고만 있었다.

이 구석 저 구석에도 침 삼키는 소리가 더욱 커지고 더욱 잦아졌다. 배들은 고프고 구미는 동하고 입에서 침이 쉴 새 없이 흘러 나왔다. 사람들의 눈은 또 원효에게로 모이기 시작했다. 침을 꿀쩍 삼키고는 원효를 바라보았다. 그 입에서 무슨 말이 떨어져야만 이 문제가 해

결될 것 같이 생각된 까닭이었다.

방 한복판에는 아직도 윷가락이 자빠지고 원효의 막동사니를 두 길로 따라가다가 만 말 둘이 아직도 말판에 놓여 있었다. 하나는 날개요, 하나는 속윷이었다. 원효는 짐짓 여러 사람의 시선을 못 본 체하며 두 손을 무릎 위에 놓고 한가로이 몸을 흔들었다.

'이 밥 먹고는 악한 마음을 안 내고 일을 잘 하겠노라고 맹세를 하고 먹을까.'

광대뼈는 이런 생각을 했으나 그 말이 입 밖에 내지는 않았다.

원효는 의외로 생각했다. 이 사람들이 이만큼 한번 한 말을 지키는가 하고 놀랍기도 하고 기쁘기도 했다.

'자 어서들 자시오.'

마음 같아서는 이리 말하고 싶었으나 그들이 대체 얼마만 한 자제력이 있고 통제력이 있는지, 나중에 그들은 어떻게 이 문제를 해결하는지 보고 싶었다. 혹은 그들이 원효를 폭행이나 하지 않을까 염려도 했으나 만일 그리 된다면 거기서 또한 그들의 본심을 알 수 있고 그들에게 도를 깨닫는 기틀을 줄 수도 있을 것 같았다. 그들이 침을 삼키는 소리가 더욱 커졌다. 목젖이 불쑥하고 오르내리는 것이 보였다. 빈 입을 우물우물했다. 눈을 내리깔아서 밥을 보고는 또 허공을 보았다. 마치 밥을 볼 수 없어 하는 것 같았다.

광대뼈의 배에서 꼬르륵 소리가 났다. 광대뼈는 눈을 꽉 감고 침을 한번 삼켰다. 땅딸보는 좌선하는 중 모양으로 눈을 모아서 허공을 바라보고 가만히 앉아 있었다.

원효는 더 참을 수가 없었다. 이 광경을 더 오래 계속하는 것은 자비심에 어그러지는 것 같았다. 배가 고픈 것도 어려운 일이거니와 먹을 것을 앞에 놓고 못 먹는 것은 더욱 어려운 일이라고 생각했다.

말라깽이는 몇 번 목젖을 불룩불룩하더니 이쪽저쪽으로 눈을 꿈적꿈적했다. 그러나 하나도 그의 군호에 응하는 사람이 없었다. 땅딸보는 도리어 말라깽이를 향해서 눈을 흘겼다.

원효는 그것이 더욱 고마웠다.

"여러분께 한 말씀 여쭈오."

원효는 공손히 이마를 땅에 대고 말했다.

"여러분은 과연 의리가 있는 사람들이오. 장난삼아 한번 하신 말씀을 그토록 정성으로 지키시니 필시 전생에 도를 닦고 이생에서는 좋은 일 많이 하시려는 원으로 태어나신 이들이 분명하오. 이제 이 사람이 한 가지 여러분께 간청하겠소. 그것은 무엇인고 하니 비록 저녁을 굶으시기로 마음을 작정했더라도 그만하시고 잡수시오. 지금 잡수시더라도 약속을 어긴 것은 아니라고 생각하오.

한 가지 더 청할 것은 이 밥이 여러 중생의 피와 땀으로 되었다는 것을 고맙게 생각하시고, 이 밥을 잡수시고 몸이 튼튼하시고 기운이 많으시어, 중생을 많이 도우셔서 위로는 세상 큰 은혜를 다 갚으시고, 아래로는 세 지옥에 떨어지는 고통을 건지시는 갸륵하신 어른네가 되소서."

원효는 잠깐 고개를 들어서 일동을 둘러보았다.

"한자리에 앉는 것도 천 겁의 인연이라 했사오니, 여러분네는 이 사람의 사뢰는 말씀을 들어주시옵소서."

원효가 한 번 더 머리를 방바닥에 대고는 바로 앉았다. 사람들의 얼굴에는 살아났다 하는 빛이 돌았다.

"자, 먹세."

이것은 광대뼈였다.

"그럼 먹습니다."

이것은 땅딸보였다.

"당신도 좀 더 잡수시지."

이것은 말라깽이였다.

손들이 분주히 밥에서 입으로 오락가락했다. 쩍쩍 밥 씹는 소리, 국 마시는 소리가 났다. 모두 씨근씨근 숨이 찼다.

이때 먹는 밥은 특별히 맛이 있었다. 배고프고 먹고 싶은 것을 참다가 참다가 먹는 밥이라 입에 들어가는 대로 꿀이 되고 배에 들어가는 대로 피가 되었다.

원효는 가만히 그들이 먹는 양을 바라보았다. 거기는 아무 잡념이 없었다. 마음 전체가 입으로 몰렸다. 몸이 온통 입이 된 것이다. 살려는 본능이 얼마나 강한가를 목도했다고 원효는 생각했다. 탐욕이 남달리 많은 사람들임이 느껴졌다. 저마다 밥과 국을 남보다 먼저 더 먹으려고 눈이 빨갰다. 순식간에 밥 한 알, 국 한 방울 없이 다 먹어

치웠다. 동이에 물 한 방울도 남지 않았다. 좀 더 먹었으면 하는 듯이 군입을 다시면서 제 밥그릇을 부시어 혀로 핥듯이 다 먹어 버렸다. 말라깽이가 과식을 해서 *끄륵끄륵* 트림을 하고 있었다.

밤이 되어도 풀피리는 보이지 않았다. 원효는 궁금하게는 생각하나, 그렇다고 그들에게 묻기도 안 되었고, 또 무턱대고 찾아 떠날 수도 없었다.

'풀피리 한 가락에 봉황과 용이 날아드네'를 원효는 비봉산 용천사에서 자신을 찾으라는 풀피리의 말이라고 해석한 것이다. 더구나 용천사 판도방에 모여 있는 무리의 행색을 보니, 도적의 졸개들이 분명했다. 그럴진댄 반드시 피리를 만날 길이 있을 것이요, 그리 되면 공주와 아사가 남매의 일을 알리라 하고 여러 사람들과 함께 목침을 베고 드러누워 있었다.

그들은 있는 소리, 없는 이야기로 계집과 놀던 소리를 하고 있었다. 하나도 제 처자는 없는 모양이었다. 아마 그들은 이야기를 만들어 가지고 그것을 남에게 들려주는 것을 만족으로 삼는 모양이었다.

"그년, 암만해도 말을 안 듣길래 모가지를 꼭 조르고."

이런 소리를 하는 자도 있었다. 듣고 보면 모두 사람깨나 죽인 사람들인지도 모른다고 원효는 생각했다.

거지들은 대개 탐욕은 있어도 그것을 실행할 기운이 부족했다. 그러므로 그들은 마음에 드는 것을 보면 바라보고 부러워할 뿐이었다. 그러나 이 사람들은 탐나는 것을 보면 곧 칼이나 몽둥이를 가지고서라도 자기 것으로 만들고야 마는 듯했다. 사람이 안 보는 데서 남의 물건을 몰래 집어가는 일도 하지 않는 것은 아니지만, 이 사람들은 어떤 저항을 배제하고 목적물을 빼앗아야 비로소 만족하는 것이다.

그러므로 이들이 가장 천히 여기는 것은 좀도적이어서, 만일 좀도적이 눈에 뜨이기만 하면 가만두지 않았다. 저희는 범이라 하고 좀도적은 고양이라 했다.

큰 저항을 배제해야 목적을 달하기 때문에 그들은 한 두목 밑에 굳게 단결해 있었다. 그들은 웃사람의 명령에 복종하고 또 동무의 원수를 갚을 의리가 있었다.

원효도 도적 나라의 이야기는 많이 들었다. 신라에 한 분만이 계시는 임금 모양으로 신라 도적에도 대두목 하나가 있었다. 세상에서 알기엔 그가 바람복이었다. 대두목 밑에는 여러 층으로 소두목이 있어서 마치 나라의 조직과 같았다.

원효는 이번 기회에 이 도적 나라의 내정을 알아보고 싶었다. 듣는 바에 의하면 고구려에도 그런 도적의 나라가 있어서 나라에서 도적 중에 쓸 만한 자를 뽑아서 장수를 삼는 일도 있으며, 그러한 장수들이 용감하게 싸운다고 한다. 또 고구려에서는 거지를 신라와 백제에 들여보내 염탐꾼 노릇을 하게 한다고 한다. 그러나 신라와 같은 작은 나라에서는 그런 것을 이용했단 말을 듣지 못했다.

원효는 저 거지의 떼와 이 도적의 떼를 나라 일에 이용할 수는 없을까 이런 생각도 하고, 또 저 땅딸보 같은 자가 불도에 들어올 양이면 필시 힘 있는 중이 되어서 큰일을 하지 않을까, 이러한 생각도 하고 있었다.

사람들의 음담패설도 차차 적어지고 코를 고는 사람이 하나씩 둘씩 늘었다.

밤새 소리가 들렸다. 코도 힘있게 골았다.

다들 잠이 들었다. 말라깽이도 오줌을 누러 나가는 모양이더니 들어오는 길로 잠이 들었다. 어두워서 사람들의 얼굴은 보이지 않고 숨소리와 코 고는 소리만 들렸다.

"이놈, 이놈."

잠꼬대를 하는 자도 있었다.

수도 생활을 하는 자도 전생 기억으로 무서운 꿈을 꾸는데 살인 강도하는 자의 꿈이 편안할 리가 없어서, 그들의 잠든 모양은 화평하지 않았다. 꺽꺽 하고 숨이 막히는 소리를 하는 자도 있었다.

"응, 응."

무서운 것에 쫓기는 소리를 하는 자도 있었다.

원효는 가만히 일어나 앉아서 관세음보살을 염했다.

"이들 마음의 어둠을 당신의 빛으로 밝히시고, 이들의 괴로워하는 넋을 당신의 손으로 만져 편안하게 하시옵소서."

원효가 이렇게 관세음보살을 염할 때 문득 피리 소리가 들렸다. 그것은 분명히 옥미원에서 듣던 곡조였다. 원효는 방안에 누운 무리를 제도할 것을 굳게 맹세한 뒤에 밖으로 나섰다. 캄캄했다. 봄의 어둠이란 원래 심한 법인데다가 수풀 속이라 과연 칠통과 같았다. 게다가 먼 데가 뿌연 것을 보면 안개가 있는 모양이었다. 원효는 피리소리 나는 데로 걸음을 옮겼다.

얼마쯤 가서 원효는 옥미원에서 부르던 노래를 피리에 맞추어서 불렀다. 피리소리가 잠깐 그쳤다. 원효도 우뚝 섰다. 얼마 후에 다시 피리 소리가 났다. 원효는 또 그 가락에 맞추어 노래를 불렀다. 이번에는 피리 소리가 그치지 않고 더욱 힘차게 계속되었다. 원효는 바위를 돌고 나무를 피해서 걸었다. 소리는 가까운 듯하면서 암만 걸어도 그만했다.

원효는 어떤 등성이에 올라섰다. 거기서 소리 한마디를 길게 뽑았다. 그때 원효가 바라보고 있는 편에서 불이 번쩍했다. 피리소리가 끊이더니 불이 움직이기 시작했다. 원효도 불을 향하고 마주 갔다. 절에서 십리는 온 것 같았다.

마침내 불이 원효의 앞에 와 섰다.

"내가 피리요."

피리는 등을 들어 제 얼굴과 원효의 얼굴이 비치도록 했다.

"나는 소리요."

원효는 이렇게 대답했다.

"하하하하."

피리가 먼저 웃었다. 그는 장삼을 입고 거사로 차리고 있었다.

"하하하하."

원효도 웃었다.

"나는 대사께서 내일이나 모레쯤 오실 줄 생각하고 있었소."

그는 등을 들고 앞을 섰다. 원효는 뒤를 따랐다.

피리는 걸으면서 원효에게 용천사의 일을 물었다. 원효가 내기 윷놀이와 밥 먹던 일을 말했더니 피리는 소리를 내어서 웃었다. 그러나 그들이 다 네 부하냐 이런 말은 묻지 않았다.

골짜기를 몇 건너자 길에 나서서는 차차 낮은 데로 내려갔다.

달이 떴다. 원효가 인도받은 곳은 큰 촌락이었다. 마을 앞에는 꽤 큰 개천이 흘러 달빛이 번쩍거리고 촌락에는 기와집이 즐비했다.

"누추한 곳이오."

피리는 한 대문을 두드렸다. 삐걱 하고 대문이 열리고 개가 내달았다. 개는 원효를 한번 쳐다보고는 피리를 보고 꼬리를 치며 앞장섰다.

사랑으로 들어갔다. 으리으리한 차림이었다. 원효의 바랑과 바가지들이 놓여 있었다. 예가 끝나고 좌정한 뒤에 피리는 웃었다.

"저 짐을 먼저 날라 온 것은 손님 대접이오. 하하하. 공주와 아기와 아사가 남매 다 편안하시니 내일 아침에 만나시기로 하고 오늘 저녁은 편히 쉬시오."

그리곤 화려한 잠자리를 깔아 놓고 들어가 버린다.

원효는 잘 자고 잠이 깨었다. 창이 훤하고 참새들이 지저귀었다. 원효는 용천사 판도방 패가 잠이 깨어서 원효가 간데없는 것을 보고 문제가 되었으리라 생각하니 우스웠다.

세숫물이 나오고 아침상이 나올 때 피리는 장삼이 아니요 속인의 옷을 입고 나왔다. 모두 옥색 명주였다. 그렇게 차리니 귀인 같았다. 그는 장삼을 입으면 거사와 같고 방갓을 쓰고 방아라를 걸치면 또 방아 같았다. 무엇을 입어도 어울리고 무엇을 차려도 그럴듯했다. 옥같이 흰 얼굴에 까만 구레나룻이 제비 날개 모양으로 나고 눈에 인정스러운 광채가 있었다.

아직 통성명도 하지 않았건마는 벌써 친했다.

원효의 상은 특별히 채소 반찬이요, 피리의 상은 고기 반찬이었다.

두 사람이 처음에는 말없이 밥을 먹었다.

피리는 무슨 말을 할 듯 하다 원효를 힐끗힐끗 보았다. 원효도 공주 일행의 말을 묻고 싶었으나 기회를 만나지 못했다.

"원효대사."

피리가 먼저 입을 열었다.

"나는 원효대사가 아니라 소성거사요."

"글쎄. 그야 대사시거나 거사시거나 사람은 한 사람 아니오."

피리는 숟가락을 멈추고 이렇게 말했다.

"그는 그렇소. 본래는 원효대였으나 이제는 소성거사요."

원효는 이렇게 대답하면서 훌훌 국을 마셨다. 산나물국이었다.

"그러실는지 모르겠지만 나는 소성거사라고 부르기 싫소. 원효대사 한 분을 잃어버리기가 싫단 말이오. 그는 그렇다 하고, 내가 어떤 사람인지 여기가 어딘지는 벌써 짐작하시겠지요?"

피리는 싱긋 웃는다.

"당신은 피리를 잘 부니 나는 당신을 피리라 이름을 지었고, 이 동네는 아마 당신네 같은 이들이 사는 소굴인가 생각하오."

원효의 이 말에 피리는 낯빛을 바꾸며 왈칵 성을 냈다.

"아니, 어쩐 말씀이오. 소굴이라니? 대사가 망령이시오."

피리는 숟가락을 상에 던지면서 원효를 노려보았다.

"소굴이란 말을 모르시오? 날짐승이 사는 데를 소라 하고 길짐승이 사는 데를 굴이라 하여 무릇 짐승들이 모여사는 데를 소굴이라 하거니와, 나는 도적을 짐승으로 보는지라 도적이 모여 사는 곳을 소굴이라 하는 것이오. 사람들이 모여 사는 데를 마을이라 하고, 신들이 모여 사는 데를 시로라 하고, 중들이 모여 사는 데를 절이라 하는 것과 마찬가지 아니오? 내가 바른 말을 했다고 댁이 노여워할 것은 없지 않소. 그럼 무엇이라고 불렀으면 좋겠소?"

피리는 노한 빛을 약간 거두며 몸을 바로 하여 위엄을 갖추었다.

"대관절 대사가 어찌하여 이곳에 오신지 아시오?"

"내가 온 일을 내가 모를 리가 있소. 도적의 떼에 잡혀간 내 가솔과 제자들을 찾으러 왔소."

"찾으러 왔다? 대사 마음대로 찾아갈 것 같소."

피리는 '안 되리라'는 듯이 입을 다문다.

"내 처자와 내 제자를 내가 데려갈 것을 누가 못하게 할까."

원효의 목소리가 커졌다.

"원효대사가 도력이 크고 이름이 높아서 제멋대로 행동해도 천하에 거칠 것이 없을는지 모르겠소마는 도적의 소굴에 잡혀왔다가는 호락호락하게 놓여 나가기 어려우리다."

"하하하. 요석공주가 나를 사흘 동안 요석궁에 잡아 가둔 일은 있소마는 광대무변한 이 법계(法界)에는 아무도 원효를 막을 자가 다시는 없을걸. 하하하하."

원효는 한바탕 실컷 웃고 난 뒤에 흥에 겨운 듯이 젓가락으로 밥상을 두들겨 장단을 맞추면서 길게 뽑았다.

모든 것에 걸림이 없으면
한 길로 생사를 벗어난다.


그러는 동안 피리는 전신이 화석이 된 듯이 눈알도 움직이지 않았다. 원효는 마음껏 소리를 뽑고 나서는 밥그릇에 물을 부어서 숟가락으로 듬뿍 퍼서 입에 넣었다.

피리는 원효의 방약무인함에 견딜 수 없는 모욕을 느꼈다.

"효를 죽이고 살리는 것은 내 손에 달렸거든!"

이렇게 피리는 얼렀다.

원효가 잠시 피리를 물끄러미 바라보더니, "하핫하핫" 하고 크게 웃었다. 그 바람에 입에 물었던 밥과 반찬이 튀어나와서 피리의 얼굴과 전신을 수없이 때리고 더러는 그냥 붙어 있고 더러는 방바닥에 떨어졌다.

피리는 맴을 돌린 사람 모양으로 정신을 진정할 수가 없었다. 산전 수전 다하고 몸과 마음이 닦일 대로 다 닦인 줄로 자신하고 있던 피리도 이러한 경우는 처음 당하고 이러한 사람은 처음 보는 것이었다.

"어, 그 밥풀이 모두 얼굴에 붙어서 안 되었소."

원효는 한참 웃고 난 뒤에 팔을 쑥 내밀어서 피리의 얼굴을 이마에서 턱까지 쓸어 주었다.

피리는 원효의 팔을 부러져라 하고 휙 갈겼으나 원효의 팔은 어느새 제 자리에 돌아가고 피리의 팔은 제 국그릇을 쳐 둘러엎어서 무르팍이 젖고 쇠고기 비린내가 방에 찼다.

"거, 어디 그 솜씨 가지고야 원효를 죽이겠소. 원효를 친다는 것이 제 국그릇을 쳤으니 남이 안 보았으니 망정이지 큰 망신 당하실 뻔했소. 자, 어서 국 한 그릇을 더 가져오래서 밥이나 자시오. 국만 아니라 한 상을 다시 차려오라시오. 어, 그 반찬 그릇에 모두 내가 썹던 밥이 튀었군."

원효는 먹던 밥을 다시 먹는다.

"살아서 이 동네를 벗어날 것 같소?"

피리는 겨우 정신을 차린 듯이 원효를 향해 활을 당겼다.

"또, 그런 어리석은 소리를 하는구려. 그러니까 웃음이 터지지 않소. 내가 살아 나가고 싶으면 살아 나가고 죽고 싶으면 죽어 나가는 것이지, 누가 나를 죽이고 살리고 한단 말요. 불도 능히 태울 수 없고 물도 능히 떠내려보낼 수 없다는 말을 모르시오. 하늘도 나를 어찌 하지 못하는데 탐진치를 가진 범부가 천만 명 덤비기로 나를 어찌한 단 말이오.

당신은 도적 부하 몇천 명, 몇만 명 되는지 모르지만 내게는 천지 의 모든 선신이 따르고 있고, 한없이 넓은 세상에 모든 불보살이 다 내 편이니, 내가 도를 잃는 날이면 모르되 내가 정정당당하게 불도 로 나가는 동안에는 천지가 모두 합하기로 나를 어찌한단 말이오. 피리 노형이 만일 눈이 바로 뜨였다면 내 옆에 저 무서운 방망이를 든 금강역사가 옹위하고 서 있는 것을 보리다."

원효의 이 말에 피리는 소름이 끼침을 깨달았다. 아까부터 무엇인 지가 제 몸을 누르고 때리는 듯해서 원효에게 저항하기 어려움을 느 꼈던 것이다. 피리도 지금 원효가 한 말과 같은 말을 못 들은 것은 아 니었다. 그러나 그런 소리는 다 허황한 소리라고 생각했다. 사람에게 낙을 가져오는 것은 재물과 술과 색(色)이요, 사람을 죽이는 것은 칼 이라고 믿었다.

피리도 귀신을 무서워한다. 산에 가면 산신령이 계시고 물에 가면 물신령이 계시고 집에 오면 집에 모시는 여러 신령이 계시다고 믿는 다. 그래서 큰 도적질을 떠날 때에도 송아지 드릴 데는 송아지, 도야 지 드릴 데는 도야지, 닭 잡아 제사할 데는 닭, 소로 할 데, 시루떡으 로 할 데, 다 가려서 제사를 드린다. 그들은 신령도 이렇게 재물을 바치기만 하면 다 말을 들어주실 것으로 믿는다. 그러나 도적의 제사를 받는 귀신은 도적 귀신이요 결코 선신이 아니실 것은 생각하지 않는다. 선하신 신명이 받으실 제사는 마음 착한 이가 바치는 제사인 줄 모른다.

원효의 말 중에 가장 피리에게 무섭게 들린 것은 천지의 모든 선신이 다 제 편이라는 말이었다. 그렇다면 그것은 큰일인 것 같았다.

"대사도 도적의 밥을 자시지 않았소?"

원효가 밥을 다 먹고 상을 물릴 때 피리는 두려움을 숨기며 웃으며 말했다.

"내가 도적의 밥을 먹었을 리가 있소. 선한 중생의 공양을 받았소"

"어쩐 말씀이오? 금방 내 집에서 지은 밥을 자시고서도 아니라 하시오?"

피리는 이렇게 역습했다.

"도적의 손에서 쌀 한 알이 지어질 리가 있소? 다 선한 중생이 임금의 땅에 땀을 흘리며 천지신명의 쌀이 되게 하신 것이지."

원효는 이렇게 대답하고 잠깐 멈추었다가 다시 말했다.

"도적의 입에 밥 한 알이 들어갈 리가 있소? 오늘이나 내일이나 하면서 도적들이 바른길로 들어오기를 기다리며 밥을 먹여 살리는 것이지. 만일 기다릴 만치 기다려도 개과천선을 하지 않으면 나라에서는 법의 칼이 움직이고 저승에서는 지옥의 불이 노형을 태우려고 마련될 것이오. 그런데 아마 오늘이 그 한 날인 것 같아."

말을 맺고 원효는 피리를 뚫어지게 보았다.

피리가 분명히 누구인지 아는 이가 없다. 세상에서는 그를 번개라고도 부르고 또 원효가 부르는 모양으로 피리라고도 부른다. 그를 번개라 하는 까닭은 그가 동에 번쩍 서에 번쩍 나타나되 번쩍할 뿐이요 자취를 찾을 수 없단 말이다. 세상에서는 그가 둔갑술로 몸을 숨긴다고 믿고 있다. 어떤 이는 그가 사람과 귀신과의 사이에 난 아들이기 때문에 어떤 때에는 사람의 모양을 나토아서 눈에 띄고, 또 어떤 때에는 귀신이 되어서 사람이 보지 못하게 다닌다고까지 한다.

피리는 대두목 바람의 책사다. 이를테면 제갈량이다. 신라 수만 명 도적의 떼를 지휘하는 두령이 곧 바람과 번개다.

바람은 벌써 육십이 가까운 사람이지만 아무도 그의 모양을 본 이가 없다. 그가 하는 일은 뚜렷이 보이는데 몸은 보이지 않은 것이 바람과 같다고 하여 바람이라고 불리는 것이다.

피리는 젊은 사람도 되고 늙은 사람도 되고 여러 가지로 변형을 했고, 목소리까지도 변하는 재주가 있었다. 게다가 몸이 날래기가 제비와 같다. 몸만 그러한 것이 아니라 꾀로도 일찍 누구에게 져 본 일이 없다.

큰 고을을 습격하는 일은 다 피리의 꾀에서 나온 것이요, 이번에 원효를 유인해 온 것도 피리의 꾀였다. 수없이 관군의 토벌을 당했으되 언제나 꾀로 관군을 이겨 깜쪽같이 면했던 것이다.

그러하던 피리가 오늘 밥 먹는 동안에 원효의 손에 공기 놀 듯이 놀라운 것이다. 꾀를 내려도 베풀 곳이 없고, 일어나 싸우려도 원효는 그러한 틈을 주지 않았다. 원효는 마치 발붙일 수 없는 석벽인 것 같았다. 원효가 하도 만만하게 끌려온다 생각했기 때문에 피리의 타격은 더욱 큰 것이었다.

'과연 거물이로구나.'

피리는 속으로 원효에게 탄복했다. 그러나 아무리 원효기로서니 이 소굴에 잡혀온 바에야 무슨 재주로 빠져나가랴, 이러한 생각도 있었다. 이때 밖에서 소리가 있었다.

"군사, 안전(案前)에 아뢰오."

원효는 군사란 말에 빙긋 웃었다.

"오오. 무슨 일이냐."

피리는 창을 열며 점잖은 소리로 대답했다.

"장군마마께옵서 손님 인도하시고 듭시라 하시옵니다."

붉은 방아라에 벙거지를 쓴 자는 이렇게 아뢰었다.

원효는 이 무리가 영예로운 작위를 만들어 가지고 관에서 하는 모양대로 흉내내는 것을 알았다.

"지금 곧 갑니다고 아뢰어라."

피리는 이렇게 말해서 사자를 돌려보내고 원효에게 재촉했다.

"자, 일어나시오."

"어딜 가자는 게요?"

원효가 물었다.

"우리 장군 계신 데로 가는 거요."

피리는 위엄을 보이려 했다.

"당신네 장군이라니 바람이란 이요?"

"그렇소. 세상에서 바람이라고 일컫는 이요. 천하에 안 가는 데가 없으되, 흔들리는 나뭇가지는 보여도 바람의 몸은 안 보이듯이 우리 장군으로 말하면 자취는 보여도 몸은 못 본다 해서 천하가 바람이라고 일컫소."

원효는 피리를 따라서 나섰다. 동네에서 나와서 작은 시내를 끼고 얼마를 올라가면 조그마한 고개가 있고 그 고개를 넘으면 늙은 소나무와 새로 나불나불 잎이 피는 느티나무, 들매나무, 홰나무들이 있는 커다란 집이 있었다. 얼른 보기에도 여러 백 년 된 고가 같았다.

"대단히 오래된 집이로군."

원효는 고개턱에서 걸음을 멈추었다.

"오래고 말고. 우리 신라보다 더 오랜 집이오. 상아가나(진한) 적부터 있는 집이니까."

피리는 자랑하는 듯 말했다.

"상아가나 적부터?"

원효는 놀랐다.

"그렇소. 도적 나라의 내력을 말할 테니 들어보시오."

피리는 바위 하나를 골라서 원효더러 앉으라 했다. 도적 나라의 내력이란 말에 원효는 바위에 앉으면서 빙그레 웃었다.

"세상에 도적이 있는 것이 마치 세상에 중이 있는 것과 같습니다."

"그건 또 웬 소리요?"

원효는 정말 놀라 물었다.

"원효대사도 그까지는 모르시는군."

피리는 한 번 이겼다, 하는 듯이 웃는다.

"도적이 중과 같다?"

원효는 한 번 더 외워 본다.

"들어 보실라오. 세상 사람이란 중간이 많은 거야. 도적도 싫고, 중도 싫고, 그러나 어떤 때는 도적질할 생각도 내 보고, 중 노릇 할 생각도 내 보고, 그러면서도 중도 못 되고 도적도 못 되고 일생을 보내는 것이 중간치기란 말요. 세상이란 그러한 중간치기들로 되어 있습니다."

피리는 원효가 찬성하나 반대하나 눈치를 본다.

"그렇지. 당신 말이 옳소."

원효는 찬성하는 뜻을 표했다.

"그런데 어쩌다가 도적질을 먼저 하면 도적이 되고, 중질을 먼저 하면 중이 되는 것이야. 한번 도적질을 하면 생전 도적이 된단 말요. 도적질을 하니 죄인이 되어, 죄인이 되니 달아나, 달아나니 도적질을 할 수밖에. 중도 그렇지 않소? 원효대사도 요석공주헌테 장가를 드시고는 거사 행세를 하나 봅니다마는 세상이야 어디 그런가, 여전히 원효대사지. 그러니까 도적과 중이 마찬가지란 말요. 하하하하 안 그렇소. 대사?"

여기 대해서 원효는 찬성하는 뜻은 표하지 않았다. 그리고 화두를
돌렸다.

"그런데 도적 나라의 역사가 신라보다 오래되었다는 것은 무슨 소
리요?"

"그것도 모르시오. 벌에도 도적 벌이 있고, 개미에도 도적 개미가
있지 않습니까. 이 세상에 사람이 살기 시작할 때부터 도적도 있었
단 말이요. 마한, 진한, 변한이 생길 때에 벌써 도적의 나라가 생겼단
말요.

신라에서 도적의 첫 두목으로 말하면 망난이란 사람이오. 전하는
말에 의하면 시조 박혁거세와 같은 선생 밑에서 공부를 했답니다.
그러다가 박혁거세가 임금이 되니, 망난이는 산으로 들어가서 도적
의 두목이 되고 만 것이오. 시조께서 산에서 내려와 나라를 함께 다
스리자 하시니까 망난이가 대답하기를 그대는 착한 백성이나 다스
리소. 나는 악한 백성을 다스림세, 하고 안 나갔다 하오. 딴은 그렇기
도 하단 말요. 그 많은 도적을 다스리는 사람이 없으면 나라가 온전
히 다스려질 수 있나. 안 그렇소, 대사?"

피리는 또 말을 끊고 원효의 눈치를 본다.

"도적을 다스리다니 어떻게 다스린단 말요? 도적에게도 법이 있고
도가 있소?"

"허, 원효대사만 한 이가 그런 말을 해서 쓰겠소? 당신네 중들도

왕법의 다스림은 안 받더라도 불법의 다스림은 받지 않소? 도적도 마찬가지요. 도적에게도 도적의 도가 있고, 도적의 법이 있으니까 무고한 백성이 살아가고 또 도적의 나라가 천만 년이나 누리는 것 아니오?"

"어디 그 도적의 도라는 것을 좀 들어 봅시다."

원효는 재미있다는 듯이 눈썹을 쫑긋했다.

"도적의 도를 내 말할게 들어 보시오. 첫째, 가난한 사람의 것을 빼앗지 말지어다."

"그래서."

원효는 유심히 듣느라고 눈을 감는다.

"둘째, 나라의 물건은 건드리지 말지어다."

"옳지, 충이렸다."

원효는 눈을 감은 채 대꾸를 한다.

"셋째, 바른 사람의 재물을 빼앗지 말지어다."

"흥, 의렸다."

"넷째, 잠든 사람의 것을 빼앗지 말지어다."

"그건 또 무엇인가."

원효는 눈을 떴다.

"잠든 짐승을 죽이지 말라고 안 했소."

"흥, 살생유택(殺生有擇)이라."

"그렇지. 당신네 중들에겐 이른바 자비심도 되겠지마는 우리네는 그것을 좀도적이라고 아주 천하게 여기는 거요."

피리는 정말 좀도적을 멸시하는 심정을 낮에 보인다.

"또."

원효는 다음을 재촉한다.

"다섯째, 혼자서 지고 가는 짐을 빼앗지 말 것."

"또."

"유부녀를 겁탈하지 말 것. 수절과부를 겁탈하지 말 것."

"그렇게 여섯 가지만이오?"

원효는 눈을 떴다. 노송 가지에서 까치가 지저귄다.

"어떻소? 우리 도적 나라의 법이 어지간하지요. 이것이 몇 천 년 내려온 법이오."

피리는 이렇게 말하고 수염을 내려쓴다.

"그러면 어떤 물건을 빼앗아 오오?"

원효는 피리의 눈을 본다. 대단히 빛나는 눈이다.

"백성의 원망을 듣는 관원, 백성의 원망을 듣는 부자, 그리고 원체 많이 가져서 좀 떼어내어도 괜찮을 사람의 것, 우리는 이런 것을 노리지요. 한번 우리가 노린 다음에는 면하지 못하지요."

피리는 위엄을 보인다.

"인명도 살해하오?"

"우리가 한번 하려고 한 일을 방해하는 자면 기어코 죽이고야 말지요. 그러나 무고한 인명은 살해하는 일이 없고 도리어 가난한 자와 불쌍한 자는 구제하는 일도 많지요."

"도적질해다가 구제한다?"

원효가 웃는다.

"그렇지요. 우리는 부자가 되자는 것이 아니니까. 있는 자의 것을 갖다가 없는 자를 먹여 살리자는 것이니까."

나비 한 마리가 날아와서 피리의 갓에 앉는다.

"법을 어기는 자는 어떻게 하오?"

원효는 이런 말을 묻는다.

"경하면 책망하고, 중하면 볼기를 때리고, 더 중하면 내어쫓고 사발통문을 돌려서 아무 데도 접촉을 못하게 하고, 대단히 중하면 죽여 버립니다. 이를테면 나라의 법과 같지요. 만일 우리 속을 관에 밀고하는 놈이 있으면 그놈의 집안을 온통 도륙합니다. 그러나 관에 잡혀가서도 불지 않고 저 혼자만 벌을 받으면 우리는 그 처자를 잘 살펴 주지요. 그러니까 원효대사도 한번 여기를 다녀가면 우리 편이 되어야 망정이지 그렇지 않으면 어디든지 따라가서 기어이 복수를 하고야 말지요. 장군령이 한번 내리면 면할 길은 없습니다."

피리는 위협하는 눈으로 원효를 노려본다.

"글쎄. 도적의 무리가 다 들러붙기로 원효의 장삼 소매 하나를 건드릴 수 있을까. 하핫하핫."

원효는 커다랗게 소리 내 웃는다. 원효의 이 말에 피리의 낯색이 변한다. 그의 입술이 푸르르 떨린다.

"큰소리 하지 마시오. 원효의 명성이 천하에 진동한다지만 우리 눈에는 거렁뱅이 중 한 마리로밖에 안 보이지. 제발 살려 주시오 하고 빈다면 몰라도 까딱 잘못하면 이 고개를 살아서는 못 넘어가리다. 칼로 선뜻 목을 자르는 것쯤은 경한 벌이오. 산 채로 땅에 묻어 버릴 수도 있고 산 채로 껍질을 벗기고 각을 뜰 수도 있고, 대사의 몸이 큼직하고 살이 많으니 통으로 장작불에 구워 술안주를 할 수도 있고, 그보다 심하면 당신의 처자를 당신의 눈앞에서……."

말하다가 피리는 뚝 끊는다. 피리가 이런 소리를 하는 동안 원효는 물끄러미 피리의 얼굴을 들여다보고 있더니 피리가 말을 끊자 어이없는 듯이 웃으며 손을 들어서 피리의 옆구리를 푹 찌른다.

"글세 그렇게 만만히 될까."

피리는 흠칫 놀라서 몸을 비틀며 원효를 노려본다.

"왜 사람을 찌르오."

"하도 어린애 같은 소리를 하길래 귀여워서 그러오."

원효는 이번에는 피리의 턱주가리를 손바닥으로 쳐든다. 피리는 원효의 손을 따라서 고개를 뒤로 젖힌다. 원효 손의 힘에 저항할 수 없음을 느낄 때 피리는 공포심이 일어났다. 무엇인지 모르게 갈수록 제 몸이 졸아들고 원효의 몸은 커져서 그 하늘에 닿은 듯한, 큰 몸이 저를 덮어 누르는 듯한 압박감을 어찌할 수 없었다.

그러나 피리는 호락호락하게 원효에게 항복하기는 싫었다. 어떻게 해서든지 톡톡히 원효의 무릎을 꿇리고 싶은 충동이 무럭무럭 일어났다. 피리는 원효의 손을 턱에서 물리치려 했다. 그러나 원효의 팔은 쇠뭉치와 같아서 피리의 힘으로는 어찌할 수 없었다.

"으응. 점잖지 못하게."

피리는 원효를 노려보았다.

"도적질을 그만두라고. 세상에 할 일이 태산 같은데 자네만 한 위인이 왜 도적놈의 졸도 노릇을 하는가. 지금이라도 도적질을 그만둔다면 내가 대접을 해 주지. 그렇지만 여전히 고치지 않으면 이번에는 크게 경을 치고야 말걸."

이렇게 말하고 원효는 피리를 바로 앉혀 주었다.

피리는 겨우 원효의 손에서 벗어나서 위엄을 갖추고 수염을 내리쓸면서 기를 펴고 잘난 체했다.

"그 큰소리 말어. 여기까지 와서야 생사가 내 손에 달렸지. 제가 어찌할 테야. 지금 무엇이 원효를 기다리고 있는지 알어? 그중 하나만 보아도 벌벌 떨 인물이 큰소리는."

"무엇이 나를 기다리고 있나, 어디 말 좀 하게."

원효는 싱글싱글 웃는다.

"먼저 창검을 빽빽이 세워 놓은 구덩이이고."

"또."

"볼기 때리고 형문 치고 주리 트는 형틀이고."

"그 다음?"

"지네와 뱀이 우글우글하는 토굴이고."

"허허, 거 참 별것이 있군. 또?"

"물이 펄펄 끓는 큰 가마."

"옳지, 사람을 삶는 거라."

"그 가마에 건방진 중이 몇 놈이나 삶겼는지 모르지."

"그러렷다. 그 담엔 또 무엇이 있나?"

"원효대사는 이름 높은 중이니까 장작더미에 올려 앉힐걸."

"그건 또 무슨 소리야?"

"중들은 불에 타기를 좋아하지 않나. 원효대사는 도가 높으니까 화장을 하면 사리(舍利)가 많이 나올 거야."

"옳지, 나를 태우고는 내 사리를 도적질한다. 하하하하."

원효가 배를 끌어안고 웃었다.

"웃긴 왜 웃어? 제 아무리 원효기로 장작더미에 올려놓고 불을 지르면 타지 별수 있나?"

피리는 원통한 듯이 입맛을 다신다.

"글쎄. 누가 타는지 보아야 알지. 하늘이 늙었으면 원효가 탈 것이고, 하늘이 아직도 제정신이면 도적의 무리가 경을 칠 것이고, 어쨌거나 가세. 자네 두목을 만나서 말을 해야지, 자네 따위 졸도와 아무리 승강이를 하기로 쓸데 있나."

원효가 먼저 일어나서 두목의 집을 향해 고개를 내려간다.

피리는 싱거운 듯이 뒤를 따른다.

"체, 세상에 뱃심 좋은 놈 다 보겠네."

피리는 원효의 귀에 들리라고 중얼거린다. 물소리와 새소리가 요란하다.

"이 좋은 경치에서 그래, 도를 닦을 생각은 못하고 도적질할 궁리들을 하다니."

원효는 피리를 돌아보고 큰소리로 외쳤다.

큰 우물이 있었다. 우물을 쌓은 돌에는 돌옷이 곱게 입혀서 여러 백 년 된 듯하다.

"어 고약한 샘이로구나, 도적질할 마음이 나게 하는 샘이 있다니."

원효가 지팡이로 우물 둑을 두들겼다. 우물 속에서 웅웅하는 소리가 일어나며 우물이 끓어올랐다.

"이 물을 먹은 중생이 마음을 고쳐서 불도에 들기까지 다시 샘을 내지 말아라."

원효가 또 한 번 지팡이 끝으로 물을 치니 불꽃이 번쩍 일고는 우물이 말라 버렸다.

피리는 어안이 벙벙해서 이 광경을 보고만 있었다.

"멀거니 섰지 말고 먼저 들어가서 내가 왔다고 알리시오."

원효는 불이 펄펄 붙은 지팡이로 피리를 가리켰다.

피리는 그 지팡이를 두려워하는 듯 몇 걸음 뒤로 물러섰다.

우물을 지나니 수십 필 준마를 매어 놓은 마구가 있고, 그리고는 높다란 대문이 있었다. 이 대문을 활짝 열어놓지 못한 것은 도적의 집인 때문이라고 원효는 생각했다. 집은 무척 오랜 집이어서 어떤 기둥은 그루가 썩은 것도 있었다.

피리가 들어간 지 얼마 않아서 협문이 열렸다.

"이리 들어오시오."

처음 보는 작자였다. 푸른 옷을 입은 것이 통인 따위인 모양이었다.

원효는 푸른 옷을 보고 호령했다.

"손을 협문으로 맞는 법이 있느냐. 대문을 열라 하여라."

원효의 소리가 고개에 쩡쩡 울렸다.

후원 별당에 감금되어 있는 요석공주와 아사가가 원효의 음성을 들었다.

"공주마마, 스님이시오!"

아사가는 이렇게 외쳤다.

"그렇구나. 스님이시로구나."

공주와 아사가는 서로 껴안고 울었다. 수상한 이 모양에 설총이 으앙 하고 울었다. 설총이 우는 소리가 원효의 귀에도 들렸다. 아사가의 오라비도 달려와서 외쳤다.

"스님이 오셨소."

"오시기는 오셨지만 이 도적의 소굴에서 스님 혼자서 어떻게 벗어나실까."

공주는 일변 반가우면서도 염려가 되었다.

"공주마마, 염려 마셔요. 스님은 비범하신 어른이시니 반드시 이기시리라고 믿습니다."

아사가는 눈물을 씻으며 이렇게 공주를 위로했다.

"그야 대사께서는 비범하신 어른이시지마는 너와 나를 내놓으라고 해서 스님이 거절하시면 필시 그놈들이 스님을 해할 것 아니냐. 지금 장작더미를 만들어 놓고 기름 가마를 끓이고 토굴에는 독사를 잡아다 넣고 그런다는데."

"그래도 스님은 하늘이 아시는 어른이시요, 불보살이 옹호하시는 어른이신데."

아사가는 이런 말로 공주보다도 자기를 위로하려 했다.

"만일 우리 두 사람 때문에 스님이 해를 받으시게 되면 아사가는 어찌할래?"

공주는 물었다.

"결단코 스님이 이기십니다."

아사가는 자신 있는 듯이 고개를 흔들었다.

"어떻게 그렇게 믿나?"

공주는 마음이 놓이지 않아 불안했다. 아사가는 어찌 답해야 좋을지 몰라 잠깐 고개를 숙였다가 공주를 보며 말했다.

"사람이 가장 이기기 어려운 것이 남녀의 정이라 하옵는데, 앙아당에서 세 날 세 밤 스님과 저와 단둘이 있었건만 스님은 터럭 끝만치도 마음이 움직이지 않으셨고, 마지막으로는 이 몸이, 이 몸이 스님께 매어달려서 아들을 하나 낳게 해 달라고 했건만 까딱 없으시고, 너는 이 불세계의 어머니가 되어라 하셨으니 이러한 어른이야말로 불에도 타지 않고 물에도 빠지지 않을 어른이 아니십니까."

또 부끄러운 듯이 고개를 숙인다.

"정말이야! 아사가, 그랬어?"

공주는 비로소 모든 의혹이 풀리는 듯이 웃는 낯으로 아사가를 보았다. 까치와 까마귀가 몹시 지저귀었다.

   &#10047;  &#10047;  &#10047;

대문이 열리자 원효는 대문으로 들어갔다.

과연 넓은 뜰에는 수십 명의 군사가 창검을 빼어들고 늘어섰다. 원효는 지팡이를 끌고 군사들의 창검 틈으로 뚜벅뚜벅 걸었다. 지팡이 끝에서는 아직도 불길이 펄펄 일고 연기가 났다. 그 연기에 군사들은 눈을 감았다.

바람이 남색 전복 도홍띠, 금파 갓끈에 호피로 싼 칼을 넌지시 차고 계단 아래 내려와 원효를 맞았다. 허연 수염을 늘이고 불그스레한 얼굴에는 웃음을 띠어서 아주 점잖은 장군이었다. 다만 두 눈에 붉은 기운이 있었다. 살기다. 결코 우락부락한 무장의 모습은 아니요 귀인다웠다.

'이 사람은 무엇에 쓸데가 있을까 보자.'

원효는 이렇게 속으로 생각했다. 피리는 바람의 곁에 세우니 빛이 없었다.

"대사께서 먼 길에 이런 누추한 벽지에 왕림하시니 산천이 다 빛을 발하오."

바람은 이렇게 첫인사를 했다.

"이 좋은 산천이 도인의 도량이 되지 못하고 도적의 소굴이 된 것을 유감으로 여겼더니 이제 장군을 대하니 저 좋은 풍신이 나라에 충성된 명장이 되지 못하고 도적의 두목이 된 것이 더 가여운 일이오."

바람은 마루에 한 발을 올렸다가 다시 내려놓으며 원효를 노려보았다.

"여보시오. 그러기로 초면에 남의 집에 와서 그런 말씀이 어디 있단 말이오?"

원효도 마루에 올려놓은 발을 다시 내려놓으며 정색했다.

"내 스승, 석가여래께서는 도적질 말라, 거짓말 말라, 가르치셨소. 내가 어찌 거짓말을 하겠소."

"그래도 예라는 것이 있지 않소?"

바람은 한 번 더 항의했다.

"마음이 곧으면 곧 부처(直心是佛)라 하였으니 곧은 것이 예요."

바람이 곧 웃는 낮을 지으며 탄복하는 빛을 보였다.

"대사는 과연 도인이시오. 마음이 곧으면 곧 부처라."

그러나 그의 떨리는 입술은 분한 마음을 감추지 못했다. 바람은 평생에 이렇게 귀에 거슬리는 소리를 들어본 일이 없었다. 그러면서도 웃는 낯을 짓고 주인의 체면을 보전하는 것은 한 단체의 수장을 오래한 때문이었다.

대청에는 정면에 거울이 놓이고 동서로 주객의 자리가 베풀어 있었다.

"대사, 앉으시오."

바람이 비단 방석을 가리켰다. 국법에 서민은 비단옷을 못 입게 되어 있었다. 하물며 비단 방석이랴. 도적의 무리는 국법 밖에 있는 것이다.

"중이 어찌 비단 방석을 깔겠소?"

원효가 방석을 밀어놓고 마룻바닥에 앉는다.

"미인의 무릎은 깔면서 비단 방석을 못 깔 것은 무엇이오?"

바람이 웃었다.

"맞소."

원효가 무안한 듯이 고개를 숙였다.

"그러니 파계승이 된 것이오."

낮은 자리에 앉았던 피리는 모든 원수를 다 갚았다는 듯이 빙그레 웃으며 빈정대었다.

"원효대사도 항복할 때가 있구려."

"옛말에 사람만 보고 말을 가려들으면 아니 된다 하였으니, 비록 도적의 말이라도 옳은 말에야 항복하지 않을 수 있소?"

원효는 대답하며 한번 지은 허물이 그림자 모양으로 어디까지나 따라와서 몸의 빛을 가리고 힘을 줄인다는 것을 새삼스럽게 느꼈다.

한참만에 차가 나왔다. 자주 옷을 입은 어여쁜 여자 종 둘이 주선하고 있었다. 찻잔은 푸른빛 나는 금오산 옥이었다. 원효는 권하는 대로 차를 마셨다.

"대단히 좋은 차요."

원효는 잔을 놓으면서 치사했다. 곶감과 생밤이 놓여 있었다. 여종이 집어 권하는 대로 원효는 하나씩 받아먹었다.

"예가 도적의 소굴인 줄 아시는 바에 우리가 대접하는 음식을 그렇게 마음 놓고 자시오?"

원효는 손에 묻은 곶감 가루를 혀로 핥았다.

"불제자를 한번 공양하는 공덕으로 지옥고를 면한다 하오. 죄 많은 중생이 모처럼 받드는 공양을 물리칠 수가 있소?"

그리고 입술에 묻은 곶감 가루까지 혀로 핥았다.

"그러다가 독약이 들었으면 어찌하오?"

바람의 얼굴에서는 빈정거리는 빛이 사라졌다.

"보살이 중생을 대할 때는 극히 사랑하는 외아들을 대하듯 하라 했소. 사랑하는 아들이 받드는 공양을 내 어찌 의심할 수 있겠소."

"대사를 이곳으로 유인한 것은 대사를 죽이고 대사의 처첩을 빼앗으려 하는 것이거늘, 그래도 마음을 놓고 무슨 음식이나 자시겠소?"

바람이 시치미떼고 말했다.

"보살은 중생을 의심하지 않거니와 설사 중생이 독약을 받들더라도 그 독이 보살을 상하게 하지 못하오."

"그 항아리 내오너라."

바람이 여종에게 명했다. 두 여종이 각각 항아리 하나씩을 들고 나왔다.

"대사, 이 항아리를 보시오."

바람이 항아리 속에서 사람의 귀 하나를 젓가락으로 집어서 꺼냈다.

"이것은 말 안 듣는 놈들의 귀요. 이 중에는 중의 귀도 여럿이 있소. 아마 원효대사도 내 말을 안 들으시면 그 큼직한 귀는 이 항아리에 담길 것이오."

바람이 젓가락에 집힌 귀를 보며 웃었다. 피리가 옆에서 좋아라 하고 따라서 웃었다.

원효는 바람과 피리의 귀를 둘러보더니 쯧쯧 혀를 찼다.

"보살의 옳은 가르침을 안 듣는 귀는 어찌할까. 귓바퀴를 베어서 젓을 담그는 것쯤은 가벼운 일일걸. 세세생생에 귀 없는 귀신이 되고 귀 없는 짐승이 되다가, 무한히 고통을 치르고 나서 사람의 몸을 타고나더라도 귀 없는 사람이 될걸."

바람과 피리는 깜짝 놀란 듯이 눈을 둥글게 뜨고 귀를 쫑긋했다. 바람의 손에 들었던 귀가 항아리에 도로 떨어졌다.

"글쎄, 그건 지내보아야 하겠고."

바람이 기운을 되살려 둘째 항아리에서 사람의 입술을 도려낸 것을 젓가락으로 집어 들었다.

"이것이 무엇인지 아시오? 이것은 거짓말하거나 우리 일을 관가에 일러바친 자들의 입이오. 아마 원효대사의 입도 이 항아리에 들어갈는지 모르겠소. 염라대왕은 피할 수 있어도 우리 손은 피할 수 없을 것이오. 천리만리를 도망가더라도 그 입은 찾고야 말 거야. 이 중에는 허황한 소리를 해서 혹세무민하는 중의 입도 많이 있소. 이것은 어떻게 생각하시오."

원효가 빙그레 웃었다.

"입으로 짓는 죄가 네 가지라 하오. 남의 마음을 어지럽게 하는 헛된 말, 사람 사이에 이간질해 싸움을 붙이는 말, 남에게 하는 악한 말, 교묘하게 잘 꾸며대는 말이오. 입으로 지은 죄가 가벼우면 입술이 검푸르고 이빨이 가지런하지 못하고 입에서 구린내가 나지만, 무거우면 말의 소리가 분명치 못하고 음식 맛을 몰라 아무리 좋은 것을 먹어도 입맛이 없고, 만일 더 무거우면 벙어리가 되고, 더 무거우면 지옥도, 아귀도, 축생도에 떨어지는 업보를 받소. 그러나 입으로 짓는 죄 중에 가장 중하고 무서운 것은 인과를 없다 하고 불도를 훼방하는 것이오. 그러한 입을 도려 내어서 젓이나 담그는 것은 참으로 가벼운 일이오. 당신네 입도 똥을 먹는 개 입이 되었더라면 다행이었을 것을 하고 원통하게 뉘우칠 날이 오지 않게 하시오."

바람은 원효의 이 말에 낯빛이 파랗게 질리고 손이 떨려서 들었던 젓가락을 떨어뜨렸다. 피리는 일어나 벽에 걸린 검을 내려서 서리 같은 날을 빼어들었다.

"아서, 아서."

바람은 다시 태연한 태도로 바꾸며 손을 들어서 피리를 말렸다. 피리는 원효를 한 번 노려보고 칼을 집에 도로 꽂으며 말했다.

"원효의 모가지에는 칼이 안 들어갈까."

"그 칼로 원효의 목이 베어질까."

원효가 우스운 듯이 웃었다.

피리는 반쯤 칼집에 꽂았던 칼을 다시 빼어들더니 원효를 향하고 칼을 내리쳤다. 그러나 어느덧 피리의 팔목이 원효의 손에 잡히고 칼은 벌써 원효의 손에 들렸다.

"맨손으로 앉은 사람을 그렇게 불의에 치는 법이 어디있나."

원효는 피리의 팔목을 놓으며 칼을 피리에게 돌려 주었다.

"사내답지 못하게."

바람이 피리를 책망한다.

"칼을 걸라니까."

피리는 원효에게서 칼을 받아 들고 쩔쩔매었다. 또 한 번 원효를 친댔자 또 한 번 망신 당할 뿐일 것 같았다. 그는 분함과 부끄러움으로 벌벌 떨었다.

원효는 피리에게 칼을 돌려주면서 슬쩍 바람을 겨누어 보았으나 바람은 눈도 깜짝하지 않았다. 바람은 피리에 비길 인물은 아니라고 원효는 생각했다.

피리는 칼을 집에 꽂아서 벽에 걸었다. 피리도 스스로 칼 쓰기로는 누구에게도 지지 않는다고 자신했던 것이다. 그런데 만만하게 보았던 원효에게 패할 줄이야, 원통했다. 정말 원효의 곁에는 눈에 안 보이는 금강역사가 호위하고 있는 것일까? 천 년도 더 묵었다는 우물이 단박에 끓어오르고 불길이 나고 말라 버리는 것도 놀라웠으나 그것은 요술이라고 생각했다. 그러나 피리가 전력을 다해서 내리치는 칼을 원효가 맨손으로 막아내는 것은—막아낼 뿐 아니라 언제 빼앗긴 줄 모르게 제 손에 들렸던 칼이 원효의 손에 옮아간 것은 사람이 부린 재주같지 않았다.

칼이 원효의 손에 건너간 것을 보았을 때 피리는 정신이 아뜩해서 두 손으로 제 목을 가렸다. 원효의 손에 들린 칼이 반드시 제 목을 떨굴 것 같았기 때문이다. 그러나 원효가 잡았던 팔목을 놓고, 또 칼을 도로 줄 때는 피리는 목이 떨어지는 것보다도 더 무서웠다. 어찌하면 그렇게 태연할 수 있을까. 그러한 뱃심이 어찌하면 생길까. 피리는 어리둥절했다.

바람은 다시 차를 내오라고 명했다. 뜻밖의 큰 풍파에 한편 구석에 떨고 섰던 여종들이 다시 김 오르는 차를 내왔다. 이번에는 곶감에 더해서 차와 곁들여 먹으라고 깨다식, 송화다식을 내왔다. 더욱 독약인가 의심하게 하자는 것이다. 그뿐 아니라 바람은 손수 봉지 하나를 펴서 원효의 차에 하얀 가루를 탔다.

"비상 가루요. 먹고 죽지만 않으면 보약이 된다 하오."

원효는 여전히 덤덤하게 그 차를 들이마셨다.

바람은 그것을 보고 한 번 길게 한숨을 쉬었다. 그는 중도 여러 사람 시험했으나, 이렇게 태연한 사람은 처음 보았다. 바람은 속으로 은근히 존경심이 일어났다.

'나로서는 못 당할 사람이다.'

그러나 바람은 얼른 그 생각을 지워 버렸다. 그것은 너무나 자신을 짓밟는 것 같았다. 스스로 왕과 같은 자존심을 가지고 육십 평생을 살아온 그다. 벽력이 머리에 떨어져도 까딱 않는다고 자신할만한 수련도 했다. 백 번, 천 번 연단한 그 몸과 마음은 무엇에나 흔들리지 않으리라는 자신도 있었다. 그러한 자신을 하루아침에 버리기는 어려운 일이었다. 하물며 바람에게는 요석공주와 아사가를 제 것으로 만들겠다는 목적이 있었다.

'유부녀를 범하지 말라.'

도적 나라의 법을 바람 자신이 범할 수는 없었다.

비록 도적들이지만 그들에게도 신앙하는 신이 있다. 그것은 아신, 또는 앙아신이었다. 아신은 천지창조 전의 허공신이다. 아신은 어둠의 신이다. 허공이건만 그 속에서는 만물이 다 나올 수 있다. 아신의 성격이 도적의 욕심에 맞는 것이었다. 도적이 앙아신을 신앙하는 것은 그 밖에도 이유가 있었다. 허공은 칼로 벨 수 없고 불로 태울 수 없다는 것이다. 도적들이 칼에도 안 상하고 불에도 타지 않기를 바라는 것이다.

옛날에 어떤 방아 도인이 도적에게 앙아신의 계명을 주었다. 만일 이 계명을 범하면 반드시 앙아신이 큰 벌을 내려서 앙아신의 사자인 범에게 먹힌다는 것이다. 피리가 원효에게 설명한 것이 이 법이다.

그러므로 요석공주와 아사가를 제 것으로 만들려면 원효가 허락하거나 그렇지 않으면 원효가 죽어서 요석공주와 아사가가 과부가 되어야 한다. 그들은 아사가가 원효의 애첩인 줄 알았던 것이다. 그러므로 원효의 허락, 처첩을 바람에게 준다는 허락을 받거나, 그렇지 않으면 원효를 죽여 버려야 하는 것이다.

바람이 요석공주를 처음 본 것은 공주가 원효를 찾아가는 길에 낙동강 나루를 건널 때였다. 평생을 산속에 있어서 귀한 집 여자를 대할 길이 없던 사람, 나이 이미 육십이 되어서 앞날이 얼마 남지 않았다는 적막감이 있는 바람에게 요석공주의 아름다움은 견딜 수 없는 매력이었다. 공주는 이미 삼십이 넘었건만 그 필대로 핀 모양이 더욱 바람의 마음을 끌었다

'어떻게 해서라도 저 여자를 내 것으로 만들리라.'

낙동강의 흐르는 물을 보고 바람은 이렇게 맹세했다.

그가 공주인 것과 원효의 아내인 것은 곧 알 수 있었다. 그때에도 바람은 피리와 동행이었다.

"여보. 내가 마음을 진정할 수 없소."

바람이 피리에게 말했다. 기실은 피리도 공주에게 반해 있었다. 어느 남자나 요석공주의 아름다움을 보면 정히 황홀하지만, 생활력이

왕성하기가 맹수와 같고 또 제가 하고자 하는 일이면 목숨을 내걸고 라도 하고야 마는 그들은 일어나는 욕심을 억제해 본 일이 없었다.

"공주요."

피리는 바람에게 말했다.

"공주면 안 될 것 있나. 공주니까 더 탐이 나는구나."

바람은 상긋한 여름옷을 입은 공주가 눈에 박혀서 떨어지지 않았다.

"어떡허실려고요?"

피리는 이렇게 물었다.

"계교를 내어보시오. 어떻게 해서라도 공주가 내 집 안방에 들어 올 계교를 써 주시오."

바람은 이렇게 피리에게 명했다.

피리에게 이것은 괴로운 일이었다. 피리는 바람과 더불어 공주를 다툴 수는 없는 까닭이었다. 피리는 제 마음에 드는 여자를 바람의 것으로 만들기 위해 애를 써야만 했다. 싱겁고도 기막힌 일이다. 그러나 바람의 신하가 된 피리로서는 어찌할 수 없는 일이었다.

"글세요. 이 일에는 두 가지 어려움이 있소."

피리가 바람에게 말했다.

"무엇인가?"

"첫째로는 공주를 건드리면 관군의 토벌을 받을 것이오."

"또 한 가지는?"

"둘째로는 요석공주가 원효의 아내니까 유부녀를 건드리면 천벌을 받을 것이오."

　피리는 될 수 있으면 바람이 단념해주기를 원하며 바라보았다. 바
람도 고개를 끄덕였다. 피리는 이 기회를 타서 단념을 시키려고 더
욱 어려운 까닭을 말했다.

　"관군은 피할 수가 있다 하더라도 천벌은 피할 수가 있소?"

　바람은 또 고개를 끄덕였다.

　바람도 본래부터 도적은 아니었다. 그야말로 진평왕의 외아들이
었다. 진평왕이 늙도록 아들이 없고 오직 딸(선덕여왕)뿐이었다. 그런
데 바람은 진평왕과 농부 가람의 딸 나나의 사이에 난 아들이었다.

　때는 첫가을. 진평왕이 신하 몇을 거느리고 토함산 동쪽 기슭에서
사냥을 했다. 왕은 백마를 타고 흰 수염을 바람에 나부끼면서 사슴
한 쌍을 따라 달렸다. 사슴은 살과 창에 몰려서 바다 쪽으로 향하고
달렸다.

　왕의 말이 어떤 시냇가에 다다랐을 때 삼을 벗겨서 물에 씻고 있는
처녀를 만났다. 그는 굵은 베옷을 입고 발을 벗은 마을 처녀였으나
얼굴과 몸의 아름다움이 왕의 마음을 끌었다.

　나나는 왕이 가까이 오는 것을 보고 걷었던 소매를 내리고 땅바닥
에 왼편 무릎을 꿇고 고개를 고부숙하게 숙였다. 왕은 따라온 신하
에게 명해 그 처녀의 집이 어딘가를 묻고, 그 집으로 인도하라 전하
게 했다. 이 말을 들은 나나는 잠깐 눈을 들어 왕을 우러러보았다.

　'저 눈!'

왕은 속으로 결심했다. 슬픈 듯 부끄러운 듯한 그 눈이 왕의 마음을 뒤흔든 것이다.

왕은 열정가였지만 나나를 사랑한 것은 열정만으로는 아니었다. 아들이 없음을 한탄해서, 혹시나 나나의 몸에서 아들이 나지 않을까 하는 희망도 가졌다.

처녀는 물에 씻던 삼을 천천히 짜고 있었다.

"상감마마 분부신데 언제까지 그런 일을 하고 있느냐. 내버려 두고 앞서라."

왕의 근신이 재촉하는 말에 처녀는 서슴지 않고 답했다.

"방아님 주신 삼, 나라님께 바칠 삼이온데."

처녀는 삼을 다 짜서 함지박에 담아 이고 앞장 섰다. 왕은 나나의 하는 말과 하는 양을 보고 더욱 그리운 마음을 누를 수 없었다.

처녀의 집은 산기슭 시냇가에 있었다. 왕이 오는 것을 보고 나나의 아버지 가람은 황망하여 그 아내와 아들들과 더불어 뜰을 쓸고 방을 치우고 새 옷을 갈아입었다.

"상감마마 듭실 자리가 못 되어 황송하오."

가람은 말 앞에 무릎을 꿇었다.

왕은 그날 밤을 가람의 집에서 묵었다. 나나는 몸을 씻고 머리를 감고 새 옷을 입고 왕의 자리에 들었다. 그러나 나나의 얼굴에는 수심이 있고 기쁜 빛이 없었다. 왕은 그것이 슬펐다.

"나나야."

"예."

"나는 너를 만나서 이렇게 기쁜데 너는 어찌 기뻐하지 않느냐."

"황송하오."

나나는 고개를 푹 수그렸다.

"네 마음에 정 들인 다른 남자가 있느냐?"

"산간에서 자라 외간 남자를 대한 일이 없사오니 어찌 정들인 남자가 있사오리까."

"그러면 이 몸이 늙어서 네가 기뻐하지 않느냐."

왕은 당신의 백발을 생각하시면 처량하고 슬펐다. 저런 젊은 처녀를 젊은 총각이 아닌 늙은이가 안는 것은 죄스러운 일인 것 같았다.

나나는 수그린 얼굴에서 눈물을 떨구었다. 그 눈물을 감추려고 나나는 얼른 소매로 낯을 가렸다.

"나나야. 바로 말해라. 두려워 말고 네 속에 있는 대로 말해라. 이 몸이 임금이 되어서 죄 없는 백성의 뜻을 빼앗겠느냐. 나나야, 네 눈물을 보니 이 몸이 슬퍼진다. 그러지 말고 네 속을 말하거라."

왕의 말은 은근했다. 나라의 주인이면서도 한 계집애의 마음을 어찌할 수 없음을 느꼈다.

"무엄하게 눈물을 보시게 하여 죽을죄를 지었나이다. 천한 몸이 지존을 모시오니 한 시각을 우러러만 뵈어도 황송하고 감격스러운 일이거늘, 하물며 그처럼 어여삐 여기시오니 천은이 망극하여 몸 둘 바를 모르겠나이다. 그러하오나 지존을 모시옵기도 이 밤뿐일 것을 생각하오니 자연 눈물이 솟나이다."

나나의 대답은 왕을 놀라게 했다. 산간 초부의 자식이 이럴 수 있을까. 법흥왕, 진흥왕, 두 성왕이 나라를 잘 다스려 백성이 신명과 불보살을 신앙하고 글을 잘 배운 것이다. 자신이 즉위 이래로 선왕의 뜻을 이어 문화의 발달에 힘을 쓴 보람도 있다고 내심 만족했다.

그러나 "모시옵기도 이 밤뿐일 것을" 하는 나나의 말에는 왕도 마음이 찔리지 않을 수 없었다. 옛날 같으면야 임금으로서는 후궁을 몇 사람 두어도 좋았으나 법흥왕 이래로 불도를 숭상하여 그러기가 어려웠다. 나나를 사랑하더라도 궁중으로 불러들이기는 어려운 일이었다. 양심대로 말하면 왕은 나나의 방에서 나오는 것이 옳았으나 왕의 정욕은 그러하기를 허하지 않았다.

"하룻밤만이 될 리가 있느냐, 네가 아들을 낳으면 태자를 삼으리라."

왕은 이렇게 약속했다

"황송하오나 무슨 표적을 주시옵소서."

왕은 선뜻 일어나 벽에 걸었던 검을 내려 나나에게 주었다. 오동나무 집에 금으로 박꽃과 박을 아로새긴 보검이었다.

"이것은 이 몸이 평생 몸에 지니던 보검이다. 이것을 신표로 주마."

왕이 손수 주는 검을 나나는 꿇어앉아 받아서 제 머리 위에 받들었다가 날을 빼어서 촛불에 비추어 보았다. 거울과 같이 맑은 날! 나나는 칼을 다시 꽂아서 벽에 걸고 몸을 허락했다.

"상감마마. 이 몸이 세세생생에 상감마마를 모시오리다."

그날 밤, 왕의 즐거움은 비길 데가 없었다. 나라의 절반을 떼어 주어도 아깝지 않을 것 같았다.

첫가을 밤은 길지 않았다. 왕이 눈을 붙일 사이도 없이 닭이 울었다. 이튿날 아침에 왕은 나나의 집을 떠났다. 어떻게 해서라도 나나를 궁중으로 맞아들이리라는 약속을 한 후였다. 이리하여 바람이 태어난 것이다. 그는 분명히 진평왕의 아들이었다. 그러나 왕으로부터는 다시 소식이 없었다. 나나는 혼자서 바람을 길렀다.

진평왕이 세상을 떠나고 선덕여왕이 즉위했다. 나나는 바람에게 일절 그가 임금의 아들이라는 말을 하지 않고, 네 아버지는 어떤 사냥꾼이었다고만 일러 왔었다. 그러다가 진평왕이 승하했다는 소식을 들은 날 밤, 나나는 바람을 불러서 왕이 신표로 주신 칼을 보이고 사실을 말했다.

그리고는 그날 밤 시를 적어 놓고 나나는 왕의 칼로 목을 찌르고 죽었다.


임이 주신 칼로 이 목숨을 끊어
생전에 못 모신 임을 혼이 되어 따르리다.


바람은 죽은 어머니를 장사지내고 그 보검을 싸서 지고 서울로 올라갔다. 그때는 벌써 선덕여왕이 등극했다.

바람은 평생에 아버지를 모르고 자랐다. 아버지가 누구인지 안 때는 그 아버지는 벌써 이 세상 사람이 아닐뿐더러 어머니의 원수요, 자기의 원수인 것 같았다. 피를 받은 아버지를 원수라고 생각하지 않을 수 없는 바람의 슬픔은 비길 데가 없었다.

바람은 아버지를 원망하고 대궐을 저주하고, 그리고 도적의 굴로 들어갔다. 그런 지가 벌써 3십 년 가까이 되었다. 그동안 그는 신라의 왕이 될 몸으로서 도적 나라의 왕이 된 것이다.

바람은 아직 한 번도 제 내력을 누구에게 말한 일이 없었다. 생전에 제 몸의 비밀을 들어줄 사람이 없으리라고 생각하고 있었다. 신라의 도적이 지금처럼 잘 통일이 된 것은 바람이 장군이 된 이후였다. 그는 통솔력이 뛰어났다. 그는 불교 하나를 빼놓고 모든 수련을 다 해보았다. 칼쓰기, 활쏘기, 머시기, 거시기, 하지 않은 수련이 없었다. 그는 도덕경, 남화경을 좋아했고 열자, 손자도 애독했다. 양생술을 연구해서 호흡, 명상 등 불로장생법도 수련했다. 그의 낡은 몸을 건강하게 하고 식욕과 색욕을 마음껏 채우고, 미운 놈은 철저히 응징하고, 제가 하고 싶은 일을 끝까지 하는 것이었다. 그에게는 부귀공명 욕심도 없었다. 처음 얼마 동안은 제가 임금의 지위를 찾을까 하는 야심도 있었으나 차차 그것도 다 귀찮아졌다.

그는 늙는 것이 싫었다. 그러나 백발이 왔다. 그는 아버지 진평왕처럼 수염이 나고 또 늙기도 전에 머리가 세었다. 아무리 양생법을 해도 나이 오십 고개를 넘으면 모든 것이 쇠하는 것을 어찌할 수 없었다. 몸과 마음이 편안하고 고요한 상태에 있는 시간이 줄고 모든 기운이 줄었다. 오직 줄지 않고 갈수록 왕성한 것은 정욕이었다.

요석공주와 아사가가 이러한 때에 눈에 뜨인 것이다. 어떤 짓을 해서라도 이 두 여인은 제 품에 넣고 싶었다. 지난 반년간 바람이 궁리한 것은 오직 이 일뿐이었다.

"관군은 피할 수가 있더라도 천벌이야 피할 수가 있소?"

피리의 이 말은 바람을 괴롭게 했다.

바람은 허공신을 믿고 일월신을 믿었다. 허공신은 바람이 되어서 언제나 제 몸을 살폈다. 숨이 되어 몸속으로 들락날락하여 뱃속까지도 살폈다. 낮에는 해가 되고 밤에는 달과 별이 되어서 이 몸을 살폈다. 모기와 파리도 허공신의 사자요 화신이었다. 신의 눈이 안 비치는 데가 없고 그 손이 안 가는 데가 없었다. 바람은 이것을 믿었다.

바람은 사람이 하는 일이면 모든 힘에 반항하고 싶었고, 또 반항할 수도 있을 것 같았으나 신에게만은 반항할 수 없음을 갈수록 느꼈다. 그는 그의 머리와 수염에 센 터럭이 나고 모든 기력이 쇠하는 것을 볼 때 허공신의 법이 이토록 엄하고 힘 있어서 도저히 사람의 힘으로는 한 치 한 푼도 어기지 못하고 반항할 수 없음을 믿는다.

'제 마음에 하고 싶은 일은 못하는 것이 없어도 신의 뜻만은 거스를 수 없다.'

이것이 바람의 슬픔이요 단념이요, 또 신념이었다.

실상 바람에게는 하나도 어려운 일이 없는 것 같았다. 그의 부하들은 그를 신 같이 알았다. 허공신이 산신과 용신을 보내어서 언제나 그를 옹호하기 때문에 그의 몸에는 화살도 통하지 않고 칼도 통하지 않는다고 믿었다. 그가 명령을 내려서 일찍 그대로 안 된 일이 없었다. 게다가 그는 부하에게 엄한 대신에 인정은 깊었다. 도적질한 재물은 저 쓸 것 이외에는 갖지 않고 다 부하에게 나눠주고, 남는 것은 가난한 사람, 불쌍한 사람에게 주었다.

그가 누구를 구제할 때는 구제받는 자가 모르게 했다. 누가 밥을 굶는다 하면 밤에 몰래 그 집에 양식을 던졌고, 어느 동네가 기근으로 곤경에 빠졌다면 그는 밤중에 몇십 석의 쌀을 동네 앞에 갖다 놓고 소리를 지르게 했다.

"골고루 나눠 먹어라. 앙웅."

앙웅이란 허공신의 아들이다. 그러나 사람들은 이것이 바람이 한 일인 줄 안다.

질병이 많은 동네가 있으면 바람은 의원과 약을 보낸다. 지나가던 의원인 양 며칠이고 머물며 환자를 치료하고 떠난다. 만일 백성의 원망을 듣는 자가 있으면 밤중에 꿩의 깃을 단 화살을 그 집에 날린다.

"푸르르."

화살이 집안에 꽂혀있으면 그 집 식구는 벌벌 떤다.

그래도 그 사람이 속죄하는 일을 하지 않으면, 가령 재물을 빼앗은 자가 빼앗은 재물을 돌려보내지 않으면 또 살 한 개를 날린다. 살 두 개가 들어오면 대개는 속죄한다. 그래도 듣지 않고 있으면 반드시 그 집에 불을 놓거나 죄의 경중을 따라서 식구 중 하나 혹은 둘이 언제 죽는지 모르게 죽는다. 이러한 경우 그 집의 재물은 몽땅 빼앗아 온다. 이렇게 빼앗아온 재물은 부하에게 나눈다. 만일 화살 둘을 받고 집을 떠나 다른 데로 피한다 하더라도 그것은 부질없는 일이다. 설사 서울에 들어가서 군사들에게 보호를 받는다 하더라도 바람의 벌을 면할 수 없었다.

그의 특색은 일을 저지른 자의 집 벽이나, 혹은 문에 먹으로 동그라미 하나를 그려 놓는 것이다. 이것이 허공신의 기호다.

"내가 누구인 줄 알려거든 효 스님에게 물어라."라는 것도 검은 동그라미 속에 씌인 글발이었다. 대개는 그 동그라미 속에 죄목을 적어 놓았다.

바람은 사람을 죽일 때 잔인하게 죽이는 것을 꺼리지 않았다. 죽은 뒤에도 생명이 있는 것을 믿지 않는 바람은, 제가 악인이라고 생각하는 사람을 벌할 때는 그가 목숨이 끊어지기까지 제가 남에게 준 것만 한 아픔과 괴로움을 당하게 하는 것이 공평하다고 믿었다. 또 그것이 다른 사람에게 경계가 된다고 믿었다. 그러기 위해서 산속으로 잡아 올리기도 했다.

바람은 이것이 죄라고 생각하지 않았다. 이리하는 것은 '하늘을 대신하여 길을 여는(替天行道)' 것이라고 믿었다. 이리함으로 그가 마땅히 되었어야 할 임금의 일을 하는 것이라고 생각했다.

어떤 자는 잡혀 와서 바람에게 인의를 설했다. 그러면 바람은 손가락으로 벽 위를 가리켰다. 거기에는 편액이 붙어 있었다.

"큰 도는 없어지지 않는다(大道不廢)."

이것은 노자의 "큰 도가 없어지니 인의가 생겼다(大道廢而有仁義)."라는 말을 뒤집은 것이다. "대도가 폐할 리가 있나. 너희가 말하는 인의는 너희에게 편하게 만든 것이지 천지의 대도는 아니다."라고 꾸짖었다. 중을 잡아오면 "이놈들, 밭도 안 갈고 베도 안 짜면서 높다란 누각에서 호의호식하니 멀쩡한 도적놈이 아니냐." 하고 도리어 족쳤다. 선비나 중이나 무릇 놀고먹는 자를 잡아오면 바람은 이 모양으로 시험을 해서, 별로 취할 점이 없으면 세상에 하나 쓸데없는 놈들이라며 힘든 일을 시키거나 죽여버리곤 했다.

"이놈들아, 마소는 짐을 나르고 개는 집을 보고 고양이는 쥐를 잡는다. 돼지면 잡아먹기라도 하지. 너희 같은 놈들은 아무짝에 쓸데없고 양식과 옷감만 축을 내니 죽어 마땅하다."

이 판결에 능히 대답하는 중이나 선비가 드물었다.

한번은 대안대사가 붙들려온 일이 있었다. 바람은 으레 그랬듯이 멀쩡한 도적놈이라고 을렀다. 이를 본 대안대사가 웃었다.

"핫하핫하핫."

"왜 웃어?"

바람이 분노했다.

"내 무엇을 도적하겠노? 내어버리는 누더기를 입고, 뜨물 찌끼를 먹고, 굴속에서 사니 내 무엇을 도적하겠노?"

대안대사의 이 대답에 바람은 일어나 절했다. 절을 받은 대안대사가 거꾸로 서서 다리를 허공에 버둥버둥했다.

"대사, 그것은 무어라는 것이오?"

바람이 공손하게 물었다.

"값없이 받는 자네 절이 빚이 될까 보아서 도루 돌리는 것일세."

바람은 기가 막혀서 어안이 벙벙했다.

"도란 무엇이오?"

바람은 대안에게 도를 물었다. 대안은 물끄러미 바람을 바라보더니, "이크!" 하고 두 손으로 머리를 싸고 달아났다. 부하가 그를 잡으려 하는 것을 바람은 말리며 탄복했다.

"참으로 도인이다."

그러나 대안이 달아난 뜻이 무엇인지를 바람은 몰랐다. 또 그리 깊이 알려고도 하지 않았다.

이번 원효를 유인해 올 때에도 바람은 일종의 호기심을 가지고 있었다. 원효 하나쯤 껍질을 벗기거나 사지를 자르거나 또 끓는 물에 튀기거나 힘드는 일이 아니었다. 행동거지를 내기 전에 원효를 이리저리 시험하면서 재미있는 소일거리를 삼자는 것이었다.

그런데 바람이 보기에 원효는 제가 다루기에는 숨이 벅차는 것 같았다. 바람은 이 때문에 약간 초조했다. 바람은 원효에게 더 눌리기 전에 요석공주 일을 해결해야 한다고 생각했다.

"보아하니 대사는 선선한 대장부시니, 에둘러 말할 것 없이 똑바로 말하겠소."

바람은 이렇게 화두를 돌렸다.

"무슨 말이오? 해보시오."

원효는 입술에 묻은 곶감 가루를 다 핥아 먹고 입맛을 다시었다.

"무슨 말인지 들어 볼 테니 나에게 감을 좀 더 주시오. 그 감이 정말 맛이 좋소."

"얘, 곶감 더 내다 드려라."

바람은 이렇게 시녀에게 명했다.

"그래 무슨 말이오?"

이번에는 원효가 재촉했다. 바람이 한다는 말도 재미있을 것 같았다.

"말씀 안 해도 짐작하실 것 같소마는 요석공주와 아사가를 나에게 주시오."

바람은 이렇게 말을 끊었다.

"거 못하겠는데."

원효는 서슴지 않고 거절했다. 바람의 낯색이 별안간 변했다.

얼마 후에야 바람이 입을 열었다.

"어째서 못한단 말이오?"

"내가 금생을 최후생으로 하려다가 성불하기를 물리고까지 세세생생에 부부가 되자 하고 맺은 언약을 변할 수가 있나? 거 안 될 말이지. 그렇지 않소?"

"안 돼요?"

254

"안 되지."

원효는 새로 나온 감을 집어서 맛나게 먹는다.

"대사가 죽으면 과부가 되지?"

바람은 물었다.

"남편이 죽으면 과부지."

원효는 감 씨를 뱉는다.

"그러면 내가 원효를 죽여볼까?"

바람은 빙그레 웃는다. 그 웃음에 무서운 의지력이 보였다. 전신이 비틀리는 것과 같았다. 바람의 속에 있던 살벌하고 잔인한 기운이 꿈틀거리는 것이다.

"이녁이 나를 죽이더라도 공주와 아사가는 이녁의 것은 안 될걸."

원효는 또 감 한 개를 들었다.

"어째서?"

바람은 눈을 흡떠서 원효를 노렸다.

"손이 안 닿으니까."

원효는 일변 감을 씹고 일변 씨를 뱉어서 손에 모은다. 피리는 원효가 저 감 씨로 또 무슨 무서운 조화를 부리지나 않나 하고 겁을 집어먹는다.

"손이 안 닿아?"

바람은 고개를 쑥 뽑고 몸을 뒤로 젖힌다.

"안 닿지."

"어째서?"

"한편은 너무 높고, 한편은 너무 낮으니까."

"누가 높고, 누가 낮단 말이야?"

바람의 목소리가 커진다.

"공주와 아가사는 하늘 위에 있고 이녁은 저 지옥 밑에 있는 아귀
니까. 공주나 아사가의 발 앞에 꿇어 엎디어 살려줍소서 하고 빌어
야지. 필경은 그렇게 될 거야. 공주와 아사가의 무량한 자비심이 지
금도 가련한 탐욕중생 바람을 불 속에 뛰어들려는 어린 자식 모양으
로 불쌍히 여길 터이니까. 옆에 저를 건져내려는 은인이 있는 줄을
모르고 되지도 않을 악한 계략을 생각하고 있으니 가련한 일이지.

이녁은 나를 유인한 줄로 아는 모양이오마는 내가 이녁에게 유인
받을 사람인가. 지옥에 들어가는 도적의 무리를 건지러 온 불보살의
사자인 줄을 알아야 해."

원효의 말이 끝나자 바람이 호령했다.

"여봐라. 그 기름 가마가 끓느냐! 이 허황한 소리 하는 중놈을 기
름 가마에 통으로 삶아라. 뼈다귀가 물씬물씬하도록 삶아라. 세상에
흰소리, 거짓말하는 놈이 많아서 백성들이 정신을 차릴 수가 없구
나. 끓는 기름 가마에 들어가 앉아서도 여전히 허황한 소리를 하나
보자."

이 말에 문밖에 지켜 섰던 창검 든 군사들이 들어왔다. 그러나 감
히 원효에게 손을 대지 못하고 머뭇머뭇했다.

"당장 이 중놈을 기름 가마에 처 넣어라!"

바람이 발을 구르며 재촉했다.

"어서 일어나!"

한 군사가 원효의 팔을 잡아끌었다. 원효는 군사가 팔을 끄는 대로 끌려 일어나면서 "관세음보살."을 부르며 소리를 높였다. 그 우렁찬 소리가 사방에 울렸다.

"흥, 어디 네 관세음보살이 기름 가마에 얼음을 얼리나 보자. 기름 가마에서도 죽지 않고 살아나오면 나도 네 제자가 되마."

바람이 일어나 밖으로 나가며 외쳤다.

"요석공주를 불러라. 원효대사를 기름 가마에 삶으니 나와 보라고 일러라. 그 평생에 잊지 못하는 원효대사가 기름 가마에 볶이는 냄새라도 실컷 맡으라고 일러라. 어디 부처가 이기나 앙아님이 이기나 한번 겨루어 보자."

바람은 후원에 있는 앙아당으로 갔다. 여자 종 한 아이가 바람의 뒤를 따르고 한 아이는 요석공주 처소로 갔다.

바람은 앙아당 문을 열었다. 문에는 푸른 칠을 하고 기둥은 붉고 서까래에는 물결무늬로 단청하고 벽과 천정에는 모두 그림이 그려 있었다. 동편 벽에는 푸른 용(미리), 서편 벽에는 흰 범, 천장 북쪽에 는 검은 거북, 남쪽에는 붉은 방아(새)를 그리고 북벽에는 물동이를 앞에 놓은 아름다운 여신의 족자그림이 걸렸다. 이 이가 아신, 즉 허공신이다. 신의 곁에는 맑은 샘이 솟는 우물이 있었다.

여신은 천지만물을 낳는다는 뜻이요 샘은 여신의 덕을 상징한 것으로 역시 끝없이 물이 나와서 만물을 먹여 살린다는 뜻이요, 동이는 그 둥글한 것이 만물이 나기 전의 허공을 가리키고 그 속에 가득 담은 물은 신의 작용을 표한 것이다.

바람을 모시는 여종은 소반에 정화수를 떠올렸다. 바람은 손수 물그릇을 신의 앞에 놓고 세 번 절했다.

"이기게 하소서. 원효를 이기고 부처를 이기게 하소서. 이기고 나면 옹근 소를 잡아 통으로 제물로 바치오리다. 그러하오나 만일 오늘 원효를 이기지 못하오면 신당을 불사르리다."

이런 축원을 하면서 바람은 손바닥이 뜨겁도록 빌었다.

바람은 부시를 쳤다. 반달 모양으로 생긴 부시가 부싯돌에 맞아 날카로운 소리를 내며 다홍빛 불꽃을 날렸다. 그러나 웬일인지 부싯깃에 불이 댕기지를 않았다. 부싯깃은 깊은 산에 나는 수리취라는 풀잎을 말려서 비벼 보드라운 솜 모양으로 만들어서 수릿날 정오에 뜯은 노란 약쑥, 연한 잎을 비벼서 섞은 것이다. 불꽃만 튀고 부싯깃에 불이 댕기지 않은 것을 바람은 초조하게 생각했다. 부싯깃에 불이 잘 댕기고, 그 불이 기름에 결은 종이 심지에 옮겨붙고 다시 그 불이 늙은 소나무의 관솔에 옮겨 붙어서 불길이 활활 타오르는 것으로 소원이 성취되는 것을 점치는 것이다.

'부싯깃이 누구를 채었나.'

바람은 속으로 걱정하면서도 입으로 말을 하지 못했다. 바람의 등

골이 오싹오싹했다. 머리카락이 소끗소끗했다.

'웬일일까.'

바람은 여신상을 바라보았다. 여신은 무엇을 깊이 생각하는 듯 눈을 가느스름하게 뜨고 두 손을 읍하는 듯 팔짱을 끼고 서 있었다.

머리에 칼을 들이밀더라도 눈도 깜짝하지 않던 바람이다. 사람을 파리 죽이듯 하던 바람이 아니던가. 미운 사람을 죽일 때는 술을 마셔 가며 이루 말할 수 없는 악형도 하던 바람이다. 그런데 어째서 오싹오싹 몸에 소름이 끼칠까. 요석공주와 아사가를 볼 때도 바람은 이와 같은 경험을 했다. 그것은 정욕에 못 이기어서 끼치던 소름이었다. 그러나 지금 것은 무서움의 소름이었다.

바람의 부시를 치는 손이 떨려서 말을 잘 듣지 않았다. 부시가 날카로운 뿌중다리에 잘 맞지를 않았다.

"어, 이거 웬일일까."

바람은 정신을 가다듬었다.

바람의 눈앞에는 기름 가마에 들어앉은 원효가 보였다. 원효는 끓는 기름 속에 태연히 앉아서 호통을 치는 것 같았다.

"어, 이거 차서 쓰겠느냐. 어서 통장작을 더 집어넣어라."

'그럴 수야 있나. 제아무리 도승이기로 기름 가마에 들어가기만 하면야 담박에 데치는 낙지 모양으로 익어 버리고야 말 것이다. 아니다, 기름 가마 앞에 서면 항복을 하고야 말 것이다.'

바람은 이런 생각을 하면서 부시를 쳤다.

찍 하고 수없는 불꽃이 튀었다. 부싯깃에 불이 붙었다. 약쑥의 노란 연기가 향기와 함께 올랐다.

'됐다!'

바람의 얼굴에 기쁨이 잠시 돌았다.

바람은 기름종이 심지를 부싯깃 불에 대고 불었다. 노르스름한 불이 일어났다. 바람은 관솔개비를 들어 심지의 불을 옮겼다. 관솔이 향기를 발하며 불이 붙었다. 무엇에 갇혔다가 놓여난 나비 모양으로 관솔불이 춤을 추었다.

바람은 기뻤다.

그러나 불길한 일이 생겼다. 종이심지 불이 손에서 무릎으로 떨어져서 바람의 옷이 타올랐다. 그것을 끄려다가 한 손에 들었던 관솔불에 바람의 수염이 탔다.

누린내가 났다.

"응, 응."

바람은 관솔불을 내던졌다. 불은 꺼지고 검은 연기가 모락모락 오르는 것이 무서웠다.

바람은 당에서 뛰어나왔다.

"틀렸다. 틀렸다."

바람은 저도 모르게 소리를 쳤다. 여종은 어쩔 줄을 모르고 펄썩 땅에 주저앉았다.

"왜 주저앉아?"

바람은 여종의 옆구리를 발길로 차서 거꾸러뜨렸다. 바람의 발길에 채인 여종은 고꾸라져서 일어나지 못했다. 바람은 개미 하나를 발로 밟은 것과 같이 그런 것은 거들떠보지도 않고 기름 가마 있는 곳으로 걸어갔다.

바람의 마음은 폭풍우를 만난 바다와 같이 요동쳤다. 부싯불이 말을 안 듣던 것이나, 옷이 타고 수염이 탄 것이나 모두 불길하고 불쾌했다. 앙아신이 저를 버린 것인가, 제 운명과 재수가 다한 것인가, 이러한 흉한 생각이 어둠 속에 번개 모양으로 번득번득 떠돌았다.

'그러기로 내가.'

바람은 이를 갈아 본다.

'신이 나를 버려? 버리겠거든 버려. 내가 내 힘으로 해치우지. 내 힘으로 원효를 처치해 버리지. 기름 가마에서 안 죽거든 독사 굴에 넣지. 독사에게 물려서 몸이 깍짓동같이 부어서 뒈지게. 독사 굴에서도 안 죽거든 불로 태워 버리지. 장작더미에 올려 앉히고 불을 질러 놓으면 그래도 안 죽을까. 그래도 안 죽거든 내 칼로, 한칼로.'

바람은 허둥지둥 걸으며 이런 생각을 한다. 그러한 생각이 모두 일순간이다.

날은 흐렸다. 늦은 봄 첫여름의 졸릴 듯한 날씨다.

늙은 홰나무에서 까마귀가 짖었다. 이 홰나무는 몇백 년 묵은지 모르는 나무로 그 빈 속에는 큰 구렁이가 들어 있다고 한다. 나무에는 윈새끼를 늘이고 서리화(종이를 어석어석 벤 것)를 달았다. 옛날에 이 나무가 벼락을 맞아서 한편은 부러지고 그 부러진 자국은 꺼멓게 탄 대로 있다. 신으로 모시는 나무다.

이 홰나무에서 우는 까마귀는 거기 붙은 신의 사자라고 믿는다. 바람은 그 까마귀 소리를 세어 보았다.

"셋, 셋, 넷."

"넷, 셋, 넷."

바람은 늘 하던 모양으로 발은 잠깐 멈추고 까마귀 소리 수효로 점을 쳐보았다. 그러나 정신이 산란해서 점괘가 잘 서지 않았다.

'하늘과 땅은 관곽이 되고, 해와 달은 등불이 되고, 까막까치는 조문객이 되고, 파리와 구더기가 상두꾼이 되어……'

바람은 남화경 구절을 생각했다.

'으응, 또 불길한 생각.'

바람은 발을 구르며 걸었다. 이것도 일순간이었다.

이때 요석공주와 아사가와 사사마 세 사람이 여종에게 끌려서 걸어오고 있었다.

"원효대사를 기름 가마에 삶으니 와 보라 하시오."

여종의 말을 들은 요석공주와 아사가는 처음에는 까무라칠 듯이 놀랐다. 그러나 사사마가 힘있게 말했다.

"염려 마시오. 원효대사가 도적의 손에 죽을 어른이 아니오!"

곧 두 여자는 정신을 수습해서 일이 어떻게 되나 하고 여종을 따라 나섰다.

"아기는 네게 맡긴다."

공주는 설총을 유모에게 부탁했다. 그는 다시 설총을 만나보지 못할 줄로 마음에 정한 것이다.

요석공주는 만일 원효가 죽으면 따라 죽을 것을 결심했다. 칼은 다 빼앗기고 없으나 공주는 칼 없이 목숨을 끊는 법을 여러 가지로 생각했다.

아사가는 아사가대로 만일 제 몸을 희생해서 원효대사를 건질 길이 있으면 건지고, 만일 그렇지 못하면 원효대사의 뒤를 따르리라고 결심했다.

사사마도 또 사사마대로 원효를 건져낼 궁리를 하고 있었다. 손에 장기는 없으나 몸에 있는 힘과 재주를 다하여 보고 그래도 원효를 못 건지면 바람을 죽여 원효의 원수를 갚으리라 결심했다.

이 모양으로 세 사람은 저마다 제 결심을 가지고 여종의 뒤를 따르던 것이다.

"아, 요석공주."

바람은 요석공주의 앞을 막아섰다. 요석공주는 대답은 없이 정색하고 바람을 정면으로 바라보았다. 그 눈에는 불이 뿜는 것 같았다. 바람은 또 등줄기가 오싹함을 느꼈다.

"오늘은 요석공주가 과부가 되는 날이오. 그 키 큰 중놈을 기름가마에 졸일 터이니 냄새나 맡으라고 불렀소."

바람은 억지로 태연한 태도를 수습해서 조롱하듯 말하며 웃었다.

요석공주는 바람의 독을 뿜는 말에 몸서리를 쳤다.

"지내보아야 아오."

사사마가 공주와 아사가의 앞에 나서며 소리쳤다.

걸음을 옮기던 바람이 우뚝 섰다.

"무엇을 지내 보아야 알아?"

"악이 이기나 선이 이기나."

사사마는 바람을 노려보았다. 사사마는 제가 아직 이 도적을 누를 힘이 없는 것이 슬프고 분했다. 그러나 만일의 경우에는 바람의 멱살을 물고 늘어져서라도 원효대사의 원수를 갚으리라, 하고 바람의 모가지를 바라보았다.

"어린 놈이 어른을 몰라보고."

바람은 사사마를 향해 눈을 흘기며 허리에 찬 칼자루에 손을 대었다.

"이놈. 한마디만 더 버릇없는 주둥이를 놀려 보아라. 한칼에 네놈을 두 쪽 낼 터이니."

사사마는 굴하지 않았다.

"칼을 빼려거든 내 칼을 내게 주오. 커다란 어른이 칼을 가지고 맨주먹밖에 없는 어린아이와 싸운대서야 모양이 숭없지 않소?"

"그래. 네 칼을 주면 나하고 겨루어볼 테냐."

바람은 빙그레 웃었다.

"내 칼을 주오. 내 칼은 충신의 칼이라 강한 적을 죽일지언정 한

낯 도적의 더러운 피를 바르기는 아깝지만 겨룰테면 한번 겨루어
봅시다."

사사마의 침착하고도 담대한 이 말에 바람의 눈썹이 씰룩하고 위
로 올랐다.

"허, 고놈 맹랑하다."

바람은 걷기를 시작한다.

"왜 가오? 여보, 왜 가오?"

사사마는 바람을 불렀다. 그래도 바람은 못 들은 체했다. 바람은
사사마 같은 아이를 처음 보았다. 원효나 사사마나 다 세상에 드문
사람이라고 바람도 속으로는 인정하지 않을 수 없었다. 바람의 부하
중에도 천하 호걸이 많이 있으나 원효나 사사마나 아사가까지도 그
러한 호걸과는 종류가 다른 사람들이라고 생각했다.

바람은 제가 잘난 사람인 것을 자신한다. 왕의 아들이라는 자랑이
있을뿐더러 누구나 제 앞에 오면 다 심복하거나 그렇게 않으면 무서
워서 떨었다. 극히 담대한 자면 발악을 했다. 그러나 원효의 무리는
심복도 하지 않고, 떨지도 않고, 또 발악도 하지 않았다. 도리어 저를
낮추어 보고 불쌍히 여기는 것 같았다. 그러한 태도가 바람을 못 견
디게 했다. 높은 데서 내려다보는 듯한 그 눈들이 싫고 무섭기까지
했다.

"내가 왕의 아들인데, 왕이 될 사람인데."

더욱 불쾌했다. 그렇게 사사마의 눈이 무서웠다. 만일 사사마에게

그 칼을 주고 겨룬다면 견디지 못할 것 같이 바람은 기세에 눌림을 느꼈다.

'그것이 무슨 힘일까. 어린 사사마, 아사가에게까지 범치 못할 기품을 주는 것이 무슨 힘일까?'

바람은 그 힘이 무서웠다.

바람은 그 힘을 제 힘으로 눌러 보려 했으나 되지 않았다. 요석공주를 잡아온 뒤로 여러 가지로 달래도 보고 을러도 보고 했으나 도무지 흔들림이 없었다. 원망이라도 했으면 좋았으나 원망조차 없었다. 그런 것이 바람을 한없이 초라하게 만들었다. 바람으로 하여금 제 힘에 대한 자신을 잃게 했다.

'오늘은 끝장을 내는 날이다. 내가 지나, 제가 지나 끝을 보는 날이다.'

이때, 피리가 마주 왔다.

"어찌 되었나?"

"원효가 아주 말을 잘 듣소."

피리는 말하면서 뒤에 오는 요석공주 일행을 힐끗 보았다.

"어떻게 말을 잘 들어? 항복을 한대?"

바람은 눈을 크게 떴다.

"항복이요? 원효가 누구에게 항복할 사람이오?"

피리는 바람의 불탄 옷과 귀퉁이가 타 없어진 수염을 보고 흠칫 한 걸음 뒤로 물러섰다.

"저 수염이 웬일이시오?"

266

피리는 소리쳤다. 수염 한편이 이지러지니 얼굴이 온통 찌그러진 것 같았다.

"아, 또 저 웃은?"

피리는 구멍이 뚫어진 바람의 웃옷 앞자락을 보았다.

"아니, 항복이 아니면 무엇으로 원효가 말을 잘 듣는단 말인가?"

바람은 수염이나 옷을 생각할 여유가 없는 모양이었다.

"결박을 지라니까 결박을 지고요."

피리는 한숨을 쉬었다.

"결박을 지라? 아니, 달려들어서 결박을 지우지 못하고 본인에게 빌어서 결박을 지운단 말이야?"

바람이 피리를 노려보았다.

"말 마시오. 제가 지려 들지 않으면 원효를 결박지울 사람이 어디 있는 줄 아시오? 군사들이 덤비다가 원효의 지팡이에서 불이 펄펄 일어나니까 다 뒤로 물러서고 말았소."

피리는 기막힌 듯이 코를 울리며 웃었다.

"그놈의 지팡이를 분질러 버려?"

바람이 숨을 씨근거렸다.

"우물을 치면 물이 불이 되는 지팡이오. 누가 그 지팡이를 건드린단 말요?"

"그래 원효가 지금 어디 있어?"

바람은 어떻게 해서라도 원효를 기름 가마에 넣고야 말겠다는 결심을 더욱 굳히며 주먹을 불끈 쥐었다.

"기름 가마 곁에 서 있소."

"날치지 못하게 결박을 꼭 지웠지?"

"손발을 꼭 비끌어 매었소."

"사람들은 다 모였나?"

"두목들은 다 모았소."

"냉큼 들어서 가마에 집어넣어. 제아무리 원효기로 몸뚱이가 쇠나 돌이 아닌 바에야 끓는 기름 가마에 들어가면 죽지 별 수 있겠어."

바람은 요석공주 일행을 한 번 힐끗 보고 발길을 재촉했다.

"글세, 뜻대로 될지 모르겠소."

피리는 바람의 뒤를 따른다.

"뜻대로 안 될 건 뭐야?"

바람이 피리를 돌아보았다.

"원효가 워낙 태연하니까 말이오. 나도 원효가 어떻게 하나 하고 보고 있다가 하도 까딱도 않으니까 무시무시해서 나왔소."

"에익. 묶어놓은 사람이 무엇이 무서워?"

"가 보시오마는 모두들 무르팍 마디를 떡떡 마주치고 있소. 무슨 큰일이 생길 것만 같아서. 그 불 붙는 지팡이가 공중으로 날아와서 무슨 큰 변괴를 낼 것만 같고. 암만 불이 붙어도 제 몸은 타지 않고 그대로 있는 지팡이오."

피리는 생각만 해도 몸이 오싹한 모양이다.

바람은 그 말이 듣기 싫었다. 부싯불이 안 일어나던 것, 옷과 수염이 탄 것, 홰나무 위에서 울던 까마귀, 이런 것이 모두 바람의 마음을 어둡게 했다.

'제가 죽나 내가 죽나.'

바람은 이를 갈면서 서쪽 일각문으로 나갔다.

기름 가마가 있는 곳은 서편 수풀 속에 있는 큰 집이다. 창고와 방앗간을 겸하고 그 한편 끝에 큰 가마가 하나 걸려 있다. 이것은 소 한 마리를 잡아서 통으로 삶는 큰 가마다. 큰 아궁이에는 통장작이 활활 타서 침침한 속에 그림자가 어른어른하고 고소한 기름 냄새가 코를 찔렀다.

쉰 명 두목이 모두 칼을 차고 둘러서고 졸개들이 손발을 묶인 원효를 에워싸고 있었다.

바람이 오는 것을 보고 두목들은 일제히 칼을 빼서 칼끝으로 땅을 가리켜 경의를 표했다. 바람은 칼끝으로 하늘을 가리켜서 이에 대답했다. 나는 너희를 다스린다는 뜻이다. 그리고는 바람의 눈은 기름 가마에서 서너 걸음 떨어져서 손을 뒷짐으로 결박지우고 두 발목을 베 헝겊으로 묶고 군사 네 사람이 지키는 원효에게로 갔다.

원효는 거의 무표정에 가깝도록 침착하게 서 있었다. 그 눈은 바람에게로 향하고 있었다.

바람은 원효의 눈을 감당하기가 어려웠다. 그 눈은 견딜 수 없는 힘으로 내려눌렀다. 바람은 그 눈에 지지 않으려고 있는 힘을 다했으나 눈은 서리 맞은 나뭇잎 모양으로 풀이 없었다.

바람은 그것을 감추려고 껄껄 웃었다. 그 웃음소리가 큰 가마 근처에 울릴 때 바람은 제 소리가 제 소리 같지 않아서 몸에 소름이 돋았다.

"까악 까악 까악."

또 까마귀가 울었다. 구름이 터지며 햇빛이 쏟아졌다.

"원효대사, 이래도 항복하지 않을 터인가?"

바람은 기운을 내려고 소리를 가다듬었다. 원효의 얼굴에는 작은 웃음이 뜨는 것 같았으나 그것도 곧 사라졌다.

"지금이라도 살려 달라고만 하면 살려줄 테다. 요석공주와 아사가를 내게 준다고 다짐만 쓰면 살려줄 것이야."

바람은 칼끝으로 원효를 가리켰다. 그래도 원효는 대답이 없었다.

이때 요석공주와 아사가와 사사마가 왔다. 요석공주가 앞서고 다음에 아사가가 서고 사사마가 뒤를 따랐다. 사사마의 눈에는 정기가 가득했다. 죽기를 결심한 눈이었다. 비록 이 자리에 번뜩이는 칼들이 모두 내 몸에 모여들더라도 반드시 스승의 원수를 갚고야 말겠다는 결심이었다.

요석공주는 칼을 빼어들고 둘러선 사람들이 눈에 보이지도 않는 듯 천천히 걸어오다가 원효가 보이는 곳에서 우뚝 섰다. 공주는 몸이 공중에 솟을 듯하다가 푹 쓰러질 듯 했다. 그러나 다음 순간에 곧 진정해서 원효를 바라보았다.

원효가 죽는 것을 보면 자신도 바로 따라 죽겠다고 생각하자 마음의 흔들림이 잦아들었다. 아사가는 공주와 달라서 원효를 보자 곧 무릎을 꿇고 합장했다. 그리고 일어나기를 잊어버린 듯이 그대로 눈으로 원효를 바라보았다.

사사마도 아사가와 같이 했다. 사사마는 곧 뛰어가서 원효를 묶은 삼 밧줄을 이빨로 물어 끊고 싶었으나 원효의 부드러운 눈이 빙그레 웃음까지 띤 눈이 제게 향한 것을 볼 때에는 사사마의 단단히 맺혔던 독한 마음이 스르르 풀리고, '가만히 스님을 따르오리라.' 하는 생각이 났다.

바람이 원효와 요석공주를 돌아보았다.

"원효대사, 이것이 마지막이다. 항복을 하면 살고, 안 하면 죽는 것이다. 신라 왕의 말은 다시 거두어들일 법이 있더라도 내 말은 한 번 떨어지면 하늘의 힘으로도 돌릴 수 없다. 요석공주와 아사가를 내게 바치겠느냐 안 바치겠느냐, 다짐을 쓰란 말이다. 이봐라, 네 지필묵 가져오고 원효대사 결박 끌러서 이리 끌어내어라."

바람이 명령을 내렸다. 원효의 결박이 끌러졌다. 서안과 지필묵이 나왔다. 군사가 서안 위에 종이를 펴고 붓을 원효에게 주었다.

모든 사람의 눈은 원효의 손으로 옮겨졌다. 공주와 아사가는 침을 삼키고 있었다.

원효는 붓을 들어 벼루에 이리 굴려 저리 굴려 먹을 흠씬 먹였다.

원효는 붓을 들어 선 채로 종이에 다가가려 하다가 다시 붓을 놓으며 말했다.

"자리를 가져오너라."

바람이 원효의 청대로 하라고 명했다. 졸개가 돗자리를 갖다가 땅에 깔았다.

"방석을 가져오너라."

원효는 다시 명했다. 원효의 명대로 방석을 가져왔다.

"양치물과 손 씻을 물을 올려라."

원효는 다시 명했다. 명대로 물이 왔다. 원효는 양치하고 손을 씻었다. 양치하고 손을 씻은 후에 원효는 방석 위에 가부좌를 틀고 가만히 눈을 내리감았다. 바람과 일동은 원효가 하는 양을 가만히 보고 있었다. 원효는 다시 눈을 떴다.

"향과 향로를 올려라."

원효는 누구에게 명하는지 모르게 명했다. 말이 떨어지자 난데없는 청자 향로와 향합이 공중으로부터 내려와서 놓였다.

바람과 일동은 놀라서 얼굴빛이 달라지며 한 걸음 물러섰다.

"나무관세음보살."

요석공주와 아사가가 감격해서 부르는 소리였다. 그 소리가 차차 높아져서 골에 차고 온 공중에 차는 것 같았다.

원효는 손을 들어 향합을 열고 말향을 집어 향로에 넣었다. 푸른 향연이 용 모양으로 올랐다. 원효는 입을 크게 벌려 "아—"하고 소리를 내었다. 제법본불생(諸法本不生)의 지(地) 자 진언이다. 마음에 있는 모든 번뇌를 뱉어버리는 진언이다. 나고 살고 죽는 것이 모두 허깨비요, 본래 있는 것이 아니라는 법문에 들어가는 진언이다.

다음에 원효는, "비ㅡ"하고 불렀다. 수(水) 자 진언이다. 본성은 말하기 어렵다는 본성이언설(本性離言設)이다. 땅에 있으면 물이 되어 샘이 되고 내가 되고 바다가 되고, 하늘에 오르면 안개가 되고 구름이 되고 다시 그것이 이슬이 되고 비가 되고 서리와 눈과 우박이 되어 내리고, 더우면 눈에 안 보이는 김이 되고, 추우면 단단한 얼음이 되어 어느 것이 그 본성인지 알 수 없다. 사람도 그와 같아서 아침에 선인이 되고 저녁에 악인이 되고 금세 기뻐하고 웃다가 또 금세 슬퍼하고 울고, 중생의 목숨을 끊는 손이 곧 신명 앞에 분향하는 손이 되는 것이다. 같은 마음이 자비심이 되고 탐욕도 되고 사랑도 되고 미움도 된다는 것을 아는 법문에 드는 진언이다.

원효는 다음에 "라ㅡ"를 불렀다. 그 소리는 맑고도 힘이 있었다. 이것은 화(火) 자 진언이다. 맑고 깨끗하여 더럽혀지지 않음을 말하는 청정무렴구(淸淨無梁垢) 진언이다. 천지는 본래 청정한 것이다. 중생의 미음도 본래 청정한 것이다. 불이 깨끗함과 같이 깨끗한 것이다. 본래 청정한 법계가 더러워짐은 중생의 무명(無明)의 때가 묻기 때문이다. 악업의 때다. 어리석어서 하는 망녕이다. 허망이란 것이다.

다음에 원효는 심히 우렁한 소리로 "훔."을 불렀다. 풍(風) 자 진언이다. 인과업보는 모두 공허한 것임을 말하는 인업등허공(因業等虛空)이란 진언이다. 중생이 하는 모든 일이 다 허공에 그린 그림과 같으나 그러면서도 인과응보는 어그러짐이 없다는 것을 아는 법문이다.

원효는 마음이 편했다.

땅과 같이 든든하고 물과 같이 거칠 데가 없었다. 원효는 평생에 처음 경험하는 청정한 경지를 보았다.


생사와 열반이 헛된 꿈과 같은 경지요
해탈을 얻어 맑고 깨끗해진 경지다


원효는 죽음을 앞에 놓고서야 비로소 이러한 경지를 경험한 것이다. 원효는 지금 자기가 어떠한 처지에 있는 것도 다 잊었다. 오직 법계에 가득한 불법을 볼 따름이었다. 원효는 저도 모르게 합장했다.

'열 방향 세 세계에 계신 일체의 모든 부처님과 큰 보살님들이시여, 큰 지혜로써 피안에 이르게 하소서.'*

'모두 불언(不言)이다.'

원효는 부처님의 은혜를 뼛속까지 깊이깊이 느꼈다. 위가 더 없는 깨달음(無上道)의 고마움을 속속들이 맛보았다. 원효의 얼굴에는 회심의 미소가 떠올랐다. 법열(法悅)이다.

그러나 다음 순간 원효는 제불보살도 헛된 생각이 어지러이 나타났다 사라지는 것과 마찬가지임을 보았다.

---

* 시방삼세일체제불 제존보살 마하살 마하반야바라밀(十方三世一切諸佛 諸尊菩薩 摩訶薩 諸摩訶 般若波羅蜜).

'아무것도 없이 텅 비었다. 적멸(寂滅)이다.'

공간과 시간이 일시에 다 타버리고 말았다. 오직 환할 뿐이다. 억지로 이름을 지으면 각원명(覺圓明)이다. 원효의 얼굴에는 다시 웃음이 떠돌았다. 적멸의 경계에서 다시 중생 세계로 돌아나오는 것이었다.

원효는 눈앞에 바람과 여러 도적들과 요석공주와 아사가와 나무들과 이런 것을 보았다. 그것들이 모두 갓난아기와 같이 불완전하면서도 귀여움을 느꼈다. 가장 사랑하는 외아들을 보는 경지의 자비심이다.

원효는 청정보전에서 나와서 중생 속에 들어가 중생과 같이 고생하고 슬퍼하고 기뻐할 충동을 느낀다. 모든 중생을 위로하고 그들과 동무가 되고 그들의 의지가 되고 그들의 빛이 되고 길이 되어야 할 것을 느낀다. 모든 중생을 다 건져서 하나도 남김이 없이 되기 전에는 성불하지 않으리라던 법장비구의 맹세의 심경을 맛본다.

원효는 붓을 들었다.

"보살이 사람의 몸을 가지고 세상에 나타나는 것은 애욕으로 그리하는 것이 아니라, 오직 자비심으로 중생으로 하여금 애욕을 버리게 하려고 모든 탐욕의 모양을 빌어 나고 죽는 중생이 됨이니라."

이렇게 쓰고 원효가 붓을 던질 때 향합에 남은 향이 저절로 타서 향기가 법계에 차고 원효의 몸에서는 환하게 빛을 발했다.

바람은 눈을 스르르 감고 고개를 점점 숙이더니 원효의 앞에 무릎을 꿇고 엎드려서 흐느껴 운다. 다른 도적들도 일제히 칼을 던지고 무릎을 꿇는다. 요석공주도 이마를 땅에 대고 엎드려 울었다. 아사가도 사사마도 그러했다.

오직 피리만이 영문을 모르는 듯 눈을 휘휘 두르고 서 있었다. 이럭저럭 타던 기름 가마의 불이 꺼지고 보이지 않자 끓던 기름 가마가 조용했다.

❁   ❁   ❁

그로부터 며칠이 지나서였다. 신라 서울에는 원효대사가 도적의 두목 바람을 제자로 만들어가지고 들어온다는 소문이 돌았다.

마침 석가세존이 탄신한 사월 파일, 온 장안이 집집에 등을 달고 아이 어른이 모두 새 옷을 입고 거리에 가득 찬 날, 원효가 서울 거리에 나타났다. 바람과 도적 두목들과 요석공주, 아사가, 사사마 등을 데리고 오는 것이다.

원효가 요석공주와 유모에게 업힌 설총과 아사가를 데리고 앞을 서고 사사마가 칼을 차고 바람 이하 50명 도적의 두목을 삼 밧줄로 손과 허리를 묶어서 그 끈을 사사마가 잡고 끌었다.

수백 명 거지 떼가 의명의 인솔을 받아서 원효를 맞아 모두 절하고 뒤를 따랐다.

대각간 유신이 부인 지조공주와 함께 나와 원효를 맞고 백성들이

이 광경을 보려고 길가에 수 없이 도열했다. 유신은 원효의 앞에 와서 말을 내리고 지조공주도 가마에서 내려서 언니 요석공주와 만났다.

원효는 길에 무릎을 꿇은 바람과 50명 도적 두목을 가리켰다.

"이 사람들이 전날 죄를 뉘우치고 나라 법대로 벌을 받는다고 자진하여 결박을 지고 왔소."

또 사사마와 아사가가 충신 장춘랑의 후손인 것을 말했다.

유신은 바람과 50명 두목을 향해 섰다.

"너의 죄 만 번 죽어 마땅하거니와 원효대사의 제도를 받았다는 뜻 들으시고 상감마마 분부하시기를 이로부터 나라에 충성하기를 맹세할진댄 모든 죄를 용서하실뿐더러 각각 재주에 따라 나랏일에 씁신다 하셨으니 그리 알라."

바람과 일동은 머리를 조아렸다.

바람은 왕자의 대우를 받아 서당장군(誓幢將軍)이 되고 다른 두목들도 각각 군직을 받게 되었다. 이로부터 몇 해 뒤에 신라가 백제를 칠 때 황산 싸움에 용감히 싸운 장수들이 이들이요, 또 죽기를 무릅쓰고 백제와 고구려의 국정을 염탐한 것이 거지들이었다.

원효는 산간에 숨어서 도를 닦고 제자들을 가르치고 요석공주와 아사가는 평생 원효를 따르는 비구니가 되었다.

원효대사 完

나는왜이소설을썼나

　원효대사는 우리 민족이 낳은 세계적 위인 중에도 머리로 가는
한 사람이다. 그는 처음으로 《화엄경소》, 《대승기신론소》, 《금강삼
매경소》를 지어서 인류 문화에 불교와 더불어 멸할 수 없는 업적을
남긴 학자일 뿐 아니라, 그가 몸으로 보인 무애행(無碍行)은 우리나라
의 불교도에게 산 모범을 주었다. 그러나 이러한 위인으로서의 그는
소설보다도 전기나 다른 글로 더 잘 설명도 하고 찬양도 할 수 있을
것이다.
　내가 원효대사를 내 소설의 주인공으로 택한 까닭은 그가 내 마음
을 끄는 사람이기 때문이다. 그의 장점 속에서도 나를 발견하고 그
의 단점 속에서도 나를 발견한다. 이것으로 보아 그는 우리 민족적
특징을 가장 많이 구비한 것 같다.
　나는 언제나 원효대사를 생각할 때에는 키가 후리후리하고 눈이

어글어글하고 옷고름을 느슨히 매고 갓을 앞으로 수굿하게 쓰고 휘청휘청, 느릿느릿 걸어가는 모습을 본다. 이것은 신라 화랑의 모습이요, 최근까지도 우리 선인들의 대표적인 모습이었다. 나는 그 모습이 무척 그립다. 그것은 모든 욕심과 남을 해하려는 마음을 떠난, 속이 하늘과 같이 넓은 모습이다. 막힘이 없고 거리낌이 없는 모습이다. 원효대사는 우리 민족의 전통적인 성격을 지닌 데다 이를 화엄경으로 더욱 닦아서 빛낸 것이었다. 나는 솜씨가 부족하나마 이러한 원효대사를 그려 보려 하였다.

중국 사람이 쓴 《원효전》에 나타난 것을 보면 "원효의 생은 벼이삭이 피는 것과는 달라서 배우는 것이 스승을 따르지 않았고, 발자취는 일정하게 정해진 바가 없었다. 또한 그 사람됨도 정해진 바가 없어서 자기 뜻에 따라 혹은 기회에 따라 도무지 일정함이 없었다."고 하였다. 또 심지어는 "여러 곳에서 모습을 드러내기도 하고 그 어디에서도 종적을 찾을 수 없었다."고도 하여 원효의 신통 자재함을 찬탄하였다.

그는 글 잘하고, 말 잘하고, 칼 잘 쓰고, 기운 좋고, 날래고, 거문고 잘 타고, 노래 잘하고, 잘 놀고, 이 모양으로 화랑 중에도 으뜸 화랑이었다. 그는 30세 안팎에 벌써 화엄 학자로 당나라에서 이름이 날렸다. 태종무열왕의 따님 요석공주와 관계해서 설총을 낳아 놓고는 파계승으로 자처하여 거사(居士)로 차리고 뒤웅박을 두들기면서 거렁뱅이가 되어 "나무아미타불"을 부르고 덩실덩실 춤을 추며 아니

간 데가 없었다. 기록에는 "항상 뒤웅박을 가지고 여러 마을을 돌아다니며 가무를 하거나 노래를 짓고 돌아갔는데, 오만가지 시정잡배들로 하여금 모두 부처의 이름을 알게 하고 또 그들이 나무아미타불의 길에 다다르게 해서 결국 부처님의 도를 깨닫게 하여 부처님께 귀의하게 했다."라고 씌어 있다.

물론 원효의 진면목이 이러한 곳에 있는 것은 아니다. 그는 국민으로는 애국자요, 승려로는 높은 보살이다. 중생을 건진다는 보살의 대원(大願)은 나는 때, 죽는 때에도 잊거나 잃는 것이 아니거니, 하물며 어느 때에랴. 보살의 하는 일은 모두 자비행이다. 중생을 위한 행이다. 혹은 국왕이 되고 혹은 거지가 되고 혹은 지옥에 나고 혹은 짐승으로 태어나더라도 모두 중생을 건지자는 원에서다. 그러므로 원효대사의 진면목은 그의 보살원과 보살행에 있는 것이다. 내가 이 소설에서 그릴 수 있는 것은 그의 겉에 나타난 행이다. 만일 독자가 이 소설을 읽고 원효대사 마음속의 대원과 대자비심에 접촉한다 하면, 그것은 내 붓의 힘이 아니요 오직 독자 자신의 마음의 힘이다.

나는 이 소설에서 원효를 그릴 때 그의 환경인 신라를 그렸다. 왜냐하면 신라라는 나라가 곧 원효이기 때문이다. 크게 말하면 한 개인이 곧 인류 전체이지만 적어도 그 나라를 떠나서는 한 개인을 생각할 수 없기 때문이다. 원효는 사람이거니와 신라 사람이었고, 중이거니와 신라 중이었다. 신라의 역사에서 완전히 떼어낸 원효란 한 공상에 불과하다. 원효뿐만 아니라 이 이야기에 나오는 요석공주도 대안법사도 다 신라 사람이다. 그들은 신라의 신앙과 신라의 문화 속에서 나고 자란 것이다. 여기 민족의 공동 운명성이 있는 것이다.

나는 원효와 불가분의 것으로 당시 신라의 문화를 그려보려 하였다. 신라의 옛 신앙인 고신도(古神道)와 거기서 나온 화랑과 역사에 남아 있는 기록으로, 또는 우리말에 담겨 있는 뜻으로 당시의 사상과 풍속을 상상하려 하였다. 특별히 나는 '말은 역사다'라는 것을 믿음으로 우리말에서 문헌에 부족한 것을 찾아서 보충하려 하였다. 그중에는 나의 억측도, 견강부회도 있을 것이다. 그러나 나는 그중에 버릴 수 없는 진리가 있음을 믿어 장담한다. 나는 독자가 이것을 웃어 버리지 말고 연구의 대상으로 삼아 우리 역사의 성격을 천명하기를 바란다.

원효가 난 것이 진평왕 39년이니 지금으로부터 약 1300년 전이거니와 이때는 신라가 전성시대로 향하는 시대여서 큰 인물이 많이 쏟아졌다. 정치가로는 김춘추, 김유신 같은 이가 나고, 큰 중으로는 자장, 원광, 안홍 등 수나라 당나라에까지 이름이 높아서 그곳 제왕의 숭앙을 받던 사람들도 이 무렵에 있었다. 원효, 의상 등 거인과, 귀산, 비목, 관창, 거진, 원술 같은, 화랑에도 꽃이 되는 사람들도 다 이 무렵에 났다.

한 나라가 잘 되려면 먼저 좋은 사람들이 나거니와, 좋은 사람이 나게 하는 인연이 되는 것이 정신운동이다. 신라로 말하면 이차돈의 피가 인연이 된 법흥왕의 불교 숭상과 진흥왕의 화랑 장려가 이러한 인물들이 쏟아져 나오는 정신적 원천을 이룬 것이다. 사람들이 제 몸을 가장 소중한 것으로 알아서 제가 먹고 입을 것을 버는 것으로 생활의 목표를 삼는 동안 문화가 생길 리가 없고 큰 인물이 날 수가 없다. 제 목숨보다도 높고 소중한 것을 보고, 따라서 제 목숨을 유지하기에 급급한 생각을 버릴 때 비로소 애국자도 종교가도 학자도 나는 것이다.

불교는 우리의 몸과 몸에 속한 모든 쾌락과 영광이 다 허수아비요, 꿈인 것을 가르치고, 오직 중생을 사랑하고 어여삐 여겨 그들을 돕고 편안하게 하고 건지는 것만이 가치 있는 생활이라고 본다. 충효를 기초 원리로 삼는 우리 민족 고유의 풍류교(風流敎)가 이 불교 정신을 받아서 내용이 충실해지고 광활해진 것이 화랑도의 정신이요, 인생철학이었다. 이러한 정신에서 신라 전성시대를 일으킨 인물들을 배출하였으니, 원효대사도 그러한 사람 중 하나였다. 내가 이 소설에서 애써 고신도와 국선, 화랑의 생활을 그린 것이 이 때문이다.

나는 원효를 그림으로써 불교에 있어서는 한 중생이 불도를 받아 대승 보살행으로 들어가는 경로를 보이고, 신라 사람을 보이고, 우리 민족의 근본정신과 그들의 생활 이상과 태도를 보이려 하였다. 이러한 것은 다 내게는 감당치 못할 과중한 과제다. 그런 줄 알면서도 한번 해본 것은 내 눈에 어렴풋이 띈 우리 민족의 모습이 아니 그려보고는 못 배기도록 그리웠기 때문이다.

나는 우리 민족을 무척 그립게 아름답게 본다. 그의 아무렇게나 차린 허술한 속에는 왕의 자리에 오를 고귀한 것이 품겨 있다고 본다. 그의 재주나 마음씨나 또 그의 말이나 다 심상치 아니한 것이어서 장차 엄청나게 큰소리를 치고 큰 빛을 발할 약속을 가진 것으로 믿는다. 그는 과거 수천 년에 고통도 수모도 당하였다.

그러나 그는 결코 저를 잃음이 없이 민족의 단일성을 지켜 내려왔다. 그러할뿐더러 그는 그의 고난의 역사 중에서 중국, 인도, 유럽, 아메리카 등 거의 모든 문화를 흡수하여 제 것을 만들었다. 그는 한 수행자였다. 그는 아직 설산 고행 중에 있는 석가세존이요, 광야의 금식 기도 중에 있는 그리스도다. 그러므로 그의 외양은 초라하고 아무도 그를 알지 못한다. 그러나 그는 수행자이기 때문에 장차 환하게 큰 빛을 발하여 세계를 비추고 큰소리를 울려 중생을 가르칠 날이 올 것이다. 지금은 비록 간 데마다 수모를 당하더라도 오늘날엔 가장 높은 영광이 그를 위하여 준비되어 있는 것이다. 거렁뱅이 행세로 뒤웅박을 두들기고 돌아다니는 원효대사는 우리 민족의 한 심벌이다. 그가 일찍, "서까래 백 개를 고를 적에는 내가 빠졌으나 용마름보 한 개를 구할 때에는 오직 내가 뽑혔노라."라고 한 말이 또한 우리 민족의 사명을 가리킨 것이라고 본다.

춘원 이광수

579년   26대 진평왕 즉위.

594년   수 문제가 진평왕을 상개부낙랑군공신라왕(上開府樂浪郡公新羅王)에 임명.

**617년   압량군 불지촌(경상북도 경산시 자인면) 북쪽 율곡에서 원효 출생.**

618년   수 멸망. 당 건국.

618년   한산주의 군주 변품이 백제로부터 가잠성(충북 괴산)을 수복.

621년   당과 수교, 조공.

623년   백제군, 늑노현을 공격.

624년   백제군, 속함·앵잠·기잠·봉잠·기현·혈책 여섯 성을 공격.

626년   백제군, 주재성을 공격.

627년   백제군, 신라 서쪽 변방의 성 두 곳을 공격하여 함락시킴.

628년   백제군, 가잠성을 공격.

629년   신라군, 고구려 낭비성(충북 청주 일대)을 공격.

631년   이찬 칠숙과 아찬 석품이 반란을 꾀함.

632년   진평왕 사망.
        27대 선덕여왕 즉위.

633년   백제군, 신라의 서쪽 변경 서곡성을 공격.

634년   분황사 건립.

635년   영묘사 건립.

백제군, 독산성(경기 화성)을 공격.

자장법사가 불법(佛法)을 배우러 당으로 감.

638년   고구려군, 신라 북쪽 변경의 칠중성(경기 파주)을 공격.

알천이 고구려군과 칠중성 밖에서 싸워 승리.

642년   백제 의자왕이 미후 등 신라 서쪽 40여 개 성을 공격하여 빼앗음.

백제의 장군 윤충이 대야성(경남 합천)을 공격하여 빼앗음.

김유신 압량주(경북 경산) 군주로 임명됨.

643년   당에 사신을 보내 재차 고구려와 백제 공격을 요청함.

당에서 불법을 배우던 자장법사 귀국.

644년   김유신 휘하의 신라군이 백제를 공격. 가혜 · 성열 · 동화 등 일곱 성을 빼앗음.

645년   정월 백제의 대군이 쳐들어와 유신이 막아냄.

황룡사 9층 목탑 건립.

당 태종의 고구려 정벌에 원군 3만 명을 보냄.

백제군, 고구려 정벌의 빈틈을 타고 서쪽 일곱 성을 기습하여 빼앗음.

647년   정월, 비담, 염종 등이 모반.

선덕여왕 사망.

28대 진덕왕 즉위.

백제군, 무산성(전북 무주) · 감물성(경남 함안) · 동잠성(경북 김천)의 세 성을 공격.

**아유다(요석공주)의 남편 거진, 무산성 싸움에서 전사.**

648년   백제군, 요거성(경북 상주 일대) 등 서쪽 변경의 10여 개 성을 함락시킴.

**원효, 황룡사에서 불경을 연구하며 수도함.**

649년   신라 왕실과 조정에서 당의 복식을 따르도록 함.

백제군, 석토성 등 일곱 성을 공격하여 함락시킴.

650년   **원효와 의상, 당의 현장법사가 인도에서 새로 들여온 신유식(新唯識)을 배우고
자 당 유학을 떠났다가 요동에서 첩자로 몰려 사로잡힘.**

654년   마지막 성골 임금인 진덕왕 사망.

29대 태종무열왕 즉위.

당에서 사신을 보내 태종무열왕을 개부의동삼사신라왕(開府儀同三司新羅王)으로 봉함.

655년 고구려, 백제, 말갈 연합군이 신라의 북쪽 변경에 침략하여 33개 성을 빼앗음.

당에서 장군 정명진, 소정방을 보내 고구려를 침략.

656년 태종무열왕, 차남 문왕을 당에 보내 조공.

660년 이찬 김유신을 상대등으로 임명.

신라 · 당 연합군 백제 정벌.

김유신, 황산(충남 논산 일대)에서 백제 장군 계백과 전투.

백제 의자왕이 웅진성(충남 공주 소재 공산성)으로부터 와서 항복.

이례성 함락. 백제 20여개 성이 모두 항복. 백제 멸망.

고구려가 신라 칠중성을 공격.

661년 백제 유민들이 사비성(충남 부여)을 공격.

고구려군과 말갈군이 술천성(경기 여주), 북한산성(경기 고양시와 서울 은평구 일대)을 공격.

무열왕 사망.

30대 문무왕 즉위.

661년 신라군, 옹산성(대전 대덕 계족산성)을 점령한 백제 유민들을 토벌.

**원효, 다시 의상과 함께 당으로 떠나려 하였으나, 배를 타러 당항성(경기 화성)으로 가던 중 깨달음을 얻고 돌아옴.**

662년 객관에 머물던 당 사신이 문무왕을 개부의동삼사상주국낙랑군왕신라왕(開府儀同三司上柱國樂浪郡王新羅王)으로 책봉함.

탐라국 우두머리 좌평 도동음률이 항복.

당군, 내사지성(충남 유성 일대)를 점령한 백제 유민들 토벌.

663년 신라군이 거열성(경남 거창), 거물성(전북 임실), 사평성(전남 구례), 덕안성 등지의 백제 유민을 토벌.

당이 한반도를 당의 지역제에 편입시키고자 옛 백제 땅에 5도독부, 옛 고구려 땅에 9도독부를 설치. 신라를 계림주 대도독부로 삼고 문무왕을 대도독으로 임명.

664년   신라군, 사비산성(충남 부여)에서 백제 유민을 토벌.
          신라군, 당군과 함께 고구려의 돌사성 정벌.

666년   고구려를 멸망시키고자 당에 청병.
          당군이 고구려를 공격.

668년   신라와 당 연합군 대대적으로 고구려 침공.
          고구려 대곡성(황해 평산)과 한성(황해 재령) 등 2군 12성이 항복.
          신라군이 사천(평안남도 평성시) 들판에서 고구려군과 전투, 승리.
          고구려 보장왕 평양에서 신라·당 연합군에게 항복.

669년   신혜법사를 왕의 자문 역할인 정관대서성에 임명.

670년   신라군, 말갈과 싸워 승전.
          신라군, 웅진도독부에서 백제 유민의 잔당을 토벌.

671년   신라군, 백제 유민의 주거지를 침공하여 웅진(충남 공주시) 남쪽에서 싸움.
          당이 군사 4만으로 대방(경기 한강 이북, 황해 자비령 이남 일대)을 침범.

672년   신라군, 백제 유민이 주둔한 고성성 정벌.
          신라군, 백제 유민이 주둔한 가림성(충남 부여)을 공격, 패전.
          당군, 신라의 한시성과 마읍성을 공격.

673년   7월 1일 김유신 사망.

675년   신라군, 칠중성(경기 파주)에서 당군과 싸워 패전.
          당군이 신라의 천성을 공격.
          신라군, 매초성(경기 양주)에 주둔한 당군 20만 명과 싸워 승리.
          말갈이 아달성(강원 이천)에 침입.
          당 · 거란 · 말갈 연합군 칠중성을 공격.
          말갈군 적목성(회양 난곡)을 공격.
          당군이 석현성(경북 마성)을 공격.

676년   의상대사가 문무왕의 명으로 부석사 창건.

당군이 도림성을 공격하여 함락시킴.

당군과 기벌포(충남 서천 일대)에서 싸워서 패함.

679년  사신을 보내 탐라국을 다스리게 함.

681년  문무왕 사망.

31대 신문왕 즉위.

681년  소판 김흠돌, 파진찬 흥원, 대아찬 진공 등이 모반하여 처형됨.

684년  장군 대문이 모반하여 처형됨.

685년  봉성사 건립. 망덕사 건립.

686년  **3월 30일 원효, 혈사(穴寺, 경주 남산 근처로 추정)에서 70세의 나이로 입적.**

참고자료: 삼국사기, 국역 동국통감.